The Wizard

더 위저드

더 위저드 1

정원용 판타지 장편 소설

초판 1쇄 찍은 날 § 2002년 10월 1일
초판 1쇄 펴낸 날 § 2002년 10월 10일

지은이 § 정원용
펴낸이 § 서경석

편집장 § 문혜영
편집책임 § 이종민
편집 § 장상수 · 박영주 · 김희정 · 권민정 · 연종은
마케팅 § 정필 · 강양원 · 김규진 · 안진원

펴낸곳 § 도서출판 청어람
등록번호 § 제1081-1-89호
등록일자 § 1999. 5. 31
어람번호 § 제1-0298호

주소 § 경기도 부천시 원미구 심곡1동 350-1 남성B/D 3F (우) 420-011
전화 § 032-656-4452 팩스 § 032-656-4453
E-mail § eoram99@chollian.net

ⓒ 정원용, 2002

값 7,500원

ISBN 89-5505-481-5 (SET)
ISBN 89-5505-482-3 04810

정원용 판타지 장편 소설

The Wizard

더 위저드

1 여행

도서출판
청어람

작가의 말

제가 판타지 소설을 접하게 된 것은 87년도였습니다. 그때만 해도 판타지 소설이라는 것은 특별한 재능이 있는 몇몇 사람들만의 전유물이었죠. 겨우 중2였던 제게 판타지 소설이라는 것은 굉장히 신선하고 특별했습니다.

처음 '로도스도 전기'를 봤을 때 머리 속으로 소설 내의 상황을 그리면서 시간을 보냈었고, '가즈나이트'와 '피트에리어'를 보면서 강한 주인공에 대해 열광했었습니다. 군대에서도 '비상하는 매'와 '드래곤 라자'를 몰래 보기도 했고, 개인 사정으로 휴학했을 때는 '라니안' 등의 판타지 사이트에 올라온 소설들을 읽느라 시간을 허비하기도 했습니다.

이런 제게 소설을 쓰게 된 동기는 그저 막연히 나도 한번 써보고 싶다는 생각이 들어서였습니다. 그래서 지금 보기엔 부끄럽기 짝이 없는 조잡한 습작을 써댔고 경험 부족과 실력 부족으로 중도 포기하게 되었습니다. 그 다음부터 통신으로 알게 된 다른 작가 분들과 독자 분들에게 많은 것을 배우고 이 곳저곳을 떠돌면서 기본 지식을 익혔습니다. 그런 후 시작하게 된 것이 이번에 운 좋게 책을 내게 된 The Wizard입니다.

The Wizard는 판타지 소설입니다. 판타지 소설이란? 그냥 환상 소설입니다. 환상 소설이라는 정의는 무한하게 나올 수 있습니다. 전 세계에 퍼져 있는 전래동화, 설화, 신화 등도 판타지가 될 수 있고 무협 소설과 SF 소설도 판타지 범주 안에 넣을 수 있습니다. 일반 순수 소설조차도 조금만 우기면 판타지가 될 수 있습니다. 이에 제 소설 속에서는 판타지에 대한 작은 정의를 내렸습니다. 우선 검과 마법이 있는 중세 시대, 드래곤 등의 이종족과 몬스터가 살아가는 세계, 신의 힘이 직·간접적으로 영향을 미치는 세계.

이 소설의 주인공인 페이빈과 카라나는 조금 특별한 연인일 뿐입니다. 전 이 소설이 전쟁 소설도 아니고 모험 소설도 아니라고 생각합니다. 그저 판타지 세계를 배경으로 한 연애 소설이랄까? 연애 소설이라고 해서 늘 약속 잡고, 데이트하고, 만나서 차 마시고, 영화 보고, 저녁 먹고, 헤어지고 그런 장면만 나오는 것은 아닙니다. 실제로 데이트할 때도 매일 저렇게 한다면 얼마나 재미없겠습니까? 조그마한 사건도 있어주고, 여행도 가보고, 또 운이 좋으면 세계도 구해보고… 그런 것입니다.

끝으로 이렇게 책을 낼 수 있도록 도와주신 분들에게 감사드립니다. 일에 바쁘신 늑호님, 너무 착한 백호님, 잠적한 야랑님, 날카로운 비평이 일품인 재원님, 언제나 즐겁게 해주시는 유령선님, 이누가 아니라고 우기시는 이누엔도님, 린짱, 피피짱, 야니짱 3인방 만세! 동지 나미브님, 많이 도와주신 마자즈님, 그리고 누구보다 길고 긴 감상으로 모 군을 기쁘게 해주신 천류님, 디온님, 빨리 쾌차하세요. 그리고 아가호랭님과 티어거님에게도 감사드립니다. 또한 언제나 같이 머리를 굴리면서 스토리를 짜는 데 도움을 준 펜릴 경고마워요. 언제나 날카로운 지적을 해주시는 으음님, 꼬박꼬박 리플과 감사를 달아주시는 -_-님(;;;), 에페시드님, 프리스트 준님, 백수지기님, 세이레나님, 전자영님, 그리고 기억력 부재로 언급되지 못한 많은 분들 모두 감사드립니다.

아직 안 끝났으니 계속 지켜봐 주세요. 이제 시작이거든요.

2002년 9월 30일. 가우 군.

1 화

떠나는 사람을 기다리는 마음

떠나는 사람을 기다리는 마음

기다리는 사람이 있나요? 누군가를 기다려 본 적이 있나요?

외로움과 슬픔을 가득 안은 채 그 사람이 돌아오기를 기다리나요?

울지 마세요. 슬퍼 마세요. 당신의 기다림은 언젠가 보상받을 수 있을 거예요.

—이름없는 시인의 노래 中.

—왕국력 430년 9월 17일.

스위니아 왕국 북부. 추운 기후와 척박한 땅, 그리고 험준한 갈색산맥이 있는 곳. 덕분에 따뜻한 남부 지역보다 인간의 숫자는 훨씬 적지만 어느 종족도 따라오기 힘들 만큼 대단한 인간의 적응력은 이 척박한 곳에도 수많은 인간들이 생존하게 해준다.

기름지다고 할 수 없는 이곳에도 농사짓는 농부는 있고 산으로 올라가면 벌목꾼들과 사냥꾼들이 자신들의 터전을 마련하고 산다. 사람이 사는 곳이라면 예외없이 마을이나 도시가 들어서게 되고 그에 따라 상인들과 주점들이 생겨나게 된다.

이 북부 지방에서 더 올라가면 오크들의 땅인 그레이랜드가 나온다. 화산재의 영향으로 땅의 색이 회색인 이곳은 수많은 오크 부족들이 난

럼하기에 인간들의 손길을 받지 않는 몇 안 되는 곳 중 하나이다.

보통의 평범한 사람들이라면 왕국 최북단 도시인 알베리토에서 더 북쪽으로 올라가는 일은 절대 하지 않을 것이다. 북으로 하루만 걸으면 바로 오크들의 영역권에 들어서게 되고 또 가는 동안 수많은 알려진 또는 알려지지 않은 몬스터들의 먹잇감이 될 수 있기 때문이다. 사람의 목숨은 하나니까!

그러나 모든 인간들이 다 그렇지 않듯이 여기에도 예외가 있다. 바로 웰던 마을이 그곳이다. 알베리토에서 북동쪽으로 방향을 잡고 갈색 산맥의 한 자락을 타고 올라가다 보면 나오는 인구 500의 작은 마을. 대부분의 주민이 사냥과 벌목으로 생활하고 있는 가난하다면 가난한 마을이다. 하지만 이 마을은 특이한 점이 있는데, 지금까지 단 한 번도 몬스터의 습격을 받아본 적이 없다는 것이 그것이다.

수만이 모여 사는 알베리토도 가끔씩 오크들의 대규모 공격을 받는데 반해서 웰던 마을은 그보다 훨씬 북쪽임에도 불구하고 오크는커녕 산에 많이 사는 고블린에게조차도 습격을 받은 일이 없었다.

그 이유는 언덕 위에 조성되어 있는 마을에서 한참을 산속으로 들어가야 나오는 5층 높이의 회색 탑 때문이다. 눈이 좋은 사람이 아니라면 쉽게 찾지 못할 만큼 산 깊숙한 곳에 만들어진 탑. 하지만 마을 사람들이라면 다 안다, 이곳에 누가 사는지.

베르케르 베르나스.

웰던 마을 주민이라면 남녀노소를 막론하고 그 이름을 모르는 사람이 없다. 엄청나게 강한 마법사라는 것. 그리고 성격이 괴팍하다 못해 상종도 못할 정도로 더럽다는 것. 자신이 실수로 마을 한복판에 불덩어리를 떨어뜨리고 그것을 따지러 온 주민들에게 마법을 퍼부어 며칠

이나 떨어진 신전에서 신성한 힘을 발휘하는 신관을 불러오게 했던 그 장본인!

하지만 만약 이 노마법사 한 명뿐이었다면 웰던 주민들은 마을을 떠나거나 아니면 사생결단을 냈을 것이다. 노마법사 베르케르의 두 제자 페이빈 토르카스와 션 그린. 이 둘이야말로 웰던 마을의 구세주이자 가뭄 뒤에 내리는 단비 같은 존재들이었다.

스승이 사고를 치면 눈썹이 휘날리도록 달려와서 뒷수습을 하는 이 두 사내의 모습은 피해자이면서도 가해자―의 제자들―를 동정하게 만들기에 충분했다. 오죽 했으면 말썽꾸러기 사고뭉치를 베르케르처럼 될 놈! 착한 아이를 페이빈처럼 될 녀석! 이라는 말이 나오겠는가?

그날도 여느 날과 다를 바 없는 날이었다. 한숨을 내쉬는 페이빈은 자신의 스승인 베르케르 경―과거 대귀족에게 봉사한 뒤 남작 위를 받았다―의 뒷모습을 째려봤다. 한번쯤은 미안하다는 말을 할 법도 한데 스승은 해가 지고 있는 창밖의 먼 산만 바라볼 뿐이었다.

"스승님……."

페이빈의 부름에 노인의 어깨가 잠시 움찔했다. 그러나 돌아오는 것은 침묵.

"스승님!"

"……."

"정말 너무하십니다."

"치워라. 배고프구나. 밥이나 먹으러 가자."

"스승니임!!"

"이놈이! 왜 소리는 지르고 난리야!!"

"이 꼴을 보십시오! 지금 빵이 넘어갑니까? 네?"

이 둘이 서 있는 탑 안의 방 안을 가리키면서 페이빈이 언성을 높였다. 방 안은 난장판이라는 말로도 모자랄 만한 상황이었다. 아마도 문서고였던 듯이 수많은 양피지와 종이들이 사방에 어지럽게 널려 있었고 곳곳에 쓰러진 책장과 부서진 의자들의 파편이 널려 있었다.

30분 전, 페이빈은 즐거운 마음으로 오늘도 일용할 양식을 내려주신 마법과 달의 여신 히카루나님에게 감사 기도를 드리며 저녁 식사를 차리고 있었다. 그때 탑의 4층에서 커다랗게 무언가 부서지는 소리가 들려왔다. 그래서 페이빈은 소리가 난 곳으로 달려갔고 방 안의 풍경을 보게 되었다.

바람의 정령 중 하나인 디지니(Djinie)가 방 안을 맴돌면서 닥치는대로 다 때려부수는 모습. 그리고 스승이 창밖을 바라보면서 중얼거리는 모습. 사방으로 날아다니는 수많은 종이들과 양피지들.

무언가 잘못되었다는 것을 느낀 페이빈은 날뛰는 디지니를 피해서 스승에게 조심스럽게 다가갔고 스승이 중얼거리는 말을 들을 수 있었다.

"바람… 바람… 중얼… 대기… 농도… 밀도… 중얼……."

확실했다. 자신의 스승인 베르케르 경은 이곳 문서고에서 바람의 정령인 디지니를 소환한 뒤 무언가를—아마도 청소라고 생각된다—시키려고 하다가 잡생각으로 빠져든 것이 분명했다. 명령을 기다리는 디지니를 앞에 두고 스승은 정령과의 정신 연결까지 끊어버리고 무언가를 생각했을 것이고 소환자와의 연결이 끊긴 정령은 자신이 속한 정령계로 돌아가기 위해서 미친 듯이 날뛰고 있는 중이었다. 페이빈이 보지도 않은 사정을 이렇게 잘 알 수 있는 이유는 이런 일이 한두 번이 아니었기 때문이다.

베르케르 스승은 언제나 그랬다. 두 제자를 앉혀놓고 마법을 가르치다가 엉뚱한 상상을 하게 되면 하루고 이틀이고 죽치고 멍하니 앉아서 그 생각만 하는 것이다. 가끔은 혼자 생각하다가 마법을 펑펑 써대기도 해서 페이빈과 선의 목숨을 위협할 때도 있었다.

혼자 한숨을 내쉰 페이빈은 스승의 양 어깨를 잡고는 그야말로 무지막지하게 앞뒤로 흔들어댔다. 따닥따닥 하는 이 부딪치는 소리가 몇 번 난 뒤에 손을 놓으면 베르케르 경의 멍한 초점이 정상으로 돌아오게 된다. 경험의 승리라고나 할까? 도둑질도 많이 하면 늘게 돼 있는 법.

제정신을 차린 스승과 함께 디지니를 정령계로 강제 추방시킨 페이빈은 그 다음으로 눈곱만큼도 쓸데없는 스승의 열변―바람과 정령과의 상관 관계―을 아니꼬운 눈초리로 들어준 뒤 사태 파악을 한 스승이 이번에도 현실 도피를 하려 하자 감히 스승에게 대든 것이다.

"네놈이 감히 스승에게 대드는 거냐?"

"그럼 뭘 잘하셨다는 겁니까? 저희에게 말씀하시길 정령을 부릴 때는 정신을 통일하고 잡생각을 하지 말아야 한다고 가르치신 게 누굽니까? 네?"

"저… 스승님, 그리고 선배님……."

"이놈이! 하늘 같은 스승에게 큰소리를 치다니!"

"지겹단 말입니다! 하루 이틀이어야죠! 어제는 목표 설정을 안 한 파이어 볼 때문에 제가 3년간 연구하던 자료가 날아가 버렸단 말입니다 앗!"

"스… 승니임……."

"겨우 그깟 물질-반물질 이론에 3년이나 투자하는 멍청이가 대천재 마법사인 나에게 대들다닛!"

"그래도 전! 마법 시전 중에 딴생각해서 실패해 본 적은 없습니다."

"뭐라고옷!"

"지번에도 웨어울프를 소환하려다가 스승님이 딴생각해서 코볼트 떼거리가 나온 걸 벌써 잊으셨습니까?"

"이익! 그놈들은 지금 문지기로 잘 쓰고 있잖아! 뭐가 불만이야?"

"그 녀석들 밥 주고 볼일 보는 법 가르치고 냄새 나는 몸 씻기는 게 어디의 누구라고 생각하시는 겁니까? 네?"

"…배고픈데……."

둥그런 원형 식탁에 둘러앉아서 먹을 것을 차려놓고 악을 쓰고 있는 두 사람. 굶주린 배를 움켜쥔 채 침울한 표정을 짓고 있는 아직 앳돼 보이는 소년. 일상이라면 일상일 수도 있는 그런 저녁 식사 시간이다. 베르케르 경과 페이빈은 문서고에서 싸운 걸로 모자라 식당까지 말싸움을 이어갔고 보글거리면서 끓던 스튜가 차갑게 식을 때까지도 둘의 싸움을 끝날 줄을 몰랐다.

혼자 먹으면 버릇없다고 두들겨 맞을까 봐 눈앞에 놓인 식사에 손도 못 대는 션. 이 탑 안에서 가장 정상적이고 가장 활달하며 가장 이성적인 인간. 마법적 재능이 별로 없어서 2서클 마법도 제대로 배우지 못한 불쌍한 션. 굶주린 배와 눈앞에 놓인 먹음직스러운 음식, 하지만 먹을 수 없는 상황. 이건 고문이다.

"시끄러워! 나가! 파문이다, 파문! 나가!"

"홍! 그런다고 누가 겁낼 줄 압니까?"

"…끝나간다."

"뭐라고? 이놈이!!"

그간 션의 경험으로 볼 때 스승이 먼저 파문이라는 말을 꺼내면 페이빈 선배의 승리였고 반대로 페이빈이 먼저 나간다고 말하면 스승의 승리였다. 어쨌든 말싸움이 끝나고 식사 시간이 다가오고 있었다.

"이 탑의 식사와 빨래와 청소를 누가 하고 있다고 생각하십니까?"

"이놈이! 밥이야 션이 하면 되고 빨래와 청소는 안 하면 돼! 됐냐?"

"매일 풀죽만 드시려고요? 션이 할 줄 아는 요리라곤 그것밖에 없는데요? 그렇다고 손가락 까닥 안 하는 스승님이 하실 겁니까? 아니면 마을 처녀라도 납치해서 식모로 쓸 겁니까? 미리 말씀드리지만 마지막 건 하지 마십시오. 그렇지 않아도 저번에 Stone To Flesh 주문을 잘못 쓰서서 고깃덩어리가 마을을 덮친 건 잊지 않으셨겠죠? 마을 사람들이 이를 갈고 있답니다."

"그놈들은 왜 그러는데? 고깃덩어리 줬으면 기뻐해야지! 에잉~"

"…고깃덩어리가 집을 깔아뭉개 버리면 저라도 화가 날 겁니다."

"시끄럽다! 쓸데없는 과거 따윈 잊어버려!"

"그럼 탑 안의 회계와 자료 정리와 다른 마법사들과의 연락은 누가 합니까?"

"으득! 다 션 시킬 거다, 이놈아! 캬하하하하!!"

"…망했다."

"그런데요, 스.승.님. 수천 종이 넘는 마법 재료들이 어디에 어떻게 보관되어 있는지 아십니까?"

마법 재료 이야기가 나오자 양 허리에 손을 얹고 고개를 높이 치켜든 채 웃어대던 베르케르 스승의 웃음이 뚝 그쳤다.

마법 시전 보조 재료. 줄여서 마법 재료라고 부르는 물질들. 보통 마법 재료들은 한 마법을 사용하려고 할 때 마법사의 부담을 덜어주고 주변 마나를 쉽게 끌어다 쓸 수 있는 상태로 만들어주기 때문에 새로운 마법 연구 등을 할 때는 꼭 있어야 하는 것들이다. 숙련되면 마법 재료 없이도 자연스럽게 마법을 시전할 수 있지만 새로 마법을 만들거나 처음 마법을 배울 때는 마법 재료가 필요하다. 문제는 단 한 개의 마법에도 작게는 서너 종류에서 많게는 수십 가지의 복합적인 마법 재료들이 들어간다는 것이다.

대마법사의 탑답게 1g에 1만 골드가 넘어가는 오리하르콘이나 목숨 걸기 전엔 절대 구할 수 없다는 불사조의 깃털 같은 엄청난 물건들도 있지만 대부분의 마법 재료들은 쉽게 구할 수 있으면서도 또 쉽게 구할 수 없는 것들뿐이었다. 워낙 공급은 적고 수요는 많은 재료들뿐이었기 때문이다. 유황, 납, 질산, 청강석, 적이끼 등, 생물, 무생물, 동물, 식물을 막론하는 엄청난 양의 재료들! 협회에서 공식적으로 인정한 재료들만도 가뿐하게 수만 종류가 넘어간다. 스승인 베르케르 경조차도 어디에 뭐가 있는지 다 파악을 하지 못하고 있기에 페이빈은 승리의 미소를 지을 수 있었다.

페이빈이 보조해 주지 않는다면 당장 내일부터 베르케르 스승의 새로운 마법 연구는 요원한 일이 되는 것이다. 어디에 뭐가 있는지 알아야지 찾을 게 아닌가? 그렇다고 연구하기도 빠듯한 시간을 쪼개서 재료를 모으러 다닐 수도 없는 베르케르 경의 생활을 너무나도 잘 알고 있는 페이빈이기에 득의만만한 미소는 곧바로 승리자의 여유있는 미소로 교체되었다.

"어떻게 하시겠습니까? 스승님? 후.후.후."

"끄으응……."

"끝나간다. 밥이다."

"스승님?"

"좋다! 내가 졌다. 같이 청소하자. 됐냐? 늙은이를 부려먹으려고 하다니… 에잉, 고얀 놈들."

"난 아무 말도 안 했는데……."

"자, 그럼 식사들하자고요. 빨리 먹고 문서고 치워야 일찍 잘 수 있으니까."

그날 저녁 식사는 허겁지겁 먹다가 체한 선과 음식 투정을 부리는 베르케르 경 때문에 꽤 늦게 끝났다. 특히 선은 체했으면서도 먹지 않으면 죽는다는 표정으로 먹어대서 다른 두 사람을 질리게 만들었다. 물론 늦은 식사가 끝난 뒤에 대청소가 이어져서 이들 마법사들은 새벽이 다 되어서야 잠을 잘 수 있었다.

―왕국력 430년 9월 18일.

새벽같이 일어난 페이빈은 아침 식사를 준비하기 위해 들어간 창고에서 식료품과 술이 거의 바닥난 것을 깨달았다. 페이빈은 길게 한숨을 내쉬면서 탑 뒤의 작은 마구간에서 자고 있는 노새를 끌고 나왔다. 셋이 살 때는 몰랐는데 30여 마리의 코볼트들이 식객 노릇을 하게 되니 이전과는 비교도 안 되게 식료품이 빠르게 떨어진 것이다. 다른 야생의 코볼트들이라면 자기네가 알아서 사냥해서 먹고 살 텐데 이 소환된 코볼트들은 오직 페이빈이 밥 주기만을 기다렸다.

하는 일이라고는 탑 주변을 돌면서 자기네끼리 칼질이나 하면서 노는 것뿐. 그리고 가끔 멋모르고 찾아온 고블린 떼들을 위협해서 쫓아 내는 것 말고는 식량만 축내는 것들이지만 베르케르 스승은 정이 들었는지 이들을 쫓아낼 생각을 하지 않았다. 아니, 케렌케이드 학파의 수제자인 페이빈의 생각으로는 스승이 단지 귀찮아서 쫓아내지 않는 걸로 보였다. 덕분에 몸으로 뛰면서 고생하는 건 페이빈뿐이었다.

얼마 남지 않은 밀가루로 반죽을 하고 소시지를 데운 뒤 반죽한 빵을 굽고 닭장 속에서 달걀을 꺼내 후라이를 만든다. 이제는 능숙해진 페이빈의 손길에 썰렁하던 식탁 위에 하나둘 김이 모락모락 피어오르는 음식들이 올라왔다. 갓 구운 빵 사이에 야채와 잘 익은 계란후라이로 아침을 만든 페이빈은 대충 집어 먹은 뒤 션과 스승의 식사를 식탁에 올려놓고 밖으로 나왔다. 작은 식료품 창고에서 한 덩어리의 고기를 꺼내 든 페이빈은 그것을 날이 밝아오자 꾸벅꾸벅 졸고 있는 코볼트들에게 던져 준 뒤 아직도 정신을 못 차리는 늙은 노새를 끌고 와서 낡은 짐마차에 묶었다.

해가 막 산 위로 떠오를 때쯤 되어서 션이 탑 밖으로 나왔다. 졸린 표정의 션은 페이빈이 건네주는 점심 도시락을 받아 들고 마차에 올라 탔다.

"졸리냐?"

"우웅……."

"몸은 괜찮아, 션?"

"네."

"그럼 가자."

"네."

잠에 찌든 힘없는 목소리로 대답하는 션의 머리를 몇 번 쓰다듬어

준 페이빈은 마차를 출발시켰다. 성질 더럽기는 스승과 쌍벽인 늙은 노새는 몇 번이나 투정을 부리고 나서야 힘없는 몸짓으로 앞으로 걸어갔다. 낡은 짐마차가 탑을 나와 작은 오솔길을 따라 움직였다.

탑에서 좀 떨어진 산길에서 션은 마차에서 내려 산으로 올라갔다. 요즘 션의 주 임무는 마법 재료의 수집이었기에 온 산을 다 헤매고 다닌다. 약간 걱정스러운 표정인 페이빈이었으나 언제나처럼 별탈없이 돌아올 것이라고 믿는 듯이 그는 션이 올라간 산을 한번 돌아본 뒤 주저없이 마차를 몰았다. 요즘 들어 자주 왕래해서 그런지 마차가 지나갈 만한 길이 탑에서 웰던 마을까지 잘 만들어져서 예전에 비하면 훨씬 편하게 마을까지 내려갈 수 있었다.

2시간쯤—거의 걷는 것과 비슷한 속도다—마차를 몰아서 마을에 도착한 페이빈은 우선 식료품과 탑에서 쓸 생필품을 산 뒤 웰던 마을의 유일한 주점으로 마차를 몰았다. 이름도 없는 이 허름한 주점은 여관도 겸하고 있지만 이런 외진 마을에 여행자가 있을 리가 없으므로 언제나 한산하다. 특히 오전에는 주당들도 죄다 자러 간 시간이라 더욱 썰렁했다.

문을 열고 안으로 들어선 페이빈은 익숙한 얼굴의 중년인 커크를 보고 목례를 했다. 이 깐깐하고 무뚝뚝한 술집 주인은 벌써 10년째 단골인 페이빈에게 단 1실버도 안 깎아준 독한 사내였다. 그리고 주인 옆에서 손에 들고 다닐 만큼 작은 하프의 현을 튕기고 있는 소녀.

시이란 유리언. 구릿빛이 나는 금발에 동글동글한 얼굴, 그리고 산골 소녀답지 않게 하얀 피부를 가진 미형의 소녀다. 이 주점의 유명인사로 부모의 반대에도 불구하고 이 이름없는 주점에서 노래를 부르며 장래를 인정받고 있는 유망한 예비 바드이다. 물론 그전에 현재 바드

업을 생업으로 삼고 있는 카라나를 먼저 꺾어야겠지만.

"어? 페이빈 씨? 웬일이에요? 이번 달 들어서만 벌써 네 번째네요?"

"안녕하세요, 마스터, 그리고 시이란 양."

"에, 혹시? 언니 보러 온 거예요?"

"아… 저… 그런 건 아니고요. 그냥 먹을 게 떨어져서 사러 왔어요. 마스터, 포도주 한 자루랑 맥주 한 통 주세요."

여관 안에서 마스터로 통하는 커크는 말없이 고개를 끄덕인 뒤 객실 맨.끝에 있는 창고로 걸어갔다.

"에이, 그럼 언니 안 깨워도 되겠네? 지금 자고 있는데……."

"그… 그게……."

"우리 언니 보고 싶은 거예요, 아닌 거예요? 네?"

"저……."

페이빈의 얼굴이 새빨개졌다. 올해로 벌써 29살인 페이빈이었지만 지금까지 마법만 파고 살아온 인생이다 보니 연애 경험은커녕 여성과 제대로 대화조차 나누어본 적이 드물었다. 물론 요 몇 달 동안은 깨소 금이 쏟아질 정도의 진전이 있었지만 그렇다 해도 시이란의 이런 짓궂 은 장난에는 도통 적응을 못했던 것이다.

"아… 저… 괜찮다면 깨워주시겠……."

쾅쾅쾅!

저 멀리서 주인인 커크가 한 손에는 포도주 자루를, 그리고 다른 손 에는 맥주 통을 들고 걸어오다 객실문 하나를 발로 차는 것을 페이빈 은 보았다. 그리고 커크가 찬 방에 매일 밤마다 만나는 그녀 카라나가 자고 있다는 걸 머리 좋은 페이빈은 금방 눈치 챘다.

"에이, 마스터, 너무해. 좀만 더 기다리지."

시이란의 푸념을 무시한 커크는 포도주 자루와 맥주 통을 페이빈 앞에 내려놓고서는 손을 내밀었다. 페이빈이 주머니에서 금화를 꺼내 술값을 치르려고 할 때 객실문이 벌컥 열렸다.

"뭐예요, 마스터! 이렇게 일찍!! 깨… 까아악!!"

"죄, 죄송합니다!"

페이빈은 봤다. 아니, 눈에 들어왔다고 해야 할까? 문이 벌컥 열리면서 백금발의 미녀가 잠옷 차림으로 상체만 내밀고 신경질을 부리다가 방 안으로 뛰어들어 간 것이다. 페이빈의 머리는 반사적으로 창밖으로 향했다. 얇은 잠옷을 입고 있던 카라나였기에 속옷이 뚜렷하게 비친 것이다.

시이란은 비명을 지르며 방 안으로 들어가 버린 카라나를 보다가 새빨개진 얼굴로 창밖만 노려보는 페이빈을 보면서 깔깔거리며 웃어댔다.

한동안 퉁탕거리는 소리가 객실에서 들려오더니 10분도 안 돼서 아까의 부스스한 얼굴과 동일인이라고는 믿기지 않을 정도로 깨끗하고 시골에서는 보기 힘든 붉은 레이스가 달린 화려한 복장의 카라나가 우아하게 주점의 중앙으로 걸어나왔다.

"오, 오랜만이에요, 페이빈 씨."

"네… 에."

"저……."

"네……."

"……."

찔리는 구석이 있는 사내와 못 보일 꼴을 보인 여인은 말없이 고개만 숙인 채 침묵했다. 페이빈과 카라나가 침묵하자 시이란이 재미없다고 중얼거렸다.

페이빈은 술값과 외상값을 지불한 뒤 맥주 통을 어깨에 진 채 주점 밖으로 나왔다. 뒤따라 포도주 자루를 든 카라나가 말없이 나왔고 뭐라고 한마디 하려던 커크는 이미 나가 버린 두 사람을 보면서 한숨을 내쉬었다. 주점 밖에 마차를 세워뒀기에 페이빈은 짐을 짐칸에 실은 뒤 카라나를 바라봤다.

"저… 시간 나시면 산책이라도……."

"네."

"……."

얼굴이 빨개진 채 우물거리는 페이빈의 말에 카라나는 익숙하다는 듯이 마차 위로 올라갔다. 짐마차 안에는 밀가루 포대와 소시지 자루, 그리고 양젖이 담긴 자루 등이 이리저리 포개져 있어서 발 디딜 틈도 찾기 힘들었지만 카라나는 우아하고 세련되게 자리를 만들어서 앉았다. 마부석에 앉은 페이빈은 뒤돌아서 카라나에게 싱긋 웃어준 뒤 마차를 몰았다.

다각다각.

늙은 노새가 가끔 '푸르릉' 하면서 떠는 것 외에는 마차 안에는 정적이 감돌았다. 어차피 지붕이 없는 짐마차라 안과 밖의 차이가 없는 것이나 다름없지만.

마차가 웰던 마을을 벗어나서 산으로 향하는 길을 따라가는 동안에도 둘은 말이 없었다. 작은 숲을 벗어나 높다란 언덕을 지날 때 갑자기 페이빈이 마차를 멈춰 세웠다. 마부석에서 내린 페이빈은 약간 당황해하는 카라나에게 다가가서 아름다운 레이디를 에스코트하는 기사처럼 오른손을 내민 채 허리를 숙였다.

"풋."

카라나는 손으로 입을 가린 채 살포시 웃고는 오른손을 들어 페이빈의 손을 마주 잡아준 채 마차에서 조심스럽게 내려왔다. 마차를 타고 있을 때는 페이빈의 뒷모습만 정신없이 바라보느라 주변 경치를 돌아볼 여유가 없었던 카라나였는데 지금 땅에 내려서 주위를 돌아보자 자기도 모르게 탄성이 나왔다.

"와아~ 너무 아름다워요!"

"오다가 생각이 나더라고요. 보여주고 싶었어요."

가을이 한창인 계절이라 산은 갈색으로 옷을 갈아입는 중이었다. 알록달록한 산이 두 연인의 눈에 가득 들어왔다. 그 안을 통과해서 지나쳐 올 때는 몰랐는데 이렇게 높은 곳에서 바라보자 한 폭의 그림 같은 너무나 아름다운 장면이 나타났다. 그리고 산을 따라 계속 바라보다 보면 나타나는 거대한 갈색산맥. 줄기줄기 수많은 산들로 이어진 장엄하다고 할 만큼 위대한 풍경이 모습을 드러내었다. 카라나는 양 볼 사이로 무언가 따뜻한 것이 흘러내리는 것을 느꼈다.

"우세요?"

"아니에요. 너무… 감격해서… 흑."

"……."

페이빈은 손으로 입을 가린 채 감격해하는 카라나의 양 어깨를 감싸주었다. 살짝 기대어오는 그녀를 꼬옥 안아준 페이빈은 조심스럽게 그녀를 자리에 앉히고는 마차로 달려가서 바구니 하나를 꺼내왔다.

"그건 뭐예요, 페이빈 씨?"

"음… 그냥요. 며칠 뒤면 션 녀석이 생일이라서 산 건데… 좀 더 가치있게 쓰고 싶어서요."

"무리… 하시는 거 아니에요?"

"아뇨! 절대."

고개를 도리질 치며 페이빈은 바구니를 열어서 그 안에 있는 둥근 술병 하나와 잔 두 개를 꺼냈다. 그리고 향긋한 내음을 풍기는 치즈 조각을 꺼내는 것도 잊지 않았다.

"이건? 세상에… 400년산 적포도주잖아요. 그것도 넬튼 산! 못해도 수십 골드는 하는 엄청나게 비싼 건데……."

"별거 아니에요."

"우, 부담되는데요."

"정말 별거 아니에요. 카리나 양에 비하면……."

"예?"

뒷말은 우물우물하면서 끝마쳤기에 제대로 듣지 못한 카리나가 되물었지만 페이빈은 고개를 돌린 채 먼 산만 바라보았다. 덕분에 아까 들은 말을 다시금 곱씹어본 카리나는 그제야 무슨 뜻인지 깨닫고는 얼굴을 붉혔다.

퐁 하는 경쾌한 음성을 내면서 병마개가 열렸다. 그러자 도저히 술이라고는 생각하기 힘든 달면서도 향긋한 내음이 주변을 감돌았다. 평민들은 구경조차 힘든 유리잔에 적포도주를 따른 페이빈은 잔을 들어 카리나에게 쥐어주었다. 아직도 포도주색마냥 붉어진 얼굴의 카리나는 말없이 잔을 들었다.

"이렇게 함께 해줘서 너무 기쁘네요. 카리나 양이 좋아해 주면 더 기쁠 거예요."

"이런 건… 처, 처음이라서 당황스러워요. 그리고… 그리고… 너무 기뻐요."

"그럼 다행이에요. 사실 이거 공금에서 횡령한 거거든요. 사부님이 아시면 길길이 뛰실 테지만… 말하기 전엔 절대 모르실 분이니까요. 후후."

카리나의 경험으로 볼 때 오늘의 페이빈은 평소랑은 많이 달랐다. 보통은 그녀 자신이 수다를 마구 풀어놓고 페이빈이 받아주는 형식이었는데 오늘은 어떻게 된 게 말 한마디 하기 힘들 정도였다.

"하고 싶은 말이 있어요."

"……"

"아마도 제가 조만간 여기를 떠날 것 같아요. 스승님을 모신 지도 벌써 20년이 넘었고 이제 독립을 해야 할 때니까요. 스승님은 한사코 말리시지만 언제까지 견습으로 남을 수는 없으니까요. 저도 남자라서 그런지 혼자 힘으로 세상을 헤쳐 나가고 싶어요."

"떠나… 시는 건가요?"

"네. 그렇다고 당장 가는 건 아니에요. 이번 겨울이 지나고 내년 봄쯤에 하산할 생각이에요. 준비도 해야 되고 스승님도 설득해야 되니까요. 안 되면 야반도주라도 해야죠. 하하."

"…안 가시면… 안 되겠죠?"

"네… 꿈… 이 있으니까요."

'이해할 수 있다' 라고 카리나는 생각했다. 마을의 젊은이들은 이런 산골의 벽촌에서 평생을 썩기를 원치 않는다. 다수의 혈기 넘치는 젊은이들이 마을을 나갔고, 몇몇은 성공해서, 몇몇은 시체가 되어서 돌아왔다. 그래도 젊은이들에게 마을 밖의 넓은 세계는 동경의 대상인 것이다. 그래도 그가 떠난다는 말에 가슴이 한구석이 아려오는 카리나였다.

"그래서 말이에요… 제가 하산할 때 같이 가주셨으면 해요."

"네? 무슨?"

"그러니까요. 에… 그게……."

페이빈은 코를 긁적이면서 머뭇거리다가 무슨 뜻이냐고 묻는 카리나의 얼굴을 외면한 채 말했다.

"…평생 같이 살아달라고요."

"그거 혹시 청혼?"

"예… 에……."

"청혼치고는 엄청나게 무드 없네요. 남은 버려지는 줄 알고 가슴 졸였는데… 미워요."

"앗! 잘못했어요. 용서해 주세요."

"흥!"

고개를 휙 하고 돌려 버리는 카리나. 당황한 페이빈은 잘못했다고 싹싹 빌었다. 한참을 빌고 애원한 끝에 겨우 카리나의 마음을 푼 페이빈은 다시는 그녀에게 쓸데없는 말장난을 치지 않으리라 맹세하면서 살짝 카리나를 품에 안았다. 페이빈의 어깨에 머리를 기대고 눈을 감은 채 미풍을 음미하던 카리나는 페이빈의 시선이 느껴져서 살짝 눈을 떴다. 무언가 애원하는 듯한 표정의 페이빈이 눈에 들어왔다.

카리나는 살포시 웃으면서 그에게서 떨어져 다시 눈을 감았다. 잠시 후 자신의 입술에 부드러운 무언가가 마주 닿는 것을 느끼면서 카리나는 몸을 살짝 떨었다. 기쁨이 포만감처럼 그녀의 몸을 잠식해 들어왔다.

'이 시간이 영원하길……'

카리나는 소망했다.

카리나 양을 마을에 데려다 준 뒤 부지런히 마차를 몰아 탑으로 돌아온 페이빈은 스승인 베르케르 경이 탑 안에 있는 모든 방을 휘저으며 다니는 것을 보고 할 말을 잃었다. 어제의 사태는 장난이었다는 듯이 탑 안의 풍경은 난장판 그 자체였다. 사방에 흩어져 있는 서류들과 마법 서적들, 옷가지들과 식료품들이 이곳저곳에 뒹굴고 있었고 마법 재료들을 모아놓은 시약병들이 어지럽게 흩어져 있었다. 페이빈은 쓰러지고 싶다는 생각이 문득 들었다.

"여기에도 없고… 에잉! 도대체 어디 있는 거야!"

막 비틀거리며 쓰러지려던 페이빈의 눈앞에 화가 난 듯이 지팡이로 주위에 널린 물건들을 마구 휘젓고 다니는 스승이 보였다.

"스! 승! 님!"

페이빈은 진정으로 살의를 느끼며 자신의 스승인 베르케르 경에게 달려들었다. 아마도 이번엔 사생결단을 내려는가 보다.

폭풍이 지나간 뒤 베르케르 경과 페이빈, 그리고 션은 1층에 있는 식당 테이블에 모여 앉았다.

"그럼, 정제금은 단 1그램도 없는 거냐?"

"네. 사금과 액체금, 그리고 백금도 전량 바닥입니다."

"그럼 약재로 쓸 만한 재료들은?"

"없어요. 그런 건 전부 팔아서 식료품 사는 데 썼어요."

"션! 네 이놈! 도대체 온 산을 다 헤집고 다니면서 한 게 뭐얏!"

"스승님! 션이 아니었으면 우린 벌써 예전에 굶어 죽었을 겁니다!"

스승님 미워. 선배님 멋져. 션의 얼굴에 떠오른 표정이다. 지금 탑 안에는 긴장감이 감돌고 있었다. 이유인즉슨……

"하아… 어떻게… 돈 될 게 이렇게도 없단 말입니까?"

"회계 담당은 네놈이었잖아! 이놈이 돈 관리를 어떻게 한 거야!"

"현재 탑 안의 자산은 10만 3천 골드입니다. 그리고 스승님이 요 두 달 동안 다른 마법사 분들에게 외상으로 가져온 재료 값이 75만 골드 입니다. 저에게 말도 없이 말입니다! 이래도 제가 잘못한 겁니까?"

"고얀 놈! 스승이 하는 말에 단 한 마디도 안 지려고 하니… 쯧쯧."

"그런 문제가 아니지 않습니까!! 세상에 1그램에 100골드가 호가하 는 미스릴 원석을 무려 5kg이나 외상으로 주고 사 오다뇨! 거기다 루 비! 다이아몬드! 토파즈까지! 보석상이라도 차리실 겁니까? 네?"

"시끄러! 다 연구를 위해서야! 성공하면 나만 좋냐? 나만 좋아?! 다 네놈들도 나중에 배울 게 아니야? 어차피 투자하는 거 화끈하게 한다 는 데 뭐가 문제야? 앙?"

4단계의 몬스터 소환(Summon Monster IV) 마법을 익히기 위해 금은 을 녹여서 마법진을 그리는 건 보통이고 보석을 가루로 만들어서 소환 진을 그리고 일반인은 보기조차 힘든 바실리스크의 피나 오우거의 힘 줄들을 사용하는 등, 베르케르 공의 마법 수식에는 엄청난 고가의 재료 들이 마치 물 쓰듯이 쓰였다. 당연히 재화라고 부를 만한 것이 탑에 남 아 있을 리가 없는 것이다. 그것도 마법 연구 때마다 성공하기라도 하 면 본전이라도 건진 셈치겠지만 베르케르 경의 실험이 성공하는 건 열 번에 한 번도 못 되었다. 지금까지야 은거하기 전에 모아놓았던 재화 들과 스크롤을 제작해 팔거나 마법 도구를 만들어 팔아서 충당했었지 만 그의 스승은 요 몇 년 동안 연구에만 골몰해서 수입은 전혀라고 봐 도 무방할 정도로 없었기에 파산 위기에 몰린 것이다.

아무리 친한 마법사들의 사이라도 마법 재료는 곧 자신이 익히는 마법 연구에 절대적으로 필요하기에 외상은 있을지언정 기증은 절대! 없다. 오죽하면 마법사들이 다른 적대적인 마법사의 연구실에 침입했을 때 훔쳐 오고 싶은 순위 2위가 보석도 아닌 마법 재료들이겠는가. 물론 1순위는 마법서이다.

"우리 케렌케이드 학파 최대의 위기로다. 이를 어쩔꼬⋯⋯."

"정 안 되면 탑이라도 팔아야겠습니다."

"노숙은 싫은데⋯⋯."

"안 돼! 절대 안 돼! 이 탑 만드는 데 얼마가 깨졌는지 네놈은 몰라서 그런 말을 함부로 지껄이는데! 죽어도 이 탑은 못 팔아!"

"그럼 어쩌겠습니까? 일주일 뒤면 갚아야 하는데⋯ 지금부터 돈 될 걸 만든다 해도 재료가 없으니 안 됩니다. 죽었다 깨도 65만 골드는 못 만듭니다."

이게 다 스승 탓이라는 듯이 선과 페이빈 두 제자가 노려보자 베르케르 경은 당황했다. 하지만 그는 끝까지 태연한 척했다. 여기서 약한 모습을 보이면 스승의 권위가 여지없이 뭉개지게 되고 그렇게 된다면 페이빈의 잔소리와 선의 불만 어린 목소리가 지금보다 훨씬 심해질 것이기 때문이다. 두 쌍의 눈초리를 피해서 고개를 푹 숙인 채 한동안 고민하던 베르케르 경은 결심했는지 탁자를 탁 치면서 말했다.

"좋다! 결정했다!"

"탑을 파실 겁니까?"

"아니, 안 팔아!"

"그럼 연구 자료라도 넘기실 겁니까?"

"미쳤냐? 내가 죽어라 연구한 건데 그깟 푼돈에 넘기게?"

"그럼 어쩌실 겁니까, 스승님?"

"페이빈!"

"네?"

"너, 나가서 돈 벌어와! 음… 그래! 한 100만 골드만 벌어와라!"

"네에?"

"귀가 먹었냐? 길레인, 그놈한테는 내가 잘 달래서 말해 둘 테니까 가서 돈 벌어오라고. 던전을 털든지 아니면 왕궁이라도 습격하든지 그건 네 맘대로 하고 내일 당장 나가서 돈 벌어오너라. 100만 골드 만들기 전에는 돌아올 생각 마라. 알겠냐?"

"스. 승. 님!!"

"벌어오면 독립시켜 주마."

찜찜한 표정의 스승. 페이빈은 귀를 의심했다. 지금까지 이런저런 핑계를 대면서 이제 얼마 뒤면 30대에 들어설 제자의 독립을 필사적으로 막던 스승이었다. 그런데 갑자기 독립을 조건으로 돈을 벌어오라니…….

"진심이십니까?"

"그래, 언제까지 징그러운 네 녀석을 데리고 살 수는 없으니까. 그리고 선도 이제 꽤 쓸 만해졌으니 마지막으로 케렌케이드 학파의 발전을 위해서 기부한다고 생각하고 갔다 와."

"그냥 독립시켜 주면 안 됩니까?"

"절대 안 돼!"

뚱한 표정으로 고개를 돌려 버린 베르케르 경, 그리고 고심하는 페이빈. 선배가 돈을 벌러 나간다는 말에 잠시 고개를 갸우뚱하던 션은 내일부터 선배의 일거리까지 모두 자신의 차지가 될 거라는 걸 뒤늦게 알아채고는 인상을 찡그리며 중얼거렸다.

"망했네······."

그렇게 단 3명뿐인 케렌케이드 학파의 거주지 회색의 탑—페이빈의 작명 센스다—의 밤이 깊어갔다.

—왕국력 430년 9월 19일.

부지런한 페이빈은 평소와 다름없게 스승과 선의 아침 식사를 만들어놓고 자신의 방에 들어가서 짐을 챙겼다. 마법사의 상징이나 다름없는 루비가 박힌 참나무 스테프를 한 손에 들고 깨끗한 로브 몇 벌을 챙긴 페이빈은 가장 중요한 마법서와 연구 자료들을 배낭에 잘 싸 넣었다. 책장과 책, 그리고 달랑 침대 하나만 있는 단출한 자신의 방을 빙 둘러본 페이빈은 작게 한숨을 내쉰 뒤 방을 나섰다.

탑의 외문 앞에는 선과 스승인 베르케르 경이 기다리고 있었다. 뚱한 표정의 스승은 뭐가 그렇게 아쉬운지 자꾸 한숨을 내쉬었다. 그렇지 않아도 주름이 많은 얼굴에 근심 섞인 표정으로 한숨을 내쉬니 20년은 더 늙어보였다.

"다녀오겠습니다, 스승님."

"그래."

"선배님, 이거. 그리고 잘 다녀오세요."

선이 금줄이 달린 루비 목걸이를 내밀었다. 목걸이를 받아 든 페이빈은 루비 표면에 감도는 옅은 푸른빛을 보고 금방 마법이 걸린 목걸이라는 걸 알 수 있었다.

"스승님이 주라고 했어요."

"망할 놈! 그 딴 말은 왜 하냐? 기껏 네놈한테 주라고 했는데… 쯧."

"감사합니다, 스승님."

"프로텍트 계열의 마법이 걸린 목걸이다. 예전에 내가 활동할 때 썼던 도구야. 도움이 될 게다. 세상 밖은 험하고 위험한 일 투성이일 테니 조심해라."

"예, 다녀오겠습니다."

페이빈은 고개를 숙여 스승에게 예를 표한 뒤 발걸음을 옮겼다. 우선 웰던 마을에 들러 식량을 먼저 사야 했다. 그리고 만나야 할 사람도 있었다.

"선배님, 빨리 다녀오세요!"

선의 외침에 페이빈은 한껏 미소를 보여준 뒤 탑을 뒤로한 채 작은 오솔길을 걸어나갔다.

주점 안은 냉기가 감돌았다. 페이빈은 죄진 사람마냥 고개를 떨군 채 아무 말도 못하고 있었고 카라나는 분노한 표정으로 페이빈을 외면하고 있었다. 둘 사이에 끼어 있던 사이란은 이런 분위기가 싫다며 어디론가 가버렸고 주인인 커크는 재고 정리나 한다면서 창고로 가버렸다. 한동안 어색한 침묵이 작은 주점 안에 감돌았다.

"저어……."

"화났어요. 말 걸지 말아주세요."

"정말 미안해요, 카라나 양. 하지만……."

페이빈이 변명을 하려고 말을 꺼냈지만 카라나는 요지부동이었다. 팔짱을 낀 채 사내를 외면한 카라나는 천장의 무늬를 세면서 입을 삐죽 내밀었다.

"저기……."

"대체!"

"……."

"어제 청혼한 사람이 오늘 멀리 가니 당분간 못 볼 거라고요? 이봐요, 페이빈 씨! 지금 나 가지고 장난치는 거예요? 네? 술집 계집이라고 놀리는 거예욧!"

"죄송합니다."

고개를 떨구는 페이빈. 자기가 생각해도 너무했다는 생각이 들었다. 바로 전날 한껏 분위기 잡고 청혼해 놓고 다음날 찾아와서 얼마가 될지 모를 여행을 가게 됐다고 말하다니… 그래도 억울한 기분은 여전했다. 자신의 사정을 좀 더 이해해 주지 못하는 카리나 양이 조금 야속하다고 페이빈은 생각했다.

"……."

"……."

"뭐라고 변명이라도 해보세요."

"꿈… 이 있어요."

"그놈의 꿈타령!"

"끝없이 펼쳐진 초원 위에 높다란 저택을 세우고 거기서 사랑하는 부인과 귀여운 아이들과 함께 살고 싶어요. 저, 저는 고아라 가족이란 걸 잘 모르거든요. 그래서 독립해야 돼요. 스승님 밑에선 전 아무도 책임질 자신이 없어요."

"……."

"미안해요."

페이빈은 의자에서 일어섰다. 바닥에 놓인 배낭을 메고 지팡이를 쥐

었을 때 고개를 돌려 외면하고 있던 카라나가 조금 풀이 죽은 목소리
로 말했다.

"기다려요."

"……."

"키스… 해 주세요. 정말로 저를 사랑했다면……."

"지금도 사랑합니다. 과거형으로 말하지 마세요."

페이빈은 지팡이를 내려놓고 고개를 돌리고 있는 카라나의 양 볼을
부드럽게 감싸 쥐었다. 차가운 물기가 손끝에 만져졌다.

"저를 보세요. 외면하지 말고요."

언제 운 것일까? 빨개진 두 눈을 한 카라나의 얼굴이 보였다. 페이빈
의 얼굴이 가까워지자 카라나는 눈을 감았다. 마치 꼭 그래야 한다는
듯이. 살포시 포개진 입술 사이로 카라나의 신음 소리가 애처롭게 흘
러나왔다. 그렇게 짧지 않은 키스를 마친 페이빈과 카라나는 서로를
마주 보았다.

"안 가면 안 되겠죠?"

"미안해요. 정말로… 진심으로 당신에게 미안해요."

"가세요."

그 한마디를 끝으로 카라나는 다시 페이빈을 외면해 버렸다. 작게
한숨을 내쉰 페이빈은 지팡이를 들고 주점 문밖으로 걸어갔다.

"페이빈 씨."

카라나의 부름에 페이빈은 묵묵히 고개를 돌려 그녀를 돌아봤다. 아
까와 같이 자신을 외면하고 있는 그녀가 눈에 들어왔다. 오늘따라 카
라나의 어깨가 더욱 가냘파 보인다고 페이빈은 생각했다.

"기다리지 않을 거예요. 행여나 기대 같은 거… 하지 마세요."

"……."

끼익 소리를 내면서 주점의 문이 활짝 열렸다가 다시 굳게 닫혔다.

카라나 양의 일 때문에 마음이 무거운 페이빈은 고개를 세차게 흔든 뒤에 마을을 나섰다. 탑으로 가는 길의 반대쪽은 스위니아 왕국 북부의 중소 도시 알베리토가 나온다. 걸어간다면 최소한 3일은 걸릴 거리. 흐트러진 마음을 달랜 페이빈은 힘차게 기합을 넣고 마을을 떠났다.

100만 골드를 향하여! 독립을 향하여!

—왕국력 430년 9월 20일. 웰던 마을 주점 안.

가벼운 옷차림의 카라나와 무거운 표정의 시이란. 묵묵히 카라나를 노려보던 시이란은 결국 졌다는 듯 고개를 저으며 입을 열었다.

"끝내 가겠다는 거야, 언니?"

"응, 난 갈 거야."

"미쳤어! 그 사람 어디 있는지도 모르잖아! 어디 가서 어떻게 찾을래?"

"어제 탑에 갔다 왔어. 베르케르님이 말씀하시길 페이빈님 정도의 마법사라면 5대 후작가나 왕궁에서 일할 확률이 높데. 우선 그쪽부터 살펴볼 거야."

"여행 한번 다녀본 적 없는 여자가 잘도 다니겠다. 언니, 이건 정말 미친 짓이야. 응? 도대체 왜 가겠다는 거야? 기다리고 있으면 돌아올 사람이잖아!"

"나… 임신했어."

"뭐?"

시이란은 놀란 표정으로 카리나를 쳐다봤다. 임신이라니. 상대가 누구인지는 뻔했지만 놀랍기는 마찬가지였다. 오갈 데 없는 순둥이로만 알고 있었는데…….

"얼마나 됐어? 응? 언제야?"

"두 달 전 추수절 축제 때……."

"아유, 정말… 그래서 가려고 하는 거야? 홑몸도 아닌데 더 힘들 거 아냐?"

"그 사람이 먼 곳에 있으니까 나 힘들어. 그래서 찾아갈 거야. 페이빈 씨에게도 말했어. 기다리지 않을 거라고."

도저히 안 되겠다고 생각한 시이란은 커크를 돌아봤지만 무뚝뚝한 커크는 고개를 살짝 도리질 친 뒤 술잔만 닦았다.

"마스터를 쳐다봐도 소용없어. 어제 허락받아 냈으니까."

카리나의 말에 커크가 인상을 썼다. 그 '허락'이라는 게 얼마나 집요하고 지겨웠을지 능히 짐작해 낸 시이란은 길게 한숨을 내쉬었다. 이로써 카리나를 말려줄 존재는 주점 안에 남지 않게 된 것이다.

"정 가겠다면… 말릴 수도 없겠네 뭐. 언니, 몸조심 해. 언니는 여자야. 그것도 애 가진 여자. 알았지? 밥 잘 찾아 먹고, 모르는 사람 조심하고. 응?"

"걱정 마. 누가 들으면 니가 내 언니인 줄 알겠다."

"걱정이 되는 걸 어떻게 해? 참, 알베리토까지는 어떻게 갈 거야?"

"응, 광장에 알베리토까지 가는 상인들이 있대. 거기 끼어서 가려고 해."

"에휴, 그래, 알았어. 조심해, 언니."

"응."

"떠나는 사람을 기다리는 마음 언니는 알지? 기다릴게. 꼭 무사히 돌아와야 돼. 알았지?"

"응."

두 여인은 서로를 마주 보고 웃었다. 비록 씁쓸한 감이 적지 않게 들어가 있는 웃음이었지만 카라나와 시이란은 그저 마주 보는 것만으로도 서로의 마음을 충분히 읽을 수 있었다. 시이란은 언니인 카라나의 어깨를 툭툭 쳐주면서 말했다.

"언니… 절대로 불행해지지 마. 알았지?"

"물론이야. 니가 샘날 정도로 난 행복해질 거야. 후훗."

"그래, 그래야 언니답지. 시간 다 돼가지? 이제 가봐."

마스터와 시이란의 배웅을 받으며 카라나는 느지막하게 자리를 접고 막 이동하려 하는 상인들의 짐마차에 올라탔다. 카라나는 먼 하늘을 바라보면서 즐거운 미소를 지었다. 연인이 떠난 뒤 술과 눈물, 그리고 탄식으로 보내던 여인이 자리를 털고 일어섰다. 더 이상은 기다릴 수 없게 된 카라나는 결국 페이빈을 찾아가기로 마음먹었고 지금 이렇게 출발하는 것이다.

2 화

몸값

몸값

대체로 마법사들의 고용 비용은 일반인들의 상식을 뛰어넘는 어마어마한 금액이다.

만약 당신이 마법사를 고용한다면 최소한 일 년에 원만큼 사는는

중소 영지를 살 만한 재력을 갖추어야 한다. 어마운가? 그러나 마법사의 능력은 당신이

가진 재물에 대한 안타까움을 털어버리는 데 충분할 것이다.

—현명한 노인 케르케스의 저서 中.

—왕국력 430년 9월 23일.

상인 행렬에 몸을 맡긴 채 알베리토에 도착한 카라나는 도시 내의 여관에서 페이빈의 자취를 찾으려고 했다. 하지만 세상은 그녀가 생각한 것보다 훨씬 어렵고 복잡했다. 카라나는 그걸 뼈저리게 느꼈다. 벌써 일곱 번째 여관을 나오면서 말이다.

"하아……."

마차를 타고 온 3일 동안은 별다른 사고 없이 알베리토에 도착할 수 있었다. 그리고 정오가 될 때쯤 상인 무리는 알베리토에 도착했고 카라나는 연인 페이빈의 종적을 찾기 위해서 알베리토의 여관을 찾아다닌 것이다. 총인구 2만의 대도시인 알베리토에 여관이 한두 개이겠는가? 어림잡아도 수십 개는 되었다.

바로 떠났는지 아니면 아직 이 도시에 있는지도 모르는 마법사를 찾는다는 건 세상 경험이 거의 없는 카라나에게는 불가능한 일이었다. 그래도 카라나는 포기하지 않았다. 페이빈이 알베리토로 온 것은 확실하다. 또 어디로 갈지도 확신할 수 있었다. 문제는 페이빈이 갈 만한 곳이 무려 여섯 군데나 되었고 3일 동안의 여행만으로도 피로가 쌓이고 온몸이 비명을 질러댄다는 것이다. 산골의 작은 마을의 평화롭고 고요한 생활이 몸에 밴 그녀에게 여행은 생소하고도 힘든 일이었다.

"그냥 돌아갈까……."

소녀 바드 지망생이자 마을에서 제일 떠벌리기 좋아하는 시이란이 한 며칠 동안은 놀려대겠지만 그 정도야 참을 수 있다. 하지만…….

"페이빈 씨, 보고 싶어."

사랑하는 연인 페이빈을 갈구하는 카라나의 갈망이 이 여행을 포기하지 말라고 속삭였다. 그녀는 약해지려는 마음을 다잡았다. 이왕 시작된 여정이다. 끝까지 가보자는 심정으로 카라나는 다시 근처의 다른 여관으로 걸어갔다.

끼이익—

낡은 미닫이 문이 열리면서 먼지로 많이 지저분해진 갈색 상의와 갈색 치마를 입은 여인이 여관 안으로 들어섰다. 다행히 술집을 겸하지 않는 방만 빌려주는 여관이라서 그런지 여관 안은 한산했다.

"어서 오슈."

입구 바로 옆에 마련된 카운터에 50살은 되어 보이는 아주머니가 장부를 정리하면서 퉁명스럽게 인사를 건넸다. 카라나는 자꾸 미끄러지는 가방을 여관 바닥에 내려놓고 아주머니에게로 다가갔다.

"저……."

"방이요? 독방은 2골드, 같이 쓸 거면 1골드 50실버요."

"아니요. 그게 아니라… 말씀 좀 여쭈려고 하는데요."

여주인은 장부에서 눈을 떼고 카리나를 바라봤다. 누가 보기에도 초보 여행자 티를 팍팍 내는 어리숙해 보이는 처녀. 아주머니의 눈에 한심하다는 빛이 역력했다. 산 지 며칠 되어 보이지도 않는 새것 티가 팍팍 나는 가죽 부츠와 대충 무두질한 듯이 투박한 가방, 거기에 나들이용으로나 쓸 법한 둥근 모자하며 발목까지 오는 긴 치마는 카리나가 여행에 조예가 깊지 않다는 걸 여실히 증명해 주었다.

"물어봐요. 바쁘니까 짧고 간단하게."

"네, 혹시 며칠 전에 한 손님이 왔다 가지 않았나 해서요."

"하루에도 수십은 들어오고 나가요. 여긴 여관이라고, 젊은 아가씨."

"그게 아니라… 아, 그분은 나무 지팡이에 긴 로브를 입고 있었을 거예요. 그리고 회색 망토와……."

카리나가 손짓 발짓을 해가며 설명하는데도 여주인은 퉁명한 표정으로 장부를 계속 써내려 가면서 말했다.

"지팡이야 여행자면 한두 개는 가지고 다니는 거고, 로브와 망토는 기본 아닌가? 아가씨, 난 바쁘니까 용건만 말하고 가세요."

"아… 저… 아! 루비 지팡이! 맞아요! 그분 지팡이 끝에 엄지손가락만한 붉은 루비가 박혀 있어요!"

막 생각난 듯이 카리나가 손뼉을 치면서 말했다. 루비라는 말에 여주인의 눈길이 장부를 떠나서 카리나의 얼굴로 향했다.

"그 젊은 마법사?"

"네, 맞아요! 그분은 마법사예요!"

"아아, 알지, 알고말고. 여기서 하루 묵고 갔으니까."

"드디어 찾았어……."

"그래, 가만있자. 그 젊은이 참 예의 바르고 착해 보이더군. 뭐… 생긴 것 답지 않게 돈 계산에 관해서는 굉장히 째째했지만 말이야."

"후훗……."

그럴 만도 했다. 100만 골드라는 엄청난 거금을 모아야 했으니 한 푼이 아쉬울 것이다. 카라나는 평소 겪어왔던 검소하면서도 돈에 관해서는 일말의 양보도 없는 그의 성격을 잘 알기에 페이빈이 이곳에서 어떻게 했을지 충분히 짐작했다. 기쁜 표정으로 웃는 카라나를 보던 여주인은 2층을 향해 소리 질렀다.

"린! 린!"

잠시 뒤 2층에서 10살쯤 되어 보이는 소년이 뛰어왔다.

"린, 여기 카운터 좀 봐라. 그리고 주방에 저녁거리 좀 내오라고 해."

"정식이요?"

"그래, 정식."

"저어……."

"응? 왜? 아가씨, 배 안 고파? 행여나 안 고프다는 소리는 말아. 배가 고파야 그 젊은 마법사 소식도 들을 거야."

"네에……."

투철한 상인 정신에 약간 주눅이 든 카라나는 여주인의 손에 이끌려 식당 구석으로 끌려갔다. 잠시 후 푸짐하게 차려진―그것도 고기 요리가 몇 개씩이나 보이는―화려한 저녁 식사가 나왔다. 여주인은 카라나의 맞은편에 앉아서 포크를 들면서 말했다.

"먹어. 식으면 맛없어."

"네."

"마리아." ·

"네?"

"내 이름이 마리아라고. 이름이 뭐야?"

"카리나… 요."

"그 젊은 마법사랑은 어떻게 돼? 애인?"

마리아가 낮은 소리로 둘의 관계를 묻자 카리나의 얼굴이 새빨개졌다. 카리나는 기어들어 가는 목소리로 말했다.

"그분은… 저의 남편… 이세요."

"결혼했어? 에이, 재미없네. 불륜이라도 하는 줄 알고 기대했었는데."

"저기… 그분은……."

"남쪽으로 간다더군. 어서 먹어. 식으면 맛없다니까? 그래, 가만있자… 이틀 전이었지? 그 젊은이가 와서 독방 달라고 했던 때가 말이야… 그 젊은이도 아가씨처럼 초보 여행자 티를 팍팍 냈지. 암, 거기다 지팡이에 달린 루비 때문에 길거리에서 건달 패거리까지 끌고 여기로 들어온 거 아니겠어? 한두 놈이면 내 이 팔로─웬만한 장정의 허벅지만하다─두들겨서 내쫓겠는데 무려 열두 놈이나 들어왔더라고. 이 근처 건달이라는 놈들은 다 몰려온 거 같았다니까. 음, 역시 이 소스는 너무 맛있어. 뭐 해? 어서 먹어. 많이 먹어야 힘내지."

카리나의 접시에 포크를 난입시켜 맛있게 보이는 고기 조각을 한 점 두 점 주워 먹으며 마리아는 말을 계속 이었다. 카리나야 금쪽같은 고기를 맘대로 집어 먹는 마리아가 밉살스러웠지만 별수있는가? 칼자루를 쥔 쪽은 마리아다.

"린, 여기 맥주 한 잔 가져와! 아니, 두 잔! 아가씨… 아니, 카라나라고 했던가? 술 마실 줄 알지?"

"저기……."

"마실 줄 안다고? 잘됐네. 내가 어디까지 했더라? 아! 건달 패거리들이 몰려온 거 말했지? 그놈들 여기 들어오자마자 그 젊은이를 찾으면서 행패를 부리더라고. 평소대로라면 귀를 잡아끌어서 내쫓겠는데 이젠 나도 나이를 먹었는지 기력이 많이 딸리거든."

린이라고 불린 소년이 쪼르르 달려와서 카라나의 가방만큼 커다란 맥주잔 두 개를 낑낑거리며 들고 와서는 식탁 위에 내려놓고 카운터로 달려갔다. 마리아는 카라나에게 억지로 잔을 들게 한 뒤 쭈욱 들이키기 시작했다.

"크아, 내가 왕년에는 이 근방에서 꽤 날리던 몸이었는데… 역시 늙으면 죽어야 된다니까. 에휴, 내 팔자야."

한숨을 내쉬는 마리아를 따라서 카라나도 한숨을 내쉬었다. 언제쯤이면 페이빈 씨에 대한 이야기를 들을 수 있을지…….

"하여튼 그놈들 마법사 젊은이를 끌어다 놓고 협박하는 데 단 1실버도 안 빼앗기겠다는 듯이 격렬히 저항했어. 그 젊은이, 겉으로 보기엔 유약해 보이는 게 주먹 한 방에 뻗을 것 같았는데, 아주 돈에 목숨을 걸더라고. 여관 경력 30년인 나도 그렇게 당당하게는 말 못했을 거야. '당신들 따위에게 줄 돈은 1실버도 없어!'라고 당당하게 소리쳤다니까. 그리고 마법을 썼지. 굉장했어! 눈앞에서 빛나는 푸른 화살이 무려 세 개나 나온 거야! 건달 놈들 혼비백산해서 도망치고… 하여간 멋졌다니깐."

"저기… 그분은 어디로 가셨지요? 혹시 어디로 간다는 말이라든 가……."

"음… 글쎄, 남쪽으로 간다고 했었는데… 케… 뭐라는 후작한테 간 다고 했던가? 하긴 마법사라면 귀족들이 좋아할 테니까. 나도 여기서 꽤 오랫동안 여관 일을 했지만 마법사를 본 건 이번이 처음이었다니 까."

"케로스 후작! 헤란!"

케로스 후작이라 하면 스위니아 왕국에 다섯뿐인 대귀족 중 1인으로 스위니아 왕국 남동부에 위치한 거대한 영지를 가진 귀족이었다. 그의 개인 영지에 속해 있는 영주민만 해도 무려 20여만 명이나 되었고 개 인 사병을 1만 이상이나 거느린 귀족 중에서도 강한 세력을 갖춘 왕국 내에서 손꼽히는 귀족이었다. 요즘 들어 그의 영지가 늘어나는 것을 불안해하는 다른 대귀족들이 케로스 후작을 견제하고 있어 현재는 자 제 중이지만 그의 끝없는 정복욕과 확장욕은 은밀히 진행 중이라는 소 문은 북부의 외진 도시에까지 퍼질 정도였다. 많은 돈을 바란다면 케 로스 후작은 좋은 선택일 것이다. 그러면 5서클의 마법사를 고용할 만 한 충분한 재력이 될 테니까.

페이빈의 목적지를 알아낸 카라나는 기뻐하면서도 약간 곤란한 표 정을 지었다. 케로스 후작의 영지인 헤란까지는 스위니아 왕국 북부 끝에서 남부 끝까지 가야 하는 먼 여정이었다. 마차를 타고 가도를 따 라간다 해도 족히 한 달은 걸릴 만큼 먼 거리였던 것이다. 여행 경험이 거의 없는 여자 혼자서 가기엔 너무나도 멀었다.

"아……."

"왜 그래, 아가씨? 어디 아파? 표정이 왜 그래? 배는 채웠지? 고민 같은 건 나중에 하라고. 우선 올라가서 쉬어. 응? 린! 린! 와서 이 아가씨 가방 올려다 줘라!"

카리나는 또 마리아가 제멋대로 방을 잡는 것을 보면서도 별다른 제지를 하지 못했다. 페이빈을 향해 가야 할 길을 생각하기에도 카리나의 머리 속은 너무나 복잡했기 때문이다. 그녀로서는 다른 어떤 것도 생각할 여유가 없었다.

카리나가 마리아를 만난 것은 정말로 행운이었다. 페이빈의 소식을 알려준 것으로도 모자라 그녀는 수도까지 가는 십여 명의 상인 무리에 공짜로 끼어서 갈 수 있게 되었다. 물론 마리아의 추천과 입김 덕이었다. 마리아는 카리나를 보면서 여자 몸으로 힘들 거라며 잘 제련된 세련된 문양이 새겨진 검집을 가진 단검을 손에 쥐어주었다. 극구 사양하던 카리나는 마리아의 성화에 단검을 품속에 잘 갈무리하고는 떠나면서 연신 고맙다고 고개를 조아렸다. 마리아가 돈을 요구하기 전까지.

"식사비가 정식이 2골드 50실버야. 맥주 값 포함이야. 방이 독방이었으니까 2골드. 그리고 단검은 내가 애용하던 건데… 아깝지만 50실버에 해줄게. 합쳐서 딱 5골드! 싸다!"

카리나의 손이 미세하게 떨렸다. 방 값보다 한 끼 식대가 더 나오다니! 그것도 자신이 시켰다면 억울하지나 않겠지만… 거기다 누가 단검을 달라고 했던가? 자기가 선물해 놓고 거기에 값을 매기다니… 그러나 어쩌랴. 이미 금전적으로 따질 수 없는 은혜를 입은 카리나. 돈 문제로 좋은 이미지를 망칠 수는 없지 않은가? 부들부들 떨리는 손으로 계산을 하는 카라나의 귓가에 들릴 듯 말 듯 마리아의 목소리가 흘러 들어왔다.

"남편은 1실버라도 깎으려고 안간힘을 쓰는데. 부인은 물 쓰듯이 쓰다니… 쯧쯧, 마법사 젊은이가 불쌍하네. 쯧쯧쯧."

그날 카라나는 짐마차에 올라타서 가는 동안 내내 어디 호소할 데 없는 억울함과 풀 길 없는 오해에 파묻혀 오랜만에 실컷 울었다.

─왕국력 430년 9월 21일. 카라나가 알베르토에 도착하기 2일 전.

마리아와 카라나가 잘못 알고 있는 것이 있다. 아니, 일반인들이 마법사에게 무지한 것은 당연하니 어쩌면 누구라도 당연히 지나칠 만한 사소하다면 사소한 일이다. 그것은 페이빈이 5서클의 고위급 마법사라는 것.

보통 여행을 한다고 하면 기사든 귀족이든 평민이든 말이나 마차를 타고 혹은 걸어서 길을 따라 여행을 한다. 하지만 마법사는 다르다. 페이빈 정도의 마법사라면 텔레포트(Teleport)나 플라이(Fly) 마법이 걸린 물건들─양탄자, 탁자, 의자, 신발, 지팡이, 가끔은 동물에다 이 마법을 걸고 날아다니는 마법사도 있다─을 이용한다. 길을 따라가는 것보다 몇 배는 빠르며 그만큼 경비도 줄어든다. 그리고 페이빈은 단 한 푼도 아껴야 하는 상황.

마리아의 여관을 나선 페이빈은 어두운 골목길을 찾았다. 주변의 눈이 없는 곳에서 그는 텔레포트 마법을 외웠다. 그러자 페이빈의 몸이 일렁이는가 싶더니 어느 순간 사라졌다. 아무런 빛도 소리도 없이 마치 증발하듯이 사라진 것이다. 페이빈의 육신은 눈에 보이지 않을 정도로 아주 작은 단위로 분해되어 목적지로 이동하였고 눈 한번 깜짝할 시간도 지나기 전에 그의 몸은 헤란 성의 외성벽이 보이는 길가에 나타났다.

"악!"

문제라면 익숙하지 않은 장소로의 이동이라서 그의 몸이 지면에서 2미터쯤 위에서 나타났다는 것. 다리와 엉덩이를 타고 전해져 오는 통증에 페이빈은 비명을 질렀다. 왼쪽 다리가 시큰거리는 걸 느낀 페이빈이 주저앉아서 다리를 만져 보았다. 접질렸는지 퉁퉁 부은 다리는 한동안 그를 그 자리에 꼼짝하지 못하게 만들었다.

"에휴, 시작부터 별로 안 좋은데……."

페이빈은 한동안 그 자리에서 고통이 덜어지길 기다리다가 지팡이를 쥐고 일어나서 천천히 걸음을 옮겼다. 저 멀리 높다랗게 세워진 헤란 성과 높고도 단단해 보이는 외성벽이 보였다. 그리고 그 사이로 높은 건물들이 눈에 들어왔다. 위대한 마법의 승리라고 할 수 있다. 한 달간의 여정을 단 10초도 안 걸렸으니까.

부은 다리를 감싸 쥐고 페이빈은 힘들게 힘들게 외성문을 통과했다. 중간에 검문이 있기는 했지만 스승인 베르케르 경이 써준 추천장을 보이는 것만으로—페이빈으로서야 인정하기 싫었지만 베르케르 경은 귀족이다—무사통과였다. 외성문을 지나 안으로 들어가자 페이빈의 입이 쩍 벌어질 굉장한 광경이 나타났다.

거리에는 정말로 바글바글하다는 말이 딱 들어맞을 정도로 사람이 많았다. 사방에 온통 사람들로 북적였고 시끄러운 소음이 끊이지 않고 들려왔다. 멈춰 서 있는 페이빈을 밀치고 사람들이 지나갔고 그의 주위로 각양각색의 남녀가 떼를 지어 몰려다녔다. 거렁뱅이들이 지나가는 사람들에게 손을 벌렸고 인상을 찌푸리며 냄새 나는 거렁뱅이들을 피한 사람들 사이로 8, 9살쯤 되어 보이는 아이들이 뛰어다녔다.

페이빈은 약간 어지럼증을 느꼈다. 29년이란 짧지만은 않은 세월을 살아온 그였지만 이렇게 사람이 많은 곳을 와본 적은 처음이었다. 스승과 함께 가끔 탑을 나설 때에도 일신상의 문제로—베르케르 경은 사람이 많은 장소에만 가면 강렬한 공격 마법으로 싸그리 날려 버리고 싶은 욕구에 불타오른다—주로 인적이 드문 밤에만 돌아다녔고 그렇게 다닌 곳마저도 대부분이 조용한 귀족가의 저택이었던 것이다. 평민의 삶을 그런대로 잘 안다고 생각했던 페이빈이었지만 여기에 비하면 알베리토는 적막한 신전과 같은 분위기였다.

간신히 지나가는 사람을 붙잡고 근처의 가까운 여관으로 들어간 페이빈은 여관의 하인을 시켜서 스승의 추천장을 후작가로 보내고 기다렸다. 추천장을 케로스 후작에게 보낸 뒤 대답이 올 때까지 기다려야 했기에 페이빈은 긴(?) 여행을 하면서 쌓인 피로를 풀기 위해서 일찍 잠자리에 들었다.

—왕국력 430년 9월 22일.

아침 일찍 일어난 페이빈은 다리에 붕대를 단단히 감고 시내로 나왔다. 거대한 도시이기에 많은 기대를 걸었던 것과는 달리 혜란 도시에는 마법 물품을 파는 곳이 없었다. 아니, 마법상 자체가 없다기보다는 빈약하다고 해야 할까? 열악하다고 해야 할까? 기껏 볼 수 있었던 건 몇 군데의 약재상 정도였다. 상당히 마법과는 동떨어진 도시였다. 그에 반해 대장간이나 무기상 등은 어디에 내놔도 빠지지 않을 정도로 대규모였다. 이는 케로스 후작의 성격을 그대로 드러내 주는 광경이었다. 약간 김이 빠진 페이빈은 다른 대귀족들을 찾아가 볼까 하는 생각을 하면서 추천장이 돌아오기를 기다릴 수밖에 없었다.

제대로 된 도서관조차 찾지 못해 김이 빠진 페이빈은 아픈 다리를 끌고 힙겹게 도시 안을 돌아다니다가 저녁 무렵이 되어서야 여관으로 돌아왔다. 그가 안으로 들어서자 말쑥한 옷차림의 중년 사내가 주인과 이야기를 나누다가 주인이 페이빈을 가리키며 뭐라고 말하자 절도있는 걸음걸이로 다가와서 말을 걸었다.

"마법사 페이빈님이십니까?"

"네."

"후작가의 집사 파울이라고 합니다. 후작님께서 페이빈님을 모셔오라고 하셔서 기다리고 있었습니다."

"네."

"무례한 줄 알지만 페이빈님의 짐은 마차에 실어놓았습니다. 그리고 이건 그동안 여관비로 내신 돈을 돌려드리는 것입니다. 후작가에 오신 손님은 괄시하지 않는 게 저희 후작님의 방침이니까요."

그렇게 말하며 파울이라는 사내는 작은 가죽 주머니를 페이빈에게 주었다. 페이빈은 슬쩍 파울의 눈치를 보면서 주머니를 열었고 그 안에 든 십여 개의 금화에 미소를 지었다. 집사인 파울이 자신을 눈여겨보는 줄도 모르고 말이다.

"그럼 바로 가시겠습니까?"

"네, 그러죠."

여관 앞에는 검은 말 4필이 끄는 고풍스러운 분위기의 사두마차가 대기하고 있었다. 파울은 문을 열어 페이빈에게 안으로 들어가길 권한 뒤 문을 닫고 마차를 출발시켰다.

30분쯤 지나서야 마차는 도시 안에 있는 내성을 지났다. 안으로 들어서면서 페이빈은 정말 검에 미친 후작이라고 속으로 되뇌었다. 스승과 함께 몇 번 들러본 다른 귀족가의 저택은 실용성보다는 더 아름답고 더 멋진 건물을 짓기 위해 안간힘을 다 쏟아 붓는 데 반해 케로스 후작의 성은 그야말로 세련된 맛이라고는 눈곱만큼도 찾을 수 없을 정도로 투박하고 거칠었다. 거기다 성안으로 들어선 페이빈은 길을 따라 내성 안으로 들어가면서 2개의 연병장과 3층 높이의 커다란 병사 숙소를 보았다. 또한 멀리서 망치 소리와 풀무질 소리가 아련하게 들리는 것으로 보아서 성내에도 대장간이 꽤 큰 규모로 마련되어 있는 것 같았다.

그저 스위니아 왕국 내에서 몇 손가락 안에 꼽힐 만큼 큰 도시라고만 생각했던 페이빈은 생각을 정정해야 했다. 잠재적인 군사력만으로는 수도마저 능가하는 대도시라고.

내성벽을 통과한 뒤에도 10여 분이 지난 후 캐로스 후작이 사는 저택에 도착했다. 페이빈은 집사인 파울의 뒤를 따라 손님들이 기다리는 응접실로 안내되어 들어갔다. 그곳에는 벌써 몇 명의 사람들이 기다리고 있었는데 모두가 귀족인지 비싸 보이는 튜닉에 값비싼 치장들을 한 모습들이었다. 그들은 상대적으로 초라해 보이는 페이빈을 보면서 인상을 찌푸렸다.

그나마 후작의 손님으로 초대되어 응접실에서 쫓겨나지 않은 게 다행이라고 생각한 페이빈은 무의식적으로 빈 의자에 앉았다. 그러자 바로 옆 자리에 앉아 있던 젊은 귀족이 얼굴을 구기며 자리에서 일어나

헛기침을 한 뒤 페이빈에게서 멀리 떨어진 곳으로 몸을 옮겼다.

'…….'

마치 몹쓸 병균 보듯 하는 귀족의 멸시에 찬 눈초리에 페이빈의 기분은 더욱더 가라앉았다. 당장이라도 이곳을 뛰쳐나가고 싶다는 생각이 새록새록 피어났지만 어디나 귀족은 마찬가지일 거라고 생각하며 참았다. 더군다나 초대받은 위치인 자신이 여기서 문제를 일으키면 케로스 후작에게 안 좋은 인상을 주게 될 것이다. 대귀족인 케로스 후작에게 밉보인다면 앞으로 활동하는 데 꽤나 큰 지장이 생길 것이기에 페이빈은 성질을 꾹꾹 눌러 참았다.

귀족들은 자기네들끼리 뭐라고 주고받으면서 가끔씩 페이빈을 곱지 않은 시선으로 바라보았다. 마치 자신들의 영역권에 초라하고 볼품없는 짐승이 들어온 걸 못마땅하게 바라보는 원숭이들처럼. 그런 눈길이 거슬리는 페이빈이었지만 조용히 자신의 차례를 기다리면서 눈을 감고 명상에 들어갔다.

명상을 하면서 마음을 진정시키던 페이빈은 갑자기 마법과는 관련이 없는 잡생각들이 머리 속을 점령하는 것을 느꼈다. 물 흐르듯이 아주 자연스럽게 그의 머리 속에서는 마법에 대한 연구가 아닌 사랑스러운 연인 카라나의 모습을 재조명하는 것으로 바뀐 것이다. 웃고 있는 카라나, 울고 있는 카라나, 화를 내는 카라나, 부끄러운 표정의 카라나, 등을 돌린 채 자신을 외면하는 카라나…….

웰던 마을에 두고 온 카라나가 문득 생각나는 건 어제오늘 일이 아니었지만 순수하게 마법만을 생각하며 자신의 내면 세계로 들어간 페이빈에게 이렇듯 수많은 모습의 카라나가 나타난 것은 이번이 처음이었다. 눈을 번쩍 뜬 페이빈은 자신의 온몸이 식은땀에 축축하게 젖어 있는 걸 깨달았다.

'이 지경이 되도록 몰랐다니……'

페이빈은 명상 도중 잡생각에 빠져 상념의 늪에서 허우적댄 자신의 꼴을 자책하면서 속으로 혀를 찼다. 하지만 페이빈의 머리 속에서는 마지막으로 본 자신을 외면한 채 낮게 소리 죽여 울고 있던 카라나의 뒷모습만은 사라지지 않았다. 눈물이 날 듯한 기분에 페이빈은 고개를 숙였다. 그때 마침 어디선간 아련한 소리가 들려왔다.

"……님."

"…페 …님."

"페이빈님!"

누군가 자신의 어깨를 잡고 흔드는 걸 느낀 페이빈은 정신을 차리기 위해 고개를 들고 머리를 세차게 흔들었다. 띵 하는 느낌이 머리를 관통하고 지나갔다. 피가 쏠려서 그런지 약간 어지럼증을 동반한 두통이 생겼지만 얼마 지나지 않아서 진정이 되었다. 마치 안개가 낀 듯 흐릿하던 눈앞이 또렷해졌다. 페이빈은 그의 눈앞에는 중년의 집사 파울이 자신의 어깨를 작게 흔들며 부르고 있는 게 보였다.

"네?"

"…몇 번을 불렀습니다. 괜찮으십니까?"

"네… 아, 네, 괜찮습니다. 이제 괜찮습니다."

페이빈이 정신을 차리고 대답하자 주변에서 소곤거리는 소리치고는 좀 큰 말소리가 들려왔다.

"큭큭, 졸기라도 했나 보지."

"이래서 평민들이란……."

귀족들은 서로를 바라보거나 응접실의 풍경을 보면서 한마디씩 내뱉었다. 그들의 말 중 대부분은 무식한 평민―페이빈을 지칭한다―을 욕하는 내용이었다.

"명상이라도 하셨습니까?"

"네? 네, 그런데 어떻게……?"

"후작님 휘하에 몇 분의 마법사 분들이 계시니까요. 그럼 준비되셨으면 저를 따라오십시오."

파울은 자기 할 말만 다 하고는 그대로 등을 돌려서 응접실을 빠져나갔다. 그러자 페이빈의 귀에 귀족들의 비난의 목소리가 여기저기서 들려왔다. 그들이 먼저 왔건만 하찮은 평민이 늦게 온 주제에 자신들보다 먼저 후작을 보러 가는 게 기분이 나쁜 듯했다. 문제를 일으키기 싫은 페이빈은 즉시 몸을 일으켜서 파울을 따라 걸어갔다.

집사인 파울이 페이빈을 안내한 곳은 저택 뒤에 마련된 50m 정도의 연무장이었다. 바닥에는 고운 흙을 깔아놓았고 연무장가에는 작은 자갈을 촘촘히 박혀 있는 그런 곳이었다. 거기다 연무장 북쪽으로는 귀족들이 관람하는 높은 대가 놓여져 있어서 마치 작은 콜로세움을 보는 듯했다.

페이빈의 기분이 최악으로 가라앉았다. 응접실에서의 재수없는 귀족들, 이유없이 괜히 적대감이 샘솟는 집사 파울, 그리고 무엇보다 머리에서 잊혀지지 않는 작게 떨리는 카라나의 가냘픈 어깨. 이 모든 것이 페이빈의 기분을 상하게 하였다. 마지막 것은 불쾌함보다는 슬픔의 감정이 더 컸지만.

지평선 너머로 저물어가는 태양 덕에 약간 어두운 연무장 한가운데에는 한눈에 보기에도 귀족처럼 보이는 화려한 튜닉을 입고 회색의 망토를 걸친 40대의 중년 사내가 서 있었다. 그리고 그의 주위에는 마법사처럼 보이는—페이빈과 비슷한 복장의—사내들 넷이 기다리고 있었다.

파울은 페이빈을 후작에게 안내한 뒤 조용히 사라졌다. 한동안 서로를 쳐다보던 한 명과 다섯 명은 침묵을 지켰다. 그 침묵을 깬 사내는 귀족으로 보이는 자였다.

"반갑네. 난 케로스 폰 나레시온 후작일세. 날 보자고 했다면서?"

"페이빈 토르카스입니다."

"그래, 날 보자고 한 목적은?"

"저를 써주셨으면 해서 찾아왔습니다."

"마법사라… 보다시피 난 4명의 마법사를 가지고 있네만?"

후작은 손을 들어서 그의 뒤에 서 있는 4명의 마법사들을 가리켰다. 그러자 그들은 한 명씩 앞으로 나서면서 말했다.

"진 렉스턴이오."

"매글 캐녹이라 하오."

"프로이텔 카를로스요."

"릴펜 나게헴이오."

서 있는 순서대로 왼쪽부터 오른쪽으로 말한 그들은 회색의 로브와 회색 망토를 들고 있어서 얼핏 봐서는 누가 누군지 잘 분간이 가지 않았다. 다만 매글이라 말한 마법사는 다른 마법사들보다 머리 하나가 더 커서 튀어 보였다. 후작은 싱긋 웃으면서 자신의 뒤에 서 있는 마법사들을 한번 쓰윽 둘러본 뒤 말했다.

"내겐 이미 4명의 마법사가 있네. 그런데 또 마법사를 들일 필요가 있을까?"

"어디 학파인지도 모르는 어린 녀석을 쓰실 필요는 없습니다, 후작님."

"맞습니다."

페이빈의 심사가 뒤틀렸다. 아무리 초면이라지만 같은 마법사에게 이토록 무례하게 굴다니… 마법사라면, 그리고 상대가 마법사라면 최소한의 예의는 보여주어야 한다. 아무리 상대가 눈에 차지 않는다고 해도 지금과 같이 상대를 깔아뭉개는 듯한 발언은 용납되지 않았다. 이는 학회에서 정한 중요 규칙 중 하나였다. 물론 워낙에 괴팍한 인간들이 마법사인지라 꼭 지켜지지는 않지만… 아니, 오히려 전혀 지켜지지 않기는 했지만 규칙은 규칙인 것이다.

'때려엎고 싶네. 정말……'

학회에서 정한 또 다른 규칙 때문에 보통 마법사들은 서로 간의 지식을 겨루어 상하를 나눈다. 대륙을 통틀어도 마법사의 숫자는 겨우 200명도 되지 않을 정도로 절대적으로 부족했다. 재능도 재능이었지만 수십 년간 외길을 걸어갈 수 있는 끈기가 필요한 마법사라는 직업의 특성 탓에 '진짜' 마법사는 굉장히 드문 것이다.

학회의 규칙대로라면 비록 자신이 늦게 참여하는 위치기는 했지만 후작의 마법사들은 페이빈의 지식을 시험하여 겨뤄야 했다. 그런데도 이들은 단지 먼저 등용되었다는 것과 페이빈이 동안—29살의 페이빈이었으나 얼굴만으로는 20대 초반 정도밖에 안 되어 보인다. 거기에다 유약해 보이는 몸은 더욱더 그를 실제 나이보다 어려 보이게 했다—이라는 이유만으로 깔보는 것이다. 페이빈은 쓴웃음을 지으면서 먼저 입을 열었다.

"케렌케이드 학파입니다."

"들어본 적 없다!"

진이라고 자신을 소개한 마법사가 외쳤다. 다른 마법사들도 그에 동조하는지 고개를 끄덕였다. 다만 매글은 그 큰 머리를 좌우로 흔들면서 무언가를 생각하는 듯했다.

"들어본 적이 없다 해도 다른 마법사의 학파를 인정해 주는 것은 마법사의 기본 예우! 당신들은 이 예우를 무시하겠다는 것입니까? 또한 제가 저의 학파를 말씀드렸으니 여러분들도 자신의 학파를 공개하셔야 할 것으로 압니다만?"

페이빈의 목소리가 낮게 가라앉았다. 그에게 있어서 오늘은 최악의 기분을 간직한 기념적인 날이 될 듯했다.

"케렌케이드라… 어디서 들어봤는데…….."

머리를 긁적이며 무언가를 생각하는 매글의 뒤에서 후작은 쓴웃음을 지으며 사태를 주시했다. 후작에게 있어서 이런 일은 수도 없이 많이 겪어봤기에 이렇게 지켜보는 것이 그로서는 최상임을 알고 있었던 것이다. 둘 다 자신에게는 힘이 되어줄 자들이다. 이때 어느 쪽의 손을 들어준다면 다른 쪽은 포기하는 것이나 다름없다. 그저 기다리다 보면 알아서 승패를 나눌 것이고 그때 가서 나서도 늦지는 않을 것이라고 후작은 빠르게 계산했다.

비딱한 자세로 선 페이빈이 따지고 들자 마법사들이 자신들끼리 뭐라고 속삭인 뒤 한 마법사가 앞으로 나서면서 말했다.

"좋다. 협회의 규칙에 따라 너를 시험하겠다! 내 질문에 답하라! 마나는 어디서 흘러와서 어디로 가는가?"

프로이텔이 외쳤다.

"마나는 그 자리에 멈춰 있습니다. 어디서도 오지 않고 어디로도 가지 않습니다."

"거짓말! 마법사는 마나의 배열을 바꿔서 마법을 행한다! 마나는 마법을 행하는 에너지! 너의 말은 틀렸다!"

"프로이델님, 마나의 배열을 바꾼다고 마나의 농도가 변합니까? 마나는 어느 곳에도 있습니다. 공기 중, 물속, 땅속, 심지어 생물의 몸속에도! 마법사는 마나의 배열을 변환시켜 마나 자체의 성질을 마법사 자신이 원하는 대로 변환시킵니다. 정신 계열은 상대의 머리 속의 마나 배열을 변환시켜 뇌 속으로 들어가는 전자 신호를 교란시킵니다. 미세한 세포보다도 더 작은 마나이기에 가능합니다. 마나를 극상으로 진동시켜 활동 에너지를 뿜어내게 하면 마법사는 뜨거운 불의 기운을 만들어낼 수 있습니다. 마나의 움직임을 최소한도로 고정시키면 마나는 정지 에너지를 내뿜습니다. 차가운 얼음의 기운이 만들어집니다. 마법사는 마나라는 현을 켜는 연주가들입니다. 마나는 고정되어 있습니다!"

"으으윽!"

로브에 가려 잘 보이지 않았지만 프로이텔이라는 사내의 얼굴은 심하게 일그러졌다. 그는 혼자서 뭐라고 중얼거리면서 뒤로 물러섰다. 그러자 진이라고 자신을 소개한 마법사가 앞으로 나서며 외쳤다.

"Enchanted Weapon의 마법 재료는 무엇인가?"

"가루로 된 라임과 탄소입니다. 각각 30.5%, 69.5%가 들어갑니다. 다른 마나 고정체가 들어가긴 하지만 라임과 탄소만 있어도 충분히 가능합니다."

"……."

페이빈은 약간 이상함을 느꼈다. 마나라든지 마법 재료 같은 것들은 마법서만 펼치면 얼마든지 알 수 있는, 그야말로 기초 중에 기초였다. 특히 마법 재료 같은 것은 선대의 마법사들이 만들어놓은 최적의 배합 비율로 사용하는 것이 거의 불문율에 가깝게 전해져 내려오는 상식이었다. 한데 그런 것을 물어보다니?

'혹시 이들은 말로만 듣던 가짜 마법사들?'

마법사를 사칭하는 자들은 가끔 나타난다. 워낙 마법이라는 직종이 귀하고 벌어들이는 수입이 평민의 수입과 비교해 볼 때 엄청났기에 마법사를 사칭하는 가짜들이 나오긴 하지만 대부분의 사기꾼들은 협회의 이름을 걸고 잡아들여서 즉결처형을 해버리기에 마법사를 사칭하는 일은 목숨을 거는 것과 같았다. 과묵해 보이는 릴펜이 한참을 생각하다가 입을 열었다.

"정령계란?"

"물질계인 이곳과는 다른 생명체들이 살아가는 곳입니다. 편의상 정령계라고 부르지만 그쪽에도 여기와 같은 세계가 만들어져 있습니다. 고위의 마법사라면 정령계의 생물을 이쪽으로 강제 소환시킬 수 있습니다."

"호오, 이세계의 생명체란 말인가?"

"말씀 중간에 죄송합니다, 후작님. 하지만 저의 질문은 아직 안 끝났습니다. 내가 물은 건 그런 쓸데없는 개념이 아니다! 정령계란 무엇이며 왜 있는 것인가?"

"……."

페이빈은 침묵했다. 정령계는 왜 존재하는 것일까? 자신은 어떻게 지금 숨을 쉬며 존재할까? 왜? 문득 무언가가 생각난 페이빈은 씨익 웃으며 대답했다.

"마나는 왜 존재한다고 생각하십니까? 왜 태양은 동쪽에서 뜹니까? 왜 인간은 공기 없이는 살아갈 수 없습니까? 왜? 왜? 이런 허망한 질문은 하지 마십시오. 미천한 인간의 지식으로 대답할 수 있는 성질의 질문이 아닙니다. 대신 제가 묻겠습니다. 여러분들은 마법사이십니까?"

"뭐, 뭣?"

"이놈이!"

"우리를 사기꾼으로 모는 거냐?"

세 마법사들이 발끈하며 외쳐 대자—매글은 그 상황에서도 턱을 쓰다듬으며 케렌케이드 학파에 대해 생각 중이었다—페이빈은 싱긋 웃으면서 말했다.

"마나라느니 마법 재료 같은 걸 물어보고 정령계가 무엇이냐고 물어보는 여러분들을 보면서 제가 무슨 생각을 하겠습니까?"

"그게 뭐 잘못된 것이냐?"

"네, 잘못되었습니다. 그것도 아주 크게 잘못되었습니다. 제가 대답한 것들은 마법학에 들어선 초심자들도 알고 있는 상식들입니다. 여기 계신 여러 마법사 분들은 설마 절 깔보시는 건 아니겠지요?"

"……."

"다시 묻겠습니다. 여러분들의 학파는 어디입니까?"

"…진 …학파다."

"네?"

페이빈은 생전 처음 듣는 학파명을 듣고는 골똘히 생각에 잠겼다. 처음 들어보는 학파였다. 협회에 등록되지 않은 학파이거나 아니면…….

"조, 좋다! 네놈의 실력을 보자! 네가 가장 자신있는 마법을 사용해 봐!"

페이빈과의 대담에서 밀리자 네 마법사들의 대표로 보이는 진이 발악을 하듯 외쳤다. 페이빈은 작게 한숨을 내쉰 뒤에 후작을 쳐다봤고 캐로스 후작은 말없이 조용히 고개만 끄덕였다. 동의를 얻은 페이빈은 주머니 속에서 손바닥만한 마법서―휴대용 핸드북이다. 자주 쓰는 마법을 자신만이 알 수 있게 적어놓았다―를 꺼내 들고 주문을 외웠다.

"Conjure Elemental[정령 소환]."

페이빈이 시동어를 외치자 페이빈의 왼쪽 어깨 위의 공간이 조금씩 일그러지다가 어느 순간 갑자기 넓게 찢어졌다. 그 사이로 불길이 뿜어져 나오며 한 존재가 튀어나왔다. 그 거인이 튀어나오자 공간은 언제 열렸냐는 듯이 소리없이 닫혔다.

"불 거인이다!"

"괴물이야!!"

마법사들이 호들갑을 떨면서 뒤로 펄쩍 뛰어서 물러났다. 후작 역시도 화염에 휩싸인 채 붉은 눈으로 주변을 쏘아보는 거인에게 놀랐는지 오른손으로 검집에서 검을 약간 뺀 채 불의 정령을 주시했다. 이들이 놀라든 말든 페이빈은 연속해서 주문을 외웠고 다시금 시동어를 외쳤다.

"Conjure Elemental[정령 소환]!"

그러자 이번에는 페이빈의 오른쪽 위의 공간이 일그러지면서 세찬 바람이 뿜어져 나왔다. 그곳에서 여인으로 보이는 투명한 일렁임이 튀어나왔다. 페이빈은 두 정령이 자신의 근처에서 둥둥 떠 있는 것을 본 뒤 웃었다.

"뭐냐? 도대체 그것들은 뭐야?"

"모르시는 겁니까? 이프리트(Efreeti)와 디지니(Dijini)입니다. 불의 정령과 바람의 정령이죠."

"끄… 끄응."

"공격하지는 않나?"

캐로스 후작이 페이빈을 바라보면서 물었다. 그의 오른손은 언제라도 검을 뽑기 위해 손잡이를 잡고 있었고 한 발을 뒤로 뺀 상태였다.

"제가 명령하지 않으면 괜찮습니다. 이들은 아직은 제 통제 하에 있으니까요."

"놀랍군. 정령이라… 저렇게 생긴 건가? 불 거인과 투명한 여인이라. 꽤 재미있군. 후훗."

"지금 보이는 이 정령들의 모습은 진짜 모습이 아닙니다. 다만 인간에겐 정령이란 개념을 이해하기 힘들기에 선대 분들이 마법으로 정령들의 모습을 구체화한 것입니다. 인간은 자신이 본 것을 쉽게 믿으려는 경향이 있으니까요. 덕분에 이들이 모습을 가지게 된 것이지만 그저 눈에 보이는 허상일 뿐입니다. 실체는 이곳이 아닌 정령계에 있습니다."

"그렇다면 지금 저기 있는 것들은 무엇이지?"

"음, 조악한 비유지만… 이 정령들의 꿈… 정도일 것입니다. 정령들에게 저희는 꿈속에 나타난 허깨비 정도일 겁니다."

"저 정령이라는 것들… 강한가?"

아마도 검사의 피가 강자를 찾아서 헤매듯이 생전 처음 보는 정령들의 모습이 강한 검사인 캐로스 후작의 호기심을 자극한 것이리라. 페이빈은 솔직하게 대답했다.

"아무래도 강하긴 합니다. 정령들은 물질계에서 아무런 제약 없이 활동할 수 있지만 저들에게 타격을 주려면 마법이나 마법에 걸린 무기들이 아니면 피해를 줄 수가 없으니까요. 일반 무기로는 전혀 피해를 입힐 수 없습니다. 거기다 이프리트의 경우 단지 그 자리에 존재하는 것만으로도 큰 불을 일으키니까요."

"그런가? 뭐… 그렇다면 내 장검으로는 안 되겠군. 할 수 없지, 공기를 가를 수는 있어도 잘라낼 수는 없는 법이니. 그러고 보니 자네의 마법 등급을 안 물어봤군. 몇 서클인가?"

"올해 초에 5서클에 들어섰습니다."

캐로스 후작이 5서클이라는 말을 되뇌이자 다른 마법사들이 펄쩍 뛰었다. 아직 젊어 보이는 페이빈이 5서클이라는 말에 절대 동조할 수 없었던 것이다.

"거짓말! 말도 안 돼!"

"우린 20년 동안이나 연구했는데 겨우 3서클이 최고였어! 5서클이라니!!"

"…Conjure Elemental[정령 소환]은 5서클 마법이라는 것을 아실 텐데요? 마법사 분들이라면……."

"무… 무… 물론! 당연히 알지! 암암!"

큰 소리로 떠들어대던 진이 한 발짝 물러나면서 고개를 연신 끄덕이자 페이빈은 피식 웃으면서 간단하게 정령들을 정령계로 돌려보냈다. 후작은 페이빈을 데리고 안으로 들어섰다. 남은 3명의 마법사들은 끙끙거리면서 페이빈이 한 말을 곱씹었다. 그때.

"알았다! 케렌케이드 학파라면 소환, 강령, 변환 마법에 최고 권위를 자랑하는 학파야! 현재 사문에 단 3명밖에 없는 학파지만 학회에서의 발언권은 굉장히 높아! 저번에 산 학회지에서 봤어!!"

매글이 손바닥을 탁 치면서 이렇게 말했다.

"늦어!!"

세 마법사들이 동시에 매글을 째려보면서 외쳤다.

후작은 웃고 있었다. 페이빈도 웃고 있었다.

"선불금 5,000골드에 월 500골드."

"농담이시겠죠, 후작님? 선불금 3개월치 15,000골드에 월 5,000골드, 그리고 정해진 업무 외의 일을 명하실 때는 추가 요금을 주셔야 합니다."

"…너무 비싼 게 아닌가? 아까 그 친구들도 월 500골드에 일하고 있는데 말이야."

"학회에서 정한 타당한 가격입니다만."

"……."

서로 마주 보며 웃고 있지만 분위기는 화기애애하지 못했다. 후작의 집무실로 보이는 이곳은 벽 한 면이 비싸디비싼 유리로 되어 있는 넓은 창이었고 다른 3면은 서적을 꽂아넣은 책장과 무기들이 벽에 걸려 있었다. 칙칙해 보이는 검붉은 색의 헤란 성과는 달리 이 집무실의 벽은 전부 흰색으로 칠해져 있어 차분하고도 화려한 분위기를 자아내고 있었다.

페이빈은 자신의 능력을 거저 먹으려드는 후작을 웃으며 노려보았고 캐로스 후작은 말도 안 되는 바가지를 씌우려는 페이빈을 웃으며 째려봤다. 벌써 30분이 넘어가고 있었다. 후작도 페이빈도 절대 양보하려 하지 않았다.

"솔직히… 마법사라는 거 별로 대단한 거 같지도 않던데 너무 과장이 심한 거 아닌가? 물론 그 정령이라는 거 일반 병사들에게는 무적이나 다름없겠지만… 그렇다 해도 몸값치고는 너무 비싼 것 같은데?"

"제값은 합니다. 마법사는 괜히 마법사라고 불리는 것이 아닙니다.

보통 사람이 다룰 수 없는 신비한 힘! 그것을 자유자재로 다루기에 마법사라고 불리는 것입니다."

"흐음… 선불금 8,000에 월 1,000골드. 싫다면 추천서는 돌려주겠네."

"……."

캐로스 후작이 단언하듯 잘라 말하자 말에 페이빈이 뚱한 표정으로 입을 다물었다. 후작은 승리의 미소를 지었다. 페이빈의 마음이 흔들리는 것으로 생각했기 때문이다.

"선불금 6개월치 30,000골드에 월 5,000골드. 추가 요금은 건당 10,000골드 이상입니다. 싫으시다면 추천서는 돌려주십시오. 다른 곳도 찾아봐야 하니까요."

"……."

"후작님의 재력이라면 그 정도는 별거 아니라고 생각합니다만?"

"흐음… 확실히 나라면 몇만 정도야 충분히 줄 수 있지. 하지만 1만 골드면 사병 500명을 1년 동안 먹여 살릴 수 있는 돈이야. 자네가 500명 분의 일을 해줄 수 있는가?"

"마법사의 능력은 후작님이 가지신 재물에 대한 안타까움을 충분히 날리고도 남을 것입니다. 물론 원하신다면요."

"흐음……."

결국 캐로스 후작은 두 손 들었다는 듯이 고개를 설레설레 흔들면서 손짓하자 협상이 진행되는 동안 후작의 뒤에 서서 페이빈을 내려다보고 있던 파울이 들고 있는 계약서를 공손히 내밀었다. 페이빈과 캐로스 후작은 서로 간의 계약서를 확인한 뒤 자신의 사인란에 서명하고 상대에게 넘겨주었다.

"자네 같은 친구는 처음이군. 앞으로 잘해보세. 단, 나에게 재물에 대한 안타까움을 가지게 한다면 자네의 목이 제자리에 붙어 있을 거라고는 장담 못하네. 후후."

"쓸모없다고 판단되시면 기꺼이 베어버리십시오. 물론 그런 일은 있을 리가 없지만요."

"하하하하, 맘에 드는 말이군. 정말 마음에 들어. 하하하하하!"

캐로스 후작이 큰 소리로 웃으며 밖으로 나갔다. 페이빈은 후작을 따라나가려는 집사 파울을 잡고 밖으로 나간 후작에게 들리지 않도록 조용히 말했다.

"저기… 숙식… 은 제공되겠지요?"

"……?"

중후한 집사의 멋을 풍기는 파울의 인상이 살짝 일그러졌다.

어설픈 폼으로 주변을 두리번거리면서 자신의 뒤를 따라오는 페이빈은 후작가의 기품있는 집사 파울의 심기를 계속 건드렸다. 처음 여관에서 만났을 때부터 왠지 마음에 안 드는 사내였다. 거기다 자신을 무려 30분씩이나 계약서를 들고 서 있게 하지 않았던가? 이래저래 마음에 안 드는 손님이었다.

'아니, 이젠 한 식구인가…….'

작게 한숨을 내쉬는 파울. 뒤따라오던 마법사의 목소리가 들려왔다.

"저기, 저 초상화 얼마나 하지요? 어? 이 석상의 눈은 토파즈군요. 오, 이것 참 굉장하군요. 여기 있는 물건들만 팔아도 족히 몇만은 나오겠는걸요?"

"앞.을. 잘 보고 따라오시지요."

"…네."

그의 뒤를 따라 후작의 집무실에서 나와 2층 복도를 걸으면서도 페이빈은 계속 주변의 장식품들에 지대한 관심을 보였기에 집사 파울은 2층을 담당하는 하인과 시녀들에게 고가품들을 잘 관리하라고 주의를 줘야겠다고 속으로 다짐했다.

"이곳입니다."

집사는 2층 맨끝 방문을 열었다.

"앞으로 거처가 정해질 때까지 우선 여기 손님 방에서 지내십시오."

"네."

"미리 말씀드리지만 가구나 장식품에는 함부로 손대지 마십시오."

"네, 물론입니다. 보이는 데서는 당연히 안 건드리지요. 하하하."

'그럼 안 보이는 데서 쓱싹하겠다는 거냐?' 라는 말이 파울의 입에서 튀어나올 뻔하다가 들어갔다. 한숨이 절로 나오는 것을 간신히 막은 집사는 페이빈이 방 안을 구경하는 동안 지나가는 시녀를 찾았다.

고급스러우면서도 화려한 방이었다. 전망이 좋아 보이는 넓은 창밖으로 시내의 불빛이 보였다. 벽 한 면에는 수십 종의 책들이 가지런히 놓여 있었고 바닥에는 붉은색 카펫이 깔려 있었다. 침대의 쿠션을 눌러보며 감탄하던 페이빈은 복도 쪽에서 집사의 말소리가 들려오자 바로 책장 앞으로 뛰어가 감상하는 척했다.

"오늘부터 여기서 생활하게 될 아이입니다."

"네?"

집사는 짐 보따리를 가슴에 안고 있는 갈색 머리의 소녀를 가리키며 말했다.

"이름은 에린이고 마법사 페이빈님의 시중을 들어줄 아이입니다. 개인 시녀 정도로 생각하시면 됩니다. 잘 돌봐주십시오."

"아, 저는 사람 다루는 건 잘 못하는데요……."

"앞으로 배우십시오. 후작 각하의 마법사가 되시려면 그 정도는 필요할 테니까요."

"네."

"그럼 쉬십시오. 식사는 이 아이에게 말하면 가져다 드릴 겁니다. 필요한 게 있으시면 에린을 통해 구하시면 됩니다. 그럼."

"네……."

할 말을 마친 집사는 소녀만 남겨두고 뒤도 안 돌아보고 가버렸다. 썰렁한 방에 단둘이 남게 되자 페이빈은 뭐라고 말해야 할지 고민하며 서 있었고 새 주인을 얻은 소녀는 눈치만 보고 있었다.

"꼬마 아가씨, 이름이……."

"에린입니다, 주인님."

"에… 음… 그럼… 이것 참, 뭐라고 말해야 할지……."

"편하게 대해주십시오, 주인님."

"아… 네……."

"말씀을 낮추세요, 주인님."

"전… 아니, 난 평어를 쓰는 게 익숙치 못해서……."

"제가 큰 벌을 받습니다, 주인님."

"알았어… 요. 아니아니, 알았어, 그렇게 할게."

"네."

가슴에 꼬옥 안고 있던 짐덩어리를 테이블 위에 올려놓은 소녀가 생긋 웃었다. 귀엽다라는 생각에 자동적으로 페이빈의 손이 소녀의 머리로 향했다.

움찔.

살짝 닿았을 뿐인데도 소녀는 놀란 표정으로 몇 걸음이나 뒤로 물러섰다.

"아… 미안, 놀라게 했구나."

"아닙니다, 주인님. 식사 안 하셨지요? 지금 가지고 오겠습니다."

"으… 응."

에린은 급히 밖으로 뛰쳐나가 버렸다. 혼자 남아서 머리를 긁적이던 페이빈은 될 대로 되라는 심정으로 방을 한 바퀴 둘러보았다. 화려하면서도 천박하지 않은 방. 자신에게는 너무 과분하다고 생각하며 페이빈은 쓴웃음을 지었다.

소녀는 나간 지 얼마 되지도 않아서 커다란 쟁반을 들고 들어왔다. 급히 뛰어왔는지 숨을 몰아쉬는 소녀를 보면서 페이빈은 굉장히 불편한 식사를 했다. 식사를 할 때 누군가가 등 뒤에서 지켜본다는 것이 굉장히 거북하다는 것을 처음 깨달은 페이빈은 한숨을 내쉬면서 흰 빵을 씹어넘긴 뒤 말했다.

"같이 먹을래?"

"아… 아닙니다, 주인님."

"으응… 저기, 조금 신경 쓰이는데……."

"네, 주인님."

페이빈이 말하자마자 소녀는 작게 고개를 끄덕이더니 소리가 안 나게 조심하며 복도로 통하는 방문 옆의 작은 문을 열고 안으로 들어갔다. 문 사이로 자신의 방과는 비교되는 작고 초라한 방이 보였다. 페이빈은 직감적으로 그곳이 소녀가 앞으로 살아야 할 곳이라는 걸 알아

챘다.

"이것 참… 익숙하지 않으니 괴롭네. 그렇다고 예의상 돌려보낼 수도 없고……."

앞으로 한숨이 늘 것 같다고 생각하면서 페이빈은 그나마 편한 자세로 앉아서 식사를 마쳤다. 자리에서 일어나자마자 소녀가 번개같이 나타나 식기를 정리해 가지고 나가는 걸 보면서 페이빈은 귀족가의 생활을 뼈저리게 체험했다.

탑에서의 생활과는 비교가 안 될 만큼 편하고 사치스러운 귀족가의 생활. 그에게 이것은 즐거움보다는 피곤함을 가져다 주었다. 익숙해지면 나아질 거라고 혼자서 자위하며 페이빈은 창가로 걸어가 밖을 내다보았다. 그때 소녀가 조심스럽게 다가와서 물었다.

"저기… 주인님, 혹시 은스푼 못 보셨나요? 저기… 그러니까……."

"응? 응, 아! 은스푼? 여기."

주머니 속에서 스푼을 꺼내준 페이빈. 소녀는 그것을 공손히 받아들고 다시 밖으로 나갔다.

"흐음, 3 4골드는 할 만한 물건이었는데……."

페이빈은 어느 사이엔가 주머니 속에 들어가 있던 은스푼의 감촉을 떠올리면서 아쉬운 듯 중얼거렸다.

3 화

습격

습격

인간들이 만든 법 중에서 가장 마음에 안 드는 것을 들라고 한다면
당연히 나는 신분 제도라고 당당히 말하겠다. 수많은 법 제도 가운데서도
신분 제도는 생명의 존엄성마저도 무시한 매우 비참한 제도였다.
특히 인간 취급도 못 받는 노예들의 비참한 생활상이란……
—자칭 술과 바람둥이의 수호자 디온.

디온이라는 사내는 굉장히 이상한 사내였다. 어느 날 갑자기 스위니
아 정계에 나타나서 주도를 가르쳐 준다는 명목으로 수많은 귀족 사내
들에게 술을 끊게 만들거나 주독에 걸려 앓아눕게 만들었다. 또 '귀족
여성 유혹하는 법(일명 여자 꼬시는 법)'이라는 퇴폐 서적을 배포하여 다
수의 귀족 남자들이 결투로 목숨을 잃게 만들었다. 갑자기 나타난 것
처럼 갑자기 사라진 그 디온이라는 사내가 언제나 외치던 말이 있으
니…….

노예 해방.

그는 평민들을 귀족들만큼의 삶을 영유하게 해주자는 과격파도 아
니었고 아무것도 모르는 우민들을 현혹해서 반란이나 폭동을 일으키는
반란분자도 아니었다. 자연스럽게 귀족들과 술로 친해지고 같은 여자
를 공유하면서 얻은 동질감으로 귀족 사이에 넓은 인맥을 얻은 디온이

라는 사내는 감히 국왕 앞에서 노예 해방과 노예 제도 폐지를 건의했다.

수많은 귀족들의 지지와 국왕의 허락—이에 대한 소문은 무성하지만 신빙성있는 정보에 따르면 국왕은 '정력이 세지는 101가지 비법'이란 책을 노예 해방을 허락한 뒤부터 소유하게 됐다고 한다—이 떨어진 뒤 스위니아 왕국 내에서 노예는 모두 평민으로 풀려났다.

또한 농토가 없는 평민들을 대거 끌어 모아 척박한 왕국 북부와 동부를 개척한 사람도 디온이었다. 그는 단 하루라도 술이 없다면 살아갈 수 없었다. 그러면서도 충실히—비록 언제나 술에 취해 있긴 했어도—자신이 맡은 일에 최선을 다하였다. 그의 이런 노력 덕에 스위니아 왕국이 영지는 본래의 두 배가 넘게 되었고 대륙의 3국 중에서 가장 국력이 앞서는 나라가 되었다.

하지만 고인 물은 언제나 썩는 법. 어느 날 갑자기 사라진 디온, 그리고 겨우 100년도 넘기기 전에 귀족들은 자신들의 저택에 적게는 수명에서 많게는 수백 명에 이르는 노예를 끌어 모았다. 그동안 침묵을 지키던 어둠 속 지하 조직들도 인간 사냥을 시작했으며 산적에게 잡힌 사람들은 여지없이 거의가 노예로 팔려 나갔다. 그렇기에 평민들은 여행을 자제하고 부득이한 경우에는 군인이 경비를 서는 지방 영주의 공물 수송 때에 목적지까지 따라갔다가 다시 돌아오곤 했다.

이렇게 여행이 불가능한 시기에도 안전한 자들이 있으니 바로 최근 몇십 년 사이에 급부상하고 있는 상인들이었다. 왕국 곳곳을 돌면서 싼 물건을 다른 곳에 비싸게 파는 이들 상인들은 부를 축적해 나갔다. 오직 귀족들만이 부를 축적할 수 있었던 시기에서 벗어나 평민들 중에서도 뛰어난 자들은 많은 재산을 끌어 모았던 것이다.

거의 매일같이 여행을 해야 했던 상인들에게 있어 가장 큰 걸림돌은 시기의 눈으로 쳐다보는 귀족들도 비싸디비싼 세금도 아니었다. 바로 산과 들을 돌아다니며 남의 것을 빼앗는 자들, 산적과 같은 도적들이었다. 상인들은 도적들에게 대항하기 위해서 용병들을 고용했다. 덕분에 호위만을 전문으로 하는 용병들까지 생겨났다. 또한 도적들과 타협하여 통행세 명목으로 얼마간을 도적들에게 바치고 안전을 보장받기도 했다.

도적들 역시 큰 피해를 감수하며 거친 용병들을 물리치고 상인들의 짐을 빼앗기보다는 자리세만 받는 것이 이득이었기에 장사를 하기 위해서 여행을 하는 상인들은 될 수 있는 한 건들지 않았다.

상인들은 점점이 모여서 길드를 창설하였다. 이들은 경쟁자이면서도 정보와 소문을 공유하였다. 또 같은 목적지라면 뭉쳐서 다녔다. 그쪽이 훨씬 경제적이었기 때문이다. 또한 여행을 떠나야 하는 사정이 생긴 평민들은 얼마간의 돈을 상인 길드에 내고 상단이 이동할 때 몸을 의탁했다.

평민들이 여행을 자제하고 또 여행을 한다 해도 상단에 끼어서 다니자 도적들의 가장 짭짤한 수입원인 노예 사냥감이 사라졌다. 평민들이야말로 도적들이 노리기가 가장 쉬운 먹잇감이었고 또 뒤탈도 거의 없었기 때문이다.

그렇지 않아도 최근에 여행을 하는 평민들이 많이 줄어들었고 또 영주의 통치가 미치는 마을을 털게 되면 분노한 영주가 곧바로 토벌대를 내보냈기에 몇몇 자리가 안 좋은 도적들은 입에 풀칠하기도 힘들 정도가 되었다. 매일 허탕만 치는 도적단이 늘어나자 이들은 소수로는 굶어 죽을 수밖에 없는 상황에 직면하게 되었다. 웬만하면 폐업하고 다른 직종으로 전업하면 좋으련만 하던 짓이 칼질이라고 이들이 택한 것은 연합전선을 펼쳐 대상단을 휘저어서 한탕 크게 하고 잠적하는 것이었다.

－왕국력 430년 9월 26일 밤.

처음 알베리토를 떠날 때 카리나는 마리아의 호의에 힘입어서 그리 힘들지 않은 여행을 할 수 있었다. 그녀는 노래를 잘하는 바드라는 것과 음식 만드는 솜씨가 꽤 좋았기에 상인들로부터 큰 환영을 받았다. 해가 진 뒤의 밤은 길고 무료한 법이기에 카리나가 노래를 부를 때면 상단 내에서 할 일이 없는 사람들은 모두 몰려와서 들을 정도였다.

"오늘은……."

"사랑 노래!"

"아니야! 영웅들의 대서사시! 진정한 노래는 서사시야!"

"늙은이들이나 좋아하는 재미없는 이야기보다는 진정한 로망이 꽃피는 애정 노래야 돼!"

밤만 되면 매일같이 벌어지는 말싸움. 카리나의 노래를 듣기 위해서 상인, 용병을 가릴 것 없이 경계 근무를 서지 않는 사람들은 죄다 몰려왔고 전부 자신들의 취향에 맞는 노래를 듣기 위해서 매일같이 싸웠던 것이다. 자신의 노래를 좋아해 주는 이들에게 고마워하는 카리나였지만 말싸움의 중심에 서 있다는 건 꽤나 부담되는 일이었다.

"저기… 그만 하시고요, 오늘은 영웅 닐크님의 모험담을 들려드릴게요."

"에이……."

"다른 거! 다른 거! 다른 거!"

"시끄릿! 노래 듣기 싫으면 딴 데로 가!"

"누가 싫다고 했나? 카리나 양의 목소리가 얼마나 좋은데?"

"결혼만 안 했어도……."

카리나의 미모를 보고 가끔 찝쩍대는 사내들이 있었기에 그녀는 자신이 결혼을 했다고 밝혔다. 그 뒤로도 아쉬운 듯한 눈길을 보내는 사내들은 몇몇이 있었지만 남들 눈이 있는 곳에서 대놓고 그녀에게 찝쩍대는 손길은 사라졌다.

"음… 음……."

"조용! 조용히 해!"

웅성거리는 사람들을 조용히 만든 건 상단의 우두머리 직을 맡고 있는 키렌토 씨였다. 그는 카리나의 열광적인 팬이 되어서 식사 시간이 끝나면 만사를 다 제쳐 놓고 카리나의 노래를 듣기 위해서 달려왔다.

둥그렇게 모여 있는 수십 대의 짐마차들 안의 공간은 꽤 넓었다. 그리고 마차들이 모여 있는 원 안에는 십여 개의 텐트와 땔감으로 불을 피운 화톳불이 몇 군데나 되었다. 카리나는 마차가 만든 원의 정 가운데로 가서 그녀를 위해 쌓아둔 상자 위로 올라가 앉았다. 그리고 요즘 손질을 잘하지 않아서 음색이 좀 떨어진 작은 하프를 꺼내 들었다.

"가난한 농가에서 태어나 수많은 시험과 고난을 통과해 영웅의 칭호를 받은 닐크님을 찬양하는 노래입니다. 그럼 미천한 실력이지만 좋게 들어주세요."

신의 인장을 받은 영웅.
괴로움과 슬픔을 두 눈에 가득 채운
신과 정의의 이름을 숭배하는 사내.
인간의 죄악을 등에 짊어지고
하늘을 향해 나아간 사내, 닐크.
오오, 우리는 그를 잊을 수 없다네.
그의 위대한 업적은 그 누구도 따를 수 없다네.

아아, 사랑하는 연인을 홀로 남겨둔 채
인간을 위해서 인간만을 위해 세계와 싸운
우리의 영웅.
빛날지어다. 빛날지어다.

인간의 죄악으로 빚어진 마신의 강림.
어둠이 세상을 덮고 공포와 죽음이 세계를 지배할 때
전신 토르의 검을 받들어 죽음과 싸운 사나이.
그의 검이 빛날 때 어둠이 물러가고
사악한 피조물의 최후를 보게 될지니
신의 힘으로 악을 처단한다!

연인의 최후에도 흔들리지 않고
육신의 고통과 정신의 혼돈에도 굴하지 않으며
최후의 최후까지 인간을 위해 싸운 사내.

아아, 기억할지니, 인간이 인간으로 살 수 있는
기반을 마련해 준 그 이름 닐크.
누구도 이룰 수 없었고 또 앞으로도 이룰 수 없는
최고의 칭호를 받은 사내, 그 이름 닐크.

인간이여, 기억하라, 닐크의 이름을.
그리고 감사하라, 닐크의 위명을⋯⋯.

주위는 정적에 휩싸였다. 잠시 뒤 긴 여운을 남긴 카리나의 노래가 끝나자 여기저기서 산발적으로 박수가 터져 나왔다. 고개를 숙여 감사의 인사를 한 카리나에게 커다란 박수 갈채가 쏟아지기 시작했다.

"대단해!"

"최고야! 역시 카리나 양이라니까!"

"감사합니다."

조금은 쑥스러운 듯이 얼굴을 붉힌 카리나를 향해 주위에 모인 사람들이 너도나도 달려들어서 그녀의 노래를 찬양했다. 그러자 키렌토가 벌떡 일어서더니 카리나 근처에 달라붙어 있는 사내들을 호통 쳐서 쫓아냈다.

"저리 꺼져, 이것들아! 물러서! 물러서라고!! 카리나 양이 싫어하잖아!"

"에이⋯⋯."

"쳇!"

쫓겨난 사람들─대다수가 남자였다─이 투덜거리든 말든 키렌토 씨는 익숙해질 법도 하건만 아직도 노래가 끝나면 몰려드는 남자들의 반응에 힘들어하는 카리나를 구해냈다. 그리고 그녀의 앞에 서서 작은 목소리로 말했다.

"흠… 흠… 한 곡 더… 불러주시면……."

"우우우~"

"자기도 좋으면서 괜히 저런다니까!"

"잘 보일려고 그러는 거야."

"시끄럽다, 이 녀석들아! 더 듣기 싫으냐? 그럼 가서 일들이나 해!"

상단의 우두머리이자 용병들을 이끄는 대장인 키렌토의 말에 토다는 사람은 없었다. 이곳에 모인 남녀노소를 막론하고 카리나의 노래를 듣기 싫어하는 사람은 없었기 때문이다. 우물쭈물하던 카리나는 사교용 미소를 지어보이며 다시 하프를 들었다.

"네, 키렌토 씨. 하지만 이번이 마지막이에요. 전날 밤처럼 밤늦게까지 부르지는 않을 거예요."

"물론이지요, 카리나 양."

"음… 음… 그럼 이번엔 유명한 네로덴 강의 기적을 부를게요."

"와아!"

스위니아 왕국의 북쪽에 위치해 있는 거대한 강 네로덴. 대륙의 시작 때부터, 아니, 인류가 태어났을 때부터 도도히 흐르고 있는 네로덴 강은 갈색산맥의 끄트머리에서 시작해 왕국의 절반을 가로지르는 굉장히 큰 강이다. 너무나 아름다운 경관을 자랑하는 강이기에 스위니아 왕국민이라면 누구나 한 번쯤은 죽기 전에 보고 싶어하는 강이기도 했다. 그만큼 노래에도 많이 나오고 전설도 많은 강이다.

"시작할게요."

"빨리 하라고. 기다리다 지쳐서 쓰러지겠어."

"언니, 힘내요!"

여행을 하는 동안 많이 친해진 메기, 메리 자매의 응원에 힘을 얻은 카라나는 목청을 가다듬고 입을 떼었다.

저는 기다려요, 그대 내 앞에 서기를.

당신의 고운 눈이 나를 바라볼 때 저는 기쁨의 눈물을 흘린답니다.

하얀 종이 위에 그려진 그대의 사랑 노래

저를 기쁘게 한답니다.

오직 나만을 위한 사랑 노래……

눈물이 하염없이 흐르네요. 가지 마세요.

슬픔이 머리를 어지럽히네요. 돌아봐 주세요.

아픔에 몸을 떨며 울고 있답니다. 저를 봐주세요.

가지 마세요, 가지 마세요, 가지 마세요.

필요없어요. 가세요. 돌아보지 마세요.

아파할 거예요. 눈물 흘릴 거예요. 제발……

저에게 와주세요.

싸늘히 식어가는 당신의 몸을 보며 저는 오열합니다.

울고 슬퍼하고 눈물 흘리고 아파하고 괴로워하며

하루를 보냅니다. 조커의 품 안으로 돌아간 당신을 그리워합니다.

어머니의 품으로 돌려보내지 않아요.

하늘을 바라보고 그대를 돌아봅니다.
차가워진 당신의 몸을 품에 안고 하염없이 길을 떠납니다.

도도히 흐르는 네로덴 강을 바라보면서 당신을 그리워합니다.
신의 품으로 돌아간 그대를 어머니의 강 네로덴에 띄워 보냅니다.
이제는 울지 않겠어요. 외롭지는 않을 거예요.
혼자가 아니니까요. 영원히 그대와 함께……

작은 조각배 안에서 그대와 같이 잠이 듭니다.
이제는 다시 깨어나지 않는 그대와
다시 깨지 않을 우리를 인도해 줄 작은 배를 타고
물살을 헤치고 나아갑니다.

한낮의 햇빛에 눈을 뜹니다.
웃고 있는 그대의 모습, 따뜻한 그대의 체온,
시원한 바람을 맞으며 우리는 웃습니다.
그녀는 행복하다고 합니다. 전 지금 행복합니다.
이젠 울리지 않을 것입니다. 이젠 울지 않을 것입니다. 영원히……

　카라나의 울먹이는 듯한 떨리는 목소리에 슬퍼하고 활짝 웃으며 기쁜 듯한 목소리로 노래할 때 같이 즐거워하던 사람들은 노래가 끝나자 한동안 정신을 차리지 못했다. 지독히도 슬프고 너무나도 감미로운 그녀의 목소리에 매료된 듯 노래를 듣던 사람들은 그녀가 인사를 하고 자리를 뜬 뒤에도 모두 일어설 줄을 몰라 했다.

멍한 표정으로 꿈속의 연인을 상상하는 메리와 메기 자매를 끌고 나온 카라나는 투정 부리는 두 소녀를 억지로 텐트 안으로 밀어넣었다. 마차를 타고 가는 일이 그리 힘들지는 않지만 여행을 한다는 자체가 사람을 피곤하게 하는 법이라서 카라나는 자리에 눕자마자 그대로 쓰러져 버렸다.

카라나는 운이 매우 좋았다. 마리아가 소개해 준 상인들은 알베르토에서 다른 마을이나 도시를 들르지 않고 곧장 왕국 북부의 대도시 에벨카르스로 향했기 때문이다. 보통 상단은 마을과 마을 또는 도시와 도시를 경유해서 움직이기에 말을 타고 달리면 하루면 갈 만한 거리도 이 마을 저 마을을 돌면서 장사를 하면 4, 5일 이상 걸린다.

하지만 마리아가 소개시켜 준 상인들은 곧바로 북부 대도시 에벨카르스로 향한 뒤 거기서 남부 지역으로 내려가는 대상단 무리에 끼었다. 거기서 귀여운 소녀들 메리와 메기 자매를 만났다. 첫 여정인데다가 아는 사람 하나 없는 상인 집단에 끼어서 여행을 한다는 것은 굉장히 힘들고 외로운 일이다. 그런 면에서 카라나의 운은 아직 끝나지 않은 듯했다.

소녀들은 카라나가 들고 다니는 작은 하프를 보고 먼저 말을 걸어왔다. 아름다운 외모에 고운 미성의 카라나는 여행을 한 지 얼마 되지도 않아서 소녀들과 친해졌다. 밤에 잠이 안 온다고 떼쓰는 메기를 달래기 위해서 부르던 노래가 이제는 상단 내에서 모르는 사람이 없을 정도로 카라나를 유명하게 만들어주었다.

메리, 메기 자매의 아버지이자 상단의 우두머리인 키렌토와 친해진 것도 노래 덕분이었고 처음 혼자인 카라나에게 괜히 수작을 부리던 사내들도 이제는 말끔히 사라졌다.

거기다 얇은 모포와 망토를 두르고 자야 했던 잠자리가 어느새 소녀 둘을 껴안고 자는 푹신한 천막 안으로 변했다. 다른 무엇보다 잠자리가 편해졌다는 게 카리나에게는 너무도 기쁜 일이었다. 얄밉기는 하지만 그래도 좋은 사람인 마리아를 만난 것, 그리고 귀여운 메리, 메기 자매를 만난 것, 또 많은 사람들에게 노래 실력을 인정받은 것 등 생애 최초로 여행을 나선 카리나에게는 너무나도 큰 행운이었다.

평소와 다름없이 카리나는 메기, 메리 자매와 함께 서로를 껴안고 잠이 들었다. 몸을 짓누르는 피곤함에 지쳐 곤히 자던 그녀는 밖에서 갑자기 울려 퍼진 비명 소리에 잠이 깼다.

"크아아악!!"

비명 소리가 울려 퍼지면서 같이 잠을 자던 소녀들이 깼다. 카리나는 깜짝 놀라서 텐트 밖으로 뛰어나갔다. 그녀보다 먼저 일어난 상인들과 용병들이 무기를 들고 이리저리 뛰어다니는 게 카리나의 눈에 들어왔다. 카리나를 따라 천막 밖으로 뛰어나온 소녀들은 밖의 상황을 보고 겁에 질린 얼굴로 그녀를 올려다보고 있었다. 정신없이 뛰어다니던 용병들 중 한 명이 카리나와 메기, 메리 자매를 데리고 야영지 중앙의 커다란 천막 안으로 데리고 갔다.

"여기서 나오지 마세요! 절대로 나오지 말아요! 알았지요?"

그 용병의 외침에 카리나와 소녀들은 고개를 끄덕였다. 천막 안에는 카리나 말고도 상단 안에 속해 있던 여자들과 아이들이 서로를 꼭 껴안은 채 부들부들 떨고 있었다.

상인들을 통솔하는 우두머리인 키렌토는 자다가 들려온 비명 소리에 놀라서 텐트를 젖히고 뛰어나갔다. 그는 주변에 우왕좌왕하는 용병들과 상인들을 끌어 모은 뒤 비명 소리가 들려왔던 짐마차 너머로 뛰어갔다.

"헉!"

산전수전 다 겪어봤다고 자부하는 키렌토였지만 이런 상황은 처음이었다. 족히 백 명은 넘어 보이는 산적들이 자신들의 짐마차를 둥글게 포위하고 있는 것이었다. 마차 외곽을 경계하던 용병들은 전부 목이 잘리거나 화살에 맞아서 쓰러져 있었고 산적들은 살기등등한 기세로 포위한 채 이쪽을 쏘아보고 있었다. 키렌토는 떨리는 목소리로 그들 중 대장으로 보이는 건장한 체구의 사내에게 물었다.

"워, 원하는 게 뭐요? 통행세라면 얼마든지 주겠소."

"흐흐……."

"평소의 두 배! 아니, 세 배를 주겠소!"

"그깟 푼돈 때문에 우리들이 귀한 시간 쪼개서 여기 온 줄 아나?"

"크하하! 가진 것 다 내놔라! 그리고 계집들도. 흐흐."

"무슨… 당신들! 이런 짓을 하고 무사할 줄 알아? 당장 대대적인 토벌이 있을걸?"

"할 테면 하라지. 우리와는 상관없으니까."

"이이……."

"전부 죽여라! 살아남은 놈이 있으면 귀찮아진다! 얘들아, 가자!"

"마, 막아라!"

몰려 있던 상인 무리를 향해 산적들이 달려들었다. 100대 50의 싸움. 그것도 한쪽은 싸움과는 별로 인연이 없는 상인들이 끼어 있었고 다른 쪽은 칼질로 밥 벌어먹고 사는 자들이었다. 승부는 불 보듯 뻔했다.

키렌토는 자신이 애용하는 숏 소드를 꺼내 들었다. 눈앞에 그를 향해 달려드는 단창을 든 산적의 공격을 슬쩍 몸을 숙여 피해낸 뒤 키렌토는 휘청거리는 산적의 등에 칼을 꽂아 넣었다.

푸욱.

살점이 찢겨지는 파열음이 들리며 피가 조금 튀었다. 키렌토는 깊숙이 박아 넣은 숏 소드를 힘주어 뽑아낸 뒤 쓰러지는 산적을 걷어차고는 주변을 돌아보았다.

용병들은 돈 받은 것보다 훨씬 잘해주고 있었다. 전투로 단련된 이들이었기에 수적 열세에도 불구하고 그런대로 잘 막아내고 있는 것이었다. 하지만 상인 출신의 남자들은 거의 변변한 저항조차 해보지 못하고 도륙당했다.

"어디다 한눈을 파나? 응?"

"헛!"

부웅 소리와 함께 바람을 가로지르는 배틀 엑스가 키렌토의 머리를 노리고 날아들었다. 급히 몸을 숙여서 도끼를 피해낸 키렌토는 190㎝는 될 듯한 거구가 자신에게 달려드는 걸 봐야 했다. 다른 산적들과는 다르게 약간 녹이 슬긴 했지만 그런대로 상태가 좋아 보이는 하프 플레이트 메일을 입고 있는 그는 평범한 사람은 들기에도 버거워 보이는 배틀 엑스를 두 손으로 잡고 붕붕 소리가 나도록 세차게 돌리다가 크게 횡으로 휘둘렀다.

"크억!!"

뒤로 물러서면서 피하려고 한 키렌토였지만 배틀 엑스는 그의 옷을 찢고 그 안에 숨어 있는 연약한 뱃가죽을 가볍게 갈라 버렸다. 피와 함께 뜨거운 김이 나는 내장이 흘러나왔다.

"쿨럭… 크흡… 네놈들… 절대… 로……."

파각!

배틀 엑스가 키렌토의 머리를 쪼개 버렸다. 안간힘을 다 짜내어 저주의 말을 내뱉으려던 키렌토는 그대로 즉사하고 말았다.

"응? 뭐라고? 쟁알쟁알대서 잘 안 들리는데? 크흣흣, 하긴 이젠 말하고 싶어도 못하겠지만 말이야."

대장의 죽음에 동요한 용병들은 금세 무너져 버렸다. 살아남은 용병들은 사방으로 흩어져 도망쳐 버렸고 일단의 산적들이 그런 용병들을 쫓아갔다. 남은 산적들은 짐마차 사이를 지나서 야영지 안으로 들어섰다.

주변에서 계속적으로 비명 소리가 들려왔다. 죽음을 앞둔 고통에 찬 비명 소리가 울려 퍼질 때마다 카리나의 어깨는 움찔거렸다. 예전에 이런 공포를 느낀 적이 있었다. 바로 그녀의 마을을 습격했던 산적들에게 마을 어른들이 학살당할 때! 제발 아니기를 간절히 빌고 또 빈 카리나였지만 불행히도 그녀의 예상은 그대로 적중하고 말았다.

천막 사이로 얼굴만 살짝 내민 채 밖의 상황을 보고 있던 카리나의 눈에 피 묻은 롱 소드를 든 사내가 마차 사이를 비집고 안쪽으로 들어오는 게 보였다. 카리나도 익히 잘 알고 있는 헌트라는 용병이었다. 이제 갓 20세를 넘긴 젊은이로 돈을 많이 벌어서 큰 농장을 세우는 게 꿈이라고 말했던 사내였다. 순간적으로 카리나와 헌트의 눈이 마주쳤다. 헌트의 눈에서 카리나는 절망과 죽음에의 공포를 읽었다. 비틀거리며 걸어오던 헌트는 몇 발자국 걷지도 못하고 힘없이 바닥으로 쓰러졌고 그의 뒤로 피 묻은 가죽 갑옷을 걸친 사내들이 우루루 밀려들어 왔다. 카라나는 놀라서 천막 안으로 숨었지만 산적들은 금세 카라나를 포함한 여인들을 모조리 끌어냈다.

"호오, 이거 횡재했는걸?"

"크흐흐… 이 정도 물건이면 몇십 만은 받겠는걸? 거기다 계집들까지……."

"히히히."

"계집들은 죄다 묶어라! 쓸모있는 것만 챙긴다! 빨리빨리 움직여!"

"까아아악!"

산적들이 비릿한 웃음을 지으며 달려들었다. 십여 명의 여인들은 비명을 지르며 도망치려 했다. 하지만 연약한 여인의 힘으로 단련된 남자들의 손을 피할 수는 없었다. 여인들은 변변한 저항도 못해 보고 전부 잡혀 버렸다. 카라나 역시도 공포에 몸이 얼어붙어서 허무하게 붙잡혔다. 굴비 엮듯이 줄줄이 묶인 여인들을 빈 마차에 태운 산적들은 비싼 물건들을 챙긴 뒤 남은 마차와 짐에 불을 놓았다.

불타오르는 야영지를 뒤로한 채 산적들은 미련없이 떠났다. 남은 것은 불타고 있는 마차들과 싸늘하게 식어가는 시체들뿐…….

─동일 동 시각 휴양 도시 아델.

스위니아 왕국의 북부를 담당하는 대도시가 에벨카르스라면 왕국의 남부를 관장하는 대도시는 아벨로이드이다. 북부의 기후와 비교해 볼 때 인간이 살아가는 데 있어 가장 적당한 환경을 자랑하는 아벨로이드는 상주 인구만 20만 명을 헤아릴 정도로 큰 도시였다. 아벨로이드가 관할하는 여타 중소 영지를 모두 합치면 왕국민의 절반 정도가 살고 있다고 칭해도 그리 틀리지 않았다.

그런 남부 지역 중에서도 뛰어난 경관을 자랑하는 도시는 단연 아델이다. 갈색산맥과 인접해 있는 작은 도시인 아델은 만여 명의 적은 주민을 가진 소규모 도시였지만 스위니아 왕국의 귀족이라면 누구나 잘 알고 있는 도시이다. 그도 그럴 것이 좀 산다는 귀족이라면 거의가 이 아델에 별장 하나쯤은 가지고 있었다.

도시를 중심으로 북쪽으로는 갈색산맥을 남쪽과 동쪽은 아델을 경유해 가는 모렌 강이 흐르고 있고 도시를 중심으로 곳곳에 아름다운 호수와 소풍을 나가거나 승마 연습을 하기에 딱 좋은 완만한 언덕이 자리 잡고 있다. 귀족의 유흥거리가 모두 결집되어 있는 곳. 그곳이 바로 아델이다.

워낙 귀족들의 출입이 잦다 보니 일반 평민은 이 도시 내에서 찾아보기 힘들었다. 대부분이 귀족가에 속해 있는 하인들이었고, 평민이 있다 해도 거의가 각자 한 가지 분야의 전문가―대장장이, 직공사, 조각가, 화가, 음악가 등―들이었다. 아델에서 농부를 찾기란 그레이랜드에서 인간을 만나기보다 더 힘들다고 칭해질 정도였다.

고풍스러운 분위기의 3층 저택. 정계에서 큰 위명을 가렌토 백작이 손수 건축가를 뽑아서 만든 아델에서 몇 개 안 되는 아름다운 저택이다. 저택의 외벽은 백색으로 도색했고 건물 안의 바닥은 전부 대리석으로 장식해서 화려하다 못해 예술품이라고 불리는 멋진 건물이었다.

그 저택의 2층의 넓은 방. 벽 한 면엔 세기도 힘들 만큼 많은 서적이 쌓여 있고 내다 팔면 족히 몇 만은 나올 듯한 고가의 장식품이 보이는 곳마다 걸려 있었다. 방의 남쪽벽은 다른 귀족들의 집무실이 그렇듯이 전면이 유리로 만들어져 있었다.

그곳에 한 사내가 앉아 있었다. 둥그렇게 말려 있는 서류들을 이리 저리 훑어보면서 그는 흥미가 없는 서류는 아무렇게나 뒤로 집어 던지고 관심이 있는 서류는 책상 한구석에 쌓았다. 그리고는 벽 한 면으로 걸어가서 거기에 걸려 있는 풍경화를 떼어냈다. 그림이 벽에서 떨어지자 남은 것은 흰색 벽과 금고문이었다.

"쯧쯧, 귀족들이란… 생각하는 게 다 똑같다니까. 쯧쯧쯧."

그는 자물쇠를 이리저리 살펴본 뒤에 품에 손을 넣어서 열쇠를 꺼내 들었다. 간단하게 자물쇠를 연 사내는 그 안에 수북이 쌓여 있는 서류를 꺼냈다.

풀썩.

책상 위에 한가득 서류를 올려놓은 사내는 그것들을 이리저리 살펴보면서 필요한 서류는 골라내고 필요없는 서류는 미련없이 던져 버리면서 작업을 계속해 나갔다.

그때 딸깍 소리가 나면서 그의 정면에 닫혀 있던 문이 열렸다. 깜짝 놀란 사내는 책상 밑으로 들어갔다.

"어머?"

방 안으로 들어온 것은 시녀였다. 귀족가에서 흔히 볼 수 있는 시녀복을 입은 여인은 어지럽게 흩어져 있는 방 안을 보고 꽤나 놀란 표정이었다. 책상 밑에서 놀란 시녀가 어쩔 줄 몰라 하는 걸 가만히 지켜보던 사내는 시녀가 밖으로 나가려고 등을 돌리자 몸을 일으켜 급히 책상을 뛰어넘어 시녀에게 달려들었다.

"누… 으읍……."

시녀가 밖에다 대고 소리를 치려고 할 때 사내는 급히 그녀를 끌어당긴 뒤 문을 닫고 손으로 시녀의 입을 막았다.

"하아… 하필이면 이때 들어오냐? 아, 참 재수가 없다니까. 안 그렇수, 아가씨?"

"으읍……."

입이 막혀 버린 시녀는 바들바들 떨면서 공포에 질린 눈을 이리저리 굴렸다. 사내는 그런 시녀를 보면서 조용히 말했다.

"여자를 죽이기 싫은데 댁도 죽기는 싫겠지?"

"……."

시녀는 겁에 질린 눈으로 고개를 끄덕였다. 시녀를 보던 사내는 꽤 예쁘다는 생각을 하며 한 손으로 시녀를 못 움직이게 막으면서 다른 손으로 품 안에 있는 주머니를 꺼냈다. 그리고는 그 안에서 작고 동그란 구슬 같은 것을 꺼냈다.

"수면제요. 내가 가고 나면 댁이 곤란할 테니까 잠이나 푹 자두쇼."

"…우움."

"소리치면 죽소. 서로 피 보는 일은 피하도록 합시다. 알겠수?"

"……."

서서히 입을 뗀 사내는 시녀가 양손을 가슴에 대고 부들부들 떨고만 있자 약간은 안심한 듯 자신의 손에 든 구슬을 자기 입 안에 넣었다.

"……?"

수면제라고 말한 구슬을 사내가 입 안에 넣자 시녀는 이상하다는 표정이었다. 하지만 사내는 전혀 개의치 않고 손으로 시녀의 턱을 잡고는 자기 쪽으로 끌어당겼다.

"우웁……."

놀란 시녀가 반항하려고 했지만 사내는 강하게 시녀를 끌어안고는 시녀의 입술을 포갰다. 긴 키스가 끝나고 나자 다리에 힘이 빠진 시녀는 그 자리에 털썩 주저앉았다.

"우음, 역시 여자는 이렇게 고분고분해야 된다니까? 키킥."

"……."

첫 키스를 유린당한 시녀는 사내를 노려보았다. 미운 듯이 자신을 째려보는 시녀를 무시한 사내는 다시 제자리로 돌아가서 서류를 뒤적이기 시작했다. 사내를 째려보던 시녀는 입 안에 퍼지고 있는 쓴 약의 맛을 느끼며 천천히 모로 쓰러지며 잠이 들었다.

무사히 일을 마친 사내는 서류를 가방에 조심스럽게 집어넣은 뒤 잠이 든 시녀를 한번 바라본 뒤 미련없이 창을 열고 밖으로 나갔다. 저택의 벽을 간단히 넘은 그는 길 옆에 매어져 있는 말을 천천히 몰아서 아델 성의 정문으로 나아갔다. 그가 별다른 제지 없이 정문을 나서자 검은 옷의 사내가 그의 말고삐를 잡아주었다.

"물건은?"

"완수했소. 걱정 마쇼, 돈값은 하니까."

"그래? 그럼 예정된 장소로 가져와라. 잔금은 거기서 치르겠다."

"그러쇼. 난 상관없으니까. 단, 서로 골치 아픈 일은 만들지 맙시다. 알겠수?"

"물론, 넌 아직 쓸모가 있어."

"쳇, 악당한테 그런 말 듣기 싫수."

"흥."

정문 경비병들의 시야가 미치지 않는 곳까지 멀어진 두 사내 중 검은 옷의 사내는 말고삐를 던져 버리고는 수풀 사이로 사라졌다. 사내의 뒷모습을 보고 있던 그는 퉤 하고 바닥에 침을 뱉은 뒤 빠르게 말을 몰았다.

말 탄 사내가 가고 난 뒤에 예의 검은 옷의 사내가 수십 명의 무리를 이끌고 방금 전 두 사람이 헤어진 그곳에 다시 나타났다. 그는 주위를 한번 둘러본 뒤 말했다.

"습격을 시작한다. 자! 가라!"

"옛!"

큰 소리로 대답한 사내들이 각자의 무기를 꺼내 들고 아델 성을 향해 뛰어갔다. 그 무리뿐만 아니라 아델 성의 각 관문에 작게는 수십에서 많게는 백여 명에 달하는 무장한 괴한들이 난입했다.

─왕국력 430년 9월 26일.

후작가에서 며칠 쉰 페이빈은 따분한 하루하루를 보내기가 지겨워서 일거리를 찾아나섰다. 마침 추수기가 다가오고 있었고 고양이 손이라도 빌리고 싶어하는 곳이 있기에 페이빈은 쉽게 후작의 인가를 받아서 일을 할 수 있게 되었다. 그가 맡은 일은 바로 세수 계산!

왕국법에 따르면 일반 평민은 1년간 벌어들인 수입의 30%를 기본세로 내야 한다. 그리고 집안에 16세가 넘은 성인 남성이 있다면 군역세로 개인당 각각 5골드씩 내야 했다.

그리고 영지 내에 영주에게 바치는 세금이 총수입의 10%였고 영주들은 대귀족인 후작에게 또 세금의 5%를 내야 했다. 문제는 후작가가 관리하는 헤란 도시의 경우 인구는 10여만 명인데 반해 세수를 책임지는 하급 관리가 겨우 20여 명이라는 것. 관리 한 명당 5,000명의 주민을 관리해야 하는 것이다. 또 이들이 헤란 도시만 관리하는 것이 아니었다. 도시 주변에 넓게 자리 잡은 후작령 직할의 수십 개 마을도 이들 관리의 몫이었다. 마을까지 합치면 각 관리들이 계산해야 하는 주민의 숫자는 개인당 1만이 넘어섰다.

첫날 페이빈이 징수계에 들어갔을 때 넓은 방 안은 거의 전쟁터를 방불케 할 정도로 난장판이었다. 책상으로 보이는 곳에는 벽면 가득 종이 서류들이 빽빽하게 쌓여 있었고 관리복을 입은 사내들은 이리저리 뛰어다니면서 뭐라고 소리치고 다녔다.

"아… 저……."

"미란 마을 서류들 아직 안 왔나?"

"없습니다!"

"전령 보내! 이틀 뒤면 징수관이 떠난단 말이야!!"

"카린트 마을에서 과다 징수에 대한 항의가 들어왔습니다!"

"저, 저기……."

"인구 조사표가 맞지 않습니다."

"망할! 도대체 일을 어떻게 하는 거야!!"

문을 열고 어쩔 줄 몰라 하던 페이빈은 방 안의 살벌한 풍경에 기세가 눌려서 멍하니 그들을 바라보고 있었다. 그러자 큰 소리로 욕설을 내뱉던 대머리사내가 페이빈의 존재를 알아채고는 소리쳤다.

"당신 뭐야? 항의할 게 있으면 관리부로 가봐!"

"아… 그게 아니고요……."

"뭐라고? 안 들려! 들어올 거면 들어오고 아니면 나가! 찬바람 들어오잖아!"

"네? 네! 네……."

페이빈은 그가 이곳의 책임자라고 판단한 뒤 사내에게로 걸어갔다.

"여기 책임자이신 모리튼 남작님이십니까?"

사내는 페이빈의 질문에 페이빈을 쏘아보다가 피식 웃더니 말했다.

"모리튼 남작? 그게 누구야? 어이, 누구 그 남작 어디 처박혀 있는지 알아?"

"모릅니다!"

"아델에라도 갔겠죠, 뭐."

등 뒤에서 들려오는 대답에 사내는 어깨를 한번 으쓱하더니 페이빈을 바라보며 말했다.

"들었지? 뭐가 불만이야? 딱 5초 주지. 그 이상 나불대면 네놈 모가지를 분지른 뒤에 깔판으로 쓰겠다."

대머리사내가 낮게 으르렁거렸다.

"아… 반갑습니다. 페이빈 토르카스라고 합니다. 이번에……."

"알렉스 마틴이다! 본론만 말해! 누가 이름 듣고 싶다고 했나? 앙?"

"네… 하하, 참 성격이 급하시네요. 이번에 케로스 후작님에게 명받아 징수계를 담당하게 되었습니다. 보면 아시겠지만… 마법사입니다."

"마법사? 흐음 그 네 마리 바보들이랑 동류란 말이야? 아니, 아니! 방금 당신 징수계를 담당하게 되었다고 했나?"

"네, 여기 권한 위임 서류입니다. 이쪽은 신임 임명장이고요."

페이빈이 두 장의 서류를 품에서 꺼내어 알렉스에게 넘기자 그는 그것을 찬찬히 살펴보았다.

"제기랄… 어이! 누구 손 남는 녀석 없어?"

"바쁩니다앗!"

"알렉스 사무장님! 빨리 좀 도와주십쇼!"

"에익! 거기, 마리탄! 너, 가서 모리튼 남작 데리고 와! 아니, 이거 가지고 가서 그 사람 집에서 평생 쉬라고 전해! 알았어?"

"네넷!"

10대 후반으로 보이는 청년이 뛰어와 알렉스의 손에 들린 서류를 들고 밖으로 나가자 그제야 알렉스는 페이빈을 찬찬히 관찰할 여유가 생겼다. 알렉스의 눈에 비친 페이빈은 유약해 보이는 20대 후반의 청년이었다. 검은 머리와 검은 눈이 인상적이라고 생각한 알렉스는 그래도 마법사이니 머리는 좋을 거라고 생각했다.

"여기서 제가 할 일이 뭐죠?"

"당신… 으음, 뭐 귀족은 아닌 듯하니까 편하게 말해도 되겠지?"

"그러십시오."

"그래, 페이빈이라고 했나? 이것과 또 이것. 노리아 마을의 인구 조사표와 세금 징수 예상표이니까 그거 보고 계산해. 왕국 법령 정도는 알겠지? 모르면 저기 서류 근처에 법령집 있으니까 참고하고… 이 자식들아! 책상 정리 정도는 하란 말이다! 어디에 뭐가 있는지 알 수가 없잖아! 쯧, 하여간 알겠지?"

"네, 알겠습니다."

알렉스는 빈 책상—서류만 가득 쌓인 채 사람은 없는—중 하나를 페이빈에게 내주고는 다시 자기 자리로 돌아가서 서류와 씨름하기 시작했다. 거의 한아름은 될 듯한 서류를 보면서 한숨을 내쉰 페이빈은 서류 중 한 장을 집어 들어 읽었다.

"이것 참……."

자리에 앉아서 자신에게 할당된 서류를 모두 훑어본 페이빈은 한숨을 내쉬었다. 읽어본 서류들은 전부 엉망이었다. 인구의 변동만을 따지는 인구 조사표였는데, 바로 전년도에 100가구이던 게 다음해에는 300가구로 적혀 있었다. 그리고 그 다음해에는 50가구로 줄어 있었다. 또 새로 태어난 아이들과 죽은 사람들의 숫자도 엉망이었다.

혼자 힘으로 간신히 찾아낸 출생 사망표에는 마을 이장의 사인이 들어가 있는 공문서와 징세관이 올린 보고서의 내용이 달랐다. 거기다 태어난 지 2달 된 걸로 적혀 있는 아이가 징병 대상인 16세로 둔갑되어 있기도 했고, 이미 죽은 사람에게 군역세를 내라는 통지가 가기도 했다. 또한 한 사람이 두 사람으로 기재된 것도 있었다. 페이빈은 서류를 보다가 혼자말을 중얼거렸다.

"이거… 완전 케펠에게 습격이라도 받은 것 같네……."

하루 종일 먼지를 머금은 수많은 서류와 씨름을 하던 페이빈은 이상태로는 힘들겠다고 생각했다. 아무리 관리가 적고 신경 쓰는 사람이 적다고는 해도 돈이 관련되어 있는 아주 중요한 일이다. 캐로스 후작은 별로 관심이 없고 그의 밑에 있는 다른 귀족들은 신경도 쓰지 않았다. 더군다나 평민 관료들은 그저 맡은 대로의 일을 행하기만 했다. 누군가가 나서서 고쳐야 했다. 그리고 그 일을 해야 할 사람이 자신이라고 페이빈은 생각했다. 굉장히 힘들고 귀찮겠지만… 금전 계산이라는 생각에 페이빈은 욕탕 속에서 하루 동안 쌓인 먼지를 닦아내면서 생각했다.

'그래, 잘만 하면 횡령할 수도 있는 거고! 부수입이 들어오면 나도 좋고 후작님도 예전보다 수입이 좋아질 테니 좋아할 테고 관리들도 좀

더 편해질 테니 좋을 테고 다 좋은 게 좋은 거지, 암.'

벌써부터 부정을 저지르기 위해 머리를 굴리는 페이빈이었다. 화려한 편은 아니지만 그런대로 꽤 쓸 만한 욕탕에서 나온 페이빈은 대충 몸을 닦은 뒤 잠옷을 입고 방으로 들어섰다. 그리고 방 안의 풍경을 보고 쓴웃음을 지었다.

자신에게 배정된 방 외에 마법사라는 특별한 직위 덕에 얻게 된 새 시녀. 올해로 막 15살이 되었다는 소녀는 피곤했는지 방 한가운데 있는 원형 탁자에 엎드려 자고 있었던 것이다.

"에린, 에린?"

"우웅······."

몸을 몇 번 흔들자 곤히 자고 있던 소녀가 움찔거리다가 잠이 깨었다. 잠에 취한 듯 멍한 눈으로 페이빈을 올려다보던 소녀는 페이빈이 깜짝 놀랄 정도로 벌떡 일어서더니 울먹이면서 외쳤다.

"죄송합니다! 죄송합니다! 주인님, 때리지 말아주세요. 열심히 할게요. 다음부터 절대로 졸지 않을게요."

"······."

겁에 질린 두 눈으로 눈물을 머금은 소녀는 무릎을 꿇고 앉아서 페이빈의 바지를 붙잡고 울먹였다. 울고 있는 소녀 에린을 바라보던 페이빈은 보람찬 하루 일과를 마쳤다는 생각에 기뻐하던 마음이 저 하늘로 날아가 버리는 걸 느꼈다. 불쾌감이 다시금 몸을 잠식했다.

"왜 그렇게 빌지? 누가 널 괴롭히니?"

최대한 부드러운 목소리로 말한 페이빈은—그러나 그의 얼굴은 꽤나 일그러져 있었다—무릎을 꿇고 있는 에린을 일으켜 세워서 의자에 앉혔다. 아직도 겁에 질린 에린은 조심스럽게 말했다.

"저… 저 같은 노예 소녀 따위가 감히 좋아서……."

"에린… 너 노예였어?"

"네에……."

"흐음."

시녀를 보내준다기에 고용된 평민 소녀인 줄로만 알고 있던 페이빈에게 에린이 노예라는 사실은 꽤 충격이었다. 겉으로 보기에는 활달한 보통 소녀 같았는데 노예였다니…….

'그녀도 노예였었지… 그래…….'

카리나를 생각하면서 페이빈은 맞지는 않을까 하고 자신의 눈치만 보고 있는 에린에게 동정심이 일었다.

"괜찮다. 내가 너에게 뭔가 일거리를 준 것도 아니고 한밤중까지 날 기다리느라 피곤했을 테니까. 에린, 가서 마실 것 좀 가져와. 알았지? 그리고 네 방에 가서 자라."

"네, 저기… 주인님."

"응?"

"절 안지 않으실 건가요?"

여자 노예—그것도 어린—가 시중을 든다는 것은 낮뿐만 아니라 밤일(?)도 포함된다는 건 상식이나 다름없다. 이런 성적인 부분도 여자 노예의 의무 중 하나니까. 두 눈을 동그랗게 뜨고 대답을 기다리는 에린을 내려다보던 페이빈은 고개를 설레설레 흔들면서 말했다.

"아니, 됐어."

"네, 주인님."

작게 안심한 표정의 소녀가 고개를 숙여 인사를 하고 돌아섰다. 페이빈은 작은 어깨를 가진 소녀의 뒷모습을 보면서 착잡한 기분에 혀를 찼다. 그의 생각으로 노예라고 하면 더러운 냄새가 나고 몸에는 멍과 상처가 가득하고 굴종적인 모습으로 눈치만 살피는 그런 자들이라고 생각했었다. 인간이기는 하되 최소한의 인간적인 자존심마저 팔아버린 채 그저 시키는 대로만 하고 사는 미래가 없는 자들. 이것이 평소 페이빈이 생각하던 노예에 대한 모습이었다. 하지만 후작가에서 실제로 겪어본 노예들은 달랐다. 깨끗했으며 웬만한 하류층 평민들보다 잘 먹었고 자신들이 하는 일에도 큰 자부심을 가지고 있었다. 그래 봐야 노예겠지만······.

잠시 뒤 시녀인 에린이 쟁반에 포도주와 잔 하나를 들고 들어왔다. 탁자에 그것들을 내려놓은 에린은 창밖을 바라보고 있는 페이빈에게 조용히 인사를 한 뒤 조용히 문을 나섰다.

"······."

쪼르르.

빈 유리잔에 붉은 포도주가 반쯤 채워졌다. 페이빈은 유리잔을 들고 창가로 걸어갔다. 어두운 밤 하늘 사이로 둥그런 보름달이 그의 눈에 들어왔다. 포도주의 향을 음미하면서 페이빈은 달을 바라봤다. 카리나의 웃는 얼굴이 달과 겹쳐 보였다.

"카리나··· 당신과 비슷한 아이가 여기 있어요. 왠지 불쌍하더군요. 하지만 알지요? 난 당신만의 것. 걱정하지 마세요. 반드시 돌아갈 테니까."

어두운 하늘을 바라보며 중얼거리던 페이빈은 차가운 밤바람이 한 차례 불어닥치자 추위를 느끼고는 창문을 닫았다. 한 손에 든 잔을 쭉 들이키자 달짝지근한 맛의 포도주가 식도를 타고 몸 안으로 들어갔다. 몸에 술이 들어가자 한기가 가시고 몸이 훈훈해져 왔다. 페이빈은 눈을 감았다.

"아마… 원망하고 있겠지. 뭐… 그래도 별일없이 잘 지내고 있을 거야. 시이란 양도 있고 마스터도 그녀를 돌봐줄 테니까."

술병과 잔을 테이블 위에 올려놓은 페이빈은 방 안의 불을 끈 뒤 침대로 들어간 그는 눈을 감으면서 중얼거렸다.

"잘 자요, 내 사랑. 꿈속에서라도 볼 수 있기를……."

4 화

꿈에 대한 진지한 고찰

꿈에 대한 진지한 고찰

어느 날 당신이 꿈속에 그리던 연인이 눈앞에 나타나면 어떻게 하겠는가?

과거의 연인들은 말했다. 꿈은 현실의 연장이라고.

어쩌면 꿈속에 나타났던 연인은 당신을 만나기 위해 매일 밤 기도하며

당신을 간절히 기다렸는지도 모른다.

—현자 아르케네스의 저서 中.

—왕국력 430년 9월 27일.

"흐헉!!"

벌떡!

페이빈은 부드러운 침대에서 튕기듯이 일어섰다. 지독히도 무서운 악몽을 꾸었기 때문이다. 밤에 잠이 들기 전까지만 해도 즐거운 상상을 하면서 눈을 감은 페이빈이었는데 어느 사이엔가 핑크 빛 꿈은 악몽으로 변해 있었던 것이다.

사랑하는 연인인 카라나가 자신을 보면서 무언가를 외쳤다. 그녀는 고통스러운 얼굴로 피를 흘리면서 손짓했다. 빨리 돌아와 달라는 듯이. 안타까운 페이빈은 그녀를 안아주고 싶은 마음에 다가갔지만 그럴수록 그녀의 모습은 계속 멀어져 갔다. 한 발 앞으로 나아가면 몇 발짝

이나 멀어지는 그녀의 모습에 안타까움은 아픔이 되어갔다.

어둠이 세상에 깔리며 괴팍한 스승이 큰 소리로 호통 쳐댔다. 귀여운 동생 같은 션이 나타나 탑 안을 난장판으로 만들었다. 거기다 얼굴도 모르는 사람들이 우루루 몰려와서 빚 독촉을 해댔다.

끊임없이 쏟아지는 독촉장에 허우적대던 페이빈은 비명을 지르며 깨어났다.

"헉… 헉……."

게슴츠레한 눈으로 주변을 둘러보던 페이빈은 돈 갚으라고 독촉하는 자가 없자 안심하였다. 꿈이었던 것이다. 그때 문이 벌컥 하고 열리면서 누군가가 뛰어들어 왔다.

"주인니임!!"

"헉!"

큰 소리에 화들짝 놀란 페이빈이 벌떡 일어서다 침대에서 발을 삐끗하여 떨어졌다.

쿠웅.

"꺄악! 주인님!"

"아윽!"

"괜찮으신가요? 네?"

늑대 보고 놀란 가슴 변견 보고도 놀란다던가?

침대에서 수직으로 다이빙해 보기 좋게 안면을 바닥에 강타한 페이빈은 부드러운 카펫이 왜 방바닥에 깔리게 되었는지를 몸으로 실감하면서 방을 나섰다. 걱정스러운 표정의 에린에게 싱긋 웃어준 페이빈은 악몽으로 안 좋던 기분을 떨쳐 낸 뒤 힘차게 앞으로 나아갔다.

징수계의 문을 활짝 연 페이빈은 싱긋 웃으며 말했다.

"좋은 아침!"

"시끄럿! 닥치고 찌그러져!"

긴 시가 담배를 꼬나 물고 있는 알렉스가 붉게 충혈된 눈으로 페이빈을 쏘아보며 빽 하고 소리쳤다. 그는 얼마 남지 않은 소갈머리를 마구 쥐어뜯으며 페이빈을 노려봤다.

"망할! 누구는 밤새워 서류 작업하는데 누구는 시중들어 가며 고급 침대에서 잠이나 처자고… 에이, 참 더러워서……."

"아하하……."

"뭘 웃어! 웃지 마! 정들어!"

"아… 예……."

"멀뚱히 있지 말고 빨리 가서 볼일이나 봐!"

"다른 일 주셔야죠."

"…노리아 마을 건?"

"끝냈습니다."

"흐음?"

알렉스의 눈이 약간 일그러졌다. 인구가 겨우 500여 명밖에 안 되는 작은 마을인 노리아 마을이었지만 그렇다 해도 한 가구의 연간 수입을 계산하고 산출해서 과세를 매겨야 하는 작업이다. 한두 가구쯤이라면 간단하면서도 쉬운 일이지만 그것이 백 단위 천 단위가 되면 일이 아니라 고문이라고 해도 무방할 정도였다. 그리 어렵지는 않지만 끝없는 단순 반복 작업인 것이다.

"서류 가져와 보게."

"네."

직책상으로는 페이빈이 위였으나 벌써 20년간 이 징수계에서 일을 해온 알렉스를 페이빈은 인정했다. 이제 겨우 이틀 된 신출내기에게 알렉스의 업무 처리 능력은 경외의 대상이 된다 해도 딱히 틀리지 않은 말이니까. 페이빈은 잘 정리한 서류를 알렉스에게 내밀었다.

　　"흐음……."

　　"……."

　　뻐끔거리며 담배 연기를 내뿜는 알렉스는 페이빈이 준 14장의 서류를 꼼꼼히 읽어본 뒤 서류를 내려놓고 페이빈을 바라봤다.

　　"괜찮군. 좋아, 그럼 멜튼 시 거 해봐. 거긴 한 5,000명쯤 되니까 고생 좀 할 거야. 저기 어딘가에 자료 있으니까 찾아서 해봐."

　　"네."

　　자신있게 대답한 페이빈은 서류 더미 속에서 멜튼 시에 대한 자료를 찾아서 뛰어다닌 뒤 모아놓은 자료들을 가지고 빠르게 분류해 나갔다. 그리고는 그 자료를 토대로 징수액을 계산해 나가기 시작했다.

　　"흐음……."

　　"왜요, 알렉스 사무장님?"

　　"봐라."

　　징수계의 2인자인 리튼에게 페이빈이 작성한 서류를 넘겨준 알렉스는 페이빈을 한번 쳐다보았다. 수많은 서류 중에서 필요한 것만 골라서 잘 정리한 페이빈은 익숙하다는 표정으로 빠르게 작업을 해 나가고 있었다.

　　"우와… 대단한데요. 이거 사무장님이 해놓은 거랑 거의 비슷하잖아요?"

　　"그래, 초보자한테 맡길 만큼 가벼운 게 아니라서 내가 따로 해놓긴

했는데……."

"사무장님 것보다 훨씬 낫네요. 보기에도 편하고. 아! 그럼 사무장님이 밤새가면서 한 일은 말짱 도루묵?"

"뭐.라.고?"

"아!! 갑자기 급한 일이 생각났습니다, 그럼!"

"이 자식! 리튼!!"

재가 가득 들어 있는 재떨이를 한 손으로 잡고 그것을 건방진 부하에게 날리려던 알렉스는 리튼이 급히 서류들 사이로 도망가 버린 걸 뒤늦게 알아차렸다. 이전에 비해 눈치가 여간 빨라진 게 아니라고 중얼거린 알렉스는 화풀이 상대가 사라져 버리자 혼자 투덜거리면서 다시 한 번 페이빈의 서류를 찬찬히 살폈다. 정말로 페이빈의 서류는 완벽했다. 다만 워낙 정보가 엉터리라 결과를 그리 신용하기 힘들다는 점이 있지만……

알렉스 사무장이 페이빈이 올린 서류를 보고 감탄하는 동안 페이빈은 별 무리 없이 일을 진행해 나갔다. 그런데 어느 순간 페이빈은 막혔다. 전년도에 수금한 금액과 올해 새로 걷어야 할 세금의 양이 너무나도 차이가 났던 것이다. 몇십 골드 정도의 금액이었다면 페이빈도 그저 그러려니 하고 넘어갔겠지만……

"저기, 알렉스 사무장님."

"뭐야? 나 바쁜 거 안 보여?"

"아… 죄송합니다. 조금 있다가……."

"말 걸었으면 빨리 말해! 바쁜 사람 불러놓고 장난치는 거야? 앙?"

"아니오… 그게… 아무래도 안 맞는 부분이 있어서……."

"멜튼이지? 거긴 매년 그래. 그냥 대충 넘겨 버려. 다른 곳도 할 일은 많아."

"하지만 너무 차이가 나는데… 요."

알렉스가 아직 할 말이 많이 남은 듯한 페이빈을 쏘아보고는 낮게 으르렁거렸다.

"멜튼 시장은 후작 각하의 8촌쯤 되는 인간이다. 그냥 대충 넘겨. 알았어? 알아들었으면 빨리 가서 다른 일이나 봐."

"그런……."

페이빈이 뭐라고 하려 하자 짜증이 치밀어 오른 알렉스는 탁자를 쾅 소리가 나도록 친 뒤에 소리쳤다. 그 덕에 징수계 안에서 일하던 관리들의 눈이 알렉스와 페이빈에게 집중되었다.

"나보고 어쩌라고? 누군 짜증 안 나는 줄 알아? 위에서는 머리 수만큼 안 나온다고 쪼아대지! 겨우 시장 짓거리나 해먹는 자식은 후작 각하의 친척이라고 깝죽대지! 나도 열받는다고오!! 엉? 할 말 있어?"

"저기… 그 친척 분, 후작님하고 친합니까?"

"친하긴 개뿔! 1년에 한 번 볼까 말까일걸? 후작 각하는 기억도 못할걸? 꼴에 귀족이라고 가끔 성에 오는 것 같지만 별 볼일 없는 인간이야! 그래도 각하의 친척이라는 것 때문에 봐주는 거야. 알았어? 똥이 무서워서 피하나? 더러워서 피하지!"

"흐음……."

"괜히 딴생각 말고 가서 일이나 해!"

"멜튼 시… 멉니까?"

"반나절쯤 걸린다. 왜?"

"가서 보고 오려고요."

알렉스는 페이빈을 바라보았다. 그의 얼굴엔 여유로움이 넘치고 있

간 의아해했다. 혹시 여기에도 자신이 모르는 무언가가 있는 것일까? 어깨를 축 늘어뜨린 채 힘없이 돌아가는 에린을 보면서 저 아이가 왜 저럴까 하는 생각에 고개를 갸웃거리는 페이빈에게 리튼이 말을 걸었다.

"괜찮겠습니까? 안 데려가도?"

"리튼 씨? 아… 공무인데요, 뭘. 그리고 내일이면 돌아오고…….."

"흐음……."

페이빈을 빤히 바라보던 리튼은 돈 계산은 잘하지만 세상 물정은 아직 잘 모르는 이 젊은 마법사에게 조언을 해주었다.

"당신은 잘 모르겠지만 노예 사이에도 서열은 있습니다. 후작 각하를 곁에서 모시는 노예들이 가장 서열이 높지요. 각하의 노예들은 대부분이 남자 노예들이고 병사들이죠. 그리고 다음으로 높은 것들이 저택 내에서 잡일을 하는 노예들, 하인들이죠. 그리고 높은 놈들에게 기쁨을 선사하는 여자 노예들이 그 다음입니다. 가장 밑이죠."

"무슨… 뜻입니까?"

"그러니까 이런 뜻이지요. 군대라고 생각하시면 될지도 모르겠습니다. 서열이 높은 노예는 낮은 노예들을 부립니다. 이건 남녀를 안 가리죠. 아마 모르긴 몰라도 저 소녀는 우리가 떠난 뒤에 괴롭힘을 당할 겁니다. 페이빈님은 아직 실력을 인정받지 못했으니까요."

"그런… 같은 처지이지 않나요? 서로 같은 처지인데 돕지는 못할망정……."

"후작님은 남자 노예에 대해서 관대한 편입니다. 사병으로 쓸 수도 있고 또 힘 좋은 일꾼들이니까요. 돈도 별로 안 들고 관리하기도 쉬워요. 남자 노예들 중에선 후작님에게 충성하는 무리까지 생기고 있으니까요. 노예라곤 하지만 남자 노예들 같은 경우에는 성 밖의 웬만한 평민들보다 낫습니다. 자청해서 노예 병사로 들어오겠다고 나서는 하류층 평민들도 있어요."

"……."

"귀족들도 그런 일에는 신경 안 씁니다. 마음에 드는 여자 노예는 첩으로 삼아버리면 되고 아니면 하룻밤 가지고 놀고 버리는 거죠. 누구도 신경 안 씁니다. 심지어 노예들끼리도 말입니다. 아니, 오히려 더 심하다고 해야 할지……."

"그럴 수가… 어떻게 같은 노예면서……."

"다시 말씀드리지만 같은 노예가 아닙니다."

"……."

생각에 잠겨 있던 페이빈은 결심한 듯이 말을 했다.

"그렇다면 데리고 가지요."

"짧은 여행이라도 위험할지 모릅니다."

"뭐… 여기서도 보호받지 못한다면 차라리 데리고 가서 눈앞에서 보호해 주는 게 낫지요. 제가 모르는 곳에서 벌어지는 일로 곤란하고 싶지는 않습니다."

"마음대로……."

먼저 말을 꺼내놓으며 페이빈의 마음을 뒤흔들어 놓은 리튼은 금방 알았다는 듯이 어깨를 으쓱거렸다. 그런 리튼의 행동이 별로 마음에 들지는 않았지만 페이빈은 개의치 않고 말에 올라타서 지나가는 시녀들 중 한 명을 불러 세웠다.

"저기……."

시녀는 페이빈이 부르자 조용히 그에게 다가와서 공손히 고개를 숙였다.

"저는 페이빈 토르카스라고 합니다. 제 방에 가면 시중드는 아이가 있는데 여행복을 입고 여기로 나오라고 전해주시겠습니까?"

"네, 알겠습니다."

공손히 대답한 시녀는 종종걸음으로 페이빈의 시야에서 사라졌다. 그 시녀가 건물 안으로 들어가고 나서 얼마 지나지 않아서 집사인 파울이 에런을 데리고 급히 페이빈 앞으로 뛰어왔다. 상기된 얼굴의 파울은 말에 타고 있는 페이빈을 보자 다짜고짜 소리를 질러댔다.

"무슨 생각이십니까? 시녀를 성 밖으로 데려가려고 하다니요!"

"안 되겠습니까, 파울님?"

"…후작님이 아무리 자유롭게 풀어주신다고는 하나 이 아이는 노예입니다. 도망쳐 버리기라도 하면 손해가 큽니다."

"흐음… 걱정 마세요, 파울님. 풀어주거나 하지는 않을 테니까요. 이런 어린 소녀가 집도 없이 떠돈다면 굶어 죽거나 다시 잡혀서 노예밖에 더 되겠습니까? 그냥 말동무가 필요해서입니다."

"……."

서로를 노려보는 두 사내 사이로 불꽃이 지나가는 듯했다.

한 발 물러서 있던 리튼은 웃으며 서로를 견제하는 파울과 페이빈을 바라보았다. 왠지 둘 사이의 공기가 심상치 않았다. 당장이라도 서로를 잡아먹을 듯한 분위기랄까? 그렇게 한동안 서로를 노려보던 두 사람 중 집사 파울이 먼저 고개를 설레설레 저으며 말했다.

"…할 수 없군요. 졌습니다. 하지만 만약 이 아이에게 문제가 생긴다면 페이빈님의 월급에서 손해액만큼 공제하겠습니다. 어쨌든 이 아이는 후작님의 재산 중 일부이니까요."

"…으음, 그러지요. 할 수 없죠, 뭐."

페이빈이 고심하면서 고개를 끄덕이자 파울이 승리의 미소를 지었다. 이틀도 안 되는 짧은 시간 동안 쌓인 게 좀 있었는지 파울은 페이빈을 올려다보면서—페이빈이 말을 타고 있으니까—씨익 웃어 보였다. 하지만 페이빈이 누구인가… 마주 보면서 웃어준 페이빈은 손을 내밀었다.

"이건?"

"한 명 추가되었으니 출장비 10골드 더 주세요."

"……."

"으득!"

집사의 이빨이 빠드득 소리를 냈다. 눈꼬리가 하늘을 향해 치켜 올라갔고 두 주먹에 힘줄이 불끈거리며 튀어나왔다. 갑자기 홱 하고 돌아선 파울은 혼자서 하늘을 올려다보면서 중얼거렸다. 부들부들 떨고 있는 파울의 귓가에 딴에는 속삭이는 척하고 있는 리튼과 페이빈의 목소리가 들려왔다.

"왜 저러시는 거지요?"

"파울님은 단 1실버에도 손을 떠는 수전노입니다. 알 만한 사람은 다 아는 사실이지요. 저분이 돈을 펑펑 써댈 때는 후작님에 관한 것뿐입니다."

"아아, 그럼 후작님의 충.성.스.러.운! 마법사인 저의 출장비도 웃으면서 주시겠군요. 하하하."

"뿌드득!"

중년의 신사인 파울의 두 주먹이 부들부들 떨렸다. 당장이라도 재수 없는 저 젊은 녀석의 안면을 날려 버릴 것 같은 분위기였다. 페이빈에게는 굉장히 싫은 무언가가 있다고 집사 파울은 생각했다. 괜히 페이빈의 얼굴만 바라보면 짜증이 나는 것이다. 그러나 집사의 의무는 파울의 자율 의지를 꺾었다. 돌아서서 큰 한숨을 내쉰 집사는 품속에서 주머니를 꺼내어 10골드를 페이빈에게 내주었다.

"감사합니다, 파울님. 그럼 잘 다녀오겠습니다."

"킥킥."

"뿌드득."

부들부들 떨리는 손에서 금화 10개를 잽싸게 낚아챈 페이빈은 말 옆에 붙어서 현 사태에 대해 심각하고 고찰하는 에린을 번쩍 들어 자신의 앞에 앉히고는 말을 몰았다. 그 뒤를 리튼이 소리나지 않게 입을 가린 채 어깨를 들썩이며 조심스럽게 따라왔다. 폭발하기 직전의 파울의 심기를 건드리지 않기 위해서 말이다.

파울은 오후의 업무도 다 제쳐 놓고 자신의 방에 처박혀 나오지 않았다고 한다. 그때 집사인 파울의 방 앞을 지나가던 시녀는 안에서 들려오는 고함 소리에 깜짝 놀라서 들고 있던 찻잔을 떨굴 뻔했다. 놀란 가슴을 추스른 시녀는 집사인 파울이 외치는 소리를 똑똑히 들었다.

"망할 자식! 어차피 멜튼 가면 시장이 먹여주고 재워줄 텐데 뭐가 돈이 들어? 겨우 반나절 거리를!! 크악! 거기다 자기 시종 데리고 가는 거면서 거기에까지 출장비를 매겨? 에라이이!!—와장창 하는 소리가 들렸다—카악! 뒈져 버려랏!! 크아아아악!!"

말을 몰아서 성을 빠져나온 페이빈과 리튼은 천천히 말을 몰았다. 두 남자는 말에 익숙한 편이어서—평민인 리튼이 말에 익숙한 건 페이빈에게 약간 의외였다—별문제가 없었는데 에린, 이 작고 깜찍한 소녀는 말이란 동물을 타본 게 이번이 처음이라고 했다. 끊임없이 위아래로 흔들리는 말 덕분에 에린은 가벼운 멀미를 했다. 페이빈은 울렁거리는 속 때문인지 안색이 굉장히 창백한 에린을 잘 다독거려 주었다. 이들이 시내를 지나 성문 밖을 빠져나왔을 때 리튼이 물었다.

"파울님은 왜 그렇게 당신을 싫어하는 겁니까?"

"글쎄요… 저도 그분이 본능적으로 싫더군요. 아마도 확실한 건 아니지만… 이건 동족 혐오 같은 게 아닌가 하고 생각합니다."

"동족 혐오?"

"네."

"그게 뭔가요, 주인님?"

"하아… 에린, 그 주인님이라는 말은 좀……."

"하지만 주인님은 주인님인걸요."

"그래… 네 마음대로 하렴. 동족 혐오란 자신과 비슷한 타인을 이유 없이 증오하는 것입니다. 그러니까… 또 다른 자신을 보는 것 같다고 할까요? 예를 들어 똑같은 사람이 내 앞에 서 있다면 굉장히 불안하거나 두려울 것입니다. 보통 인간은 이런 상황에 맞닥뜨리면 적의를 피워내서 공포를 이기려 하죠. 요즘은 동류를 싫어한다는 뜻으로 말입니다."

길을 따라 말을 모는 리튼이 생각에 잠겼다. 파울과 페이빈의 공통점이라…….

"…파울님이랑 주인님은 별로 닮지 않은 것 같은데요?"

"응?"

"제 생각도 그렇습니다만. 페이빈 씨와 파울님은 공통점이 없는 것 같은데······."

"아하하······."

말 위에서 고개를 돌려 빤히 자신을 쳐다보는 에린을 돌려 앉힌 페이빈은 머리를 긁적이며 설명했다.

"처음 만났을 때 느꼈습니다, 그분의 돈에 대한 무한한 집착을요. 아마도 후작님 역시 파울님 때문에 돈을 쓰는 것에 대해서 인색한지도 모르겠습니다. 흐음··· 전 별로 인색하지는 않은데 말이지요······."

"법령으로는 있지만 누구도 무서워서 말도 못 꺼낸 출장비를 파울 집사님에게, 그것도 3명분이나 뜯어낸 것만 해도 돈에 대한 집착을 충분히 알 수 있습니다만? 대다수는 그런 게 있는지도 잊고 삽니다. 그쪽이 미운 털 안 박히고 오래 살 테니까요. 푼돈에 목숨 거느니 안 잘리는 게 여러모로 이익 아니겠습니까?"

"전 그냥 받을 수 있는 걸 받은 것뿐인데요."

"멜튼까지는 반나절 거리이고 거기 도착하면 시장인 카시딘이란 돼지가 식사와 잠자리를 책임질 텐데요. 페이빈 씨 정도라면 이 정도는 예상했을 줄 압니다. 아닌가요?"

"하하하······."

"그 웃음은 긍정입니까?"

"······."

페이빈은 앞에 앉은 에린의 머리를 쓰다듬어 주었다. 그저 웃음으로 넘기려고 하는 페이빈을 리튼은 조용히 바라보았다. 한 수 앞까지 바라보는 구두쇠 마법사인지, 아니면 별 생각이 없는 그저 돈에 환장한 자인지 리튼은 아직까지는 결론을 내리지 못했다.

출발할 때 머리 위에 있던 해가 수평선 너머로 넘어가려 하고 있었다. 평탄한 길에서는 좀 더 빨리 몰고 말이 지치면 천천히 몰면서 이동한 페이빈 일행은 해가 지기 직전에 석양을 바라보며 멜튼 시 입구에 도착했다.

"흐음… 생각보다 규모가 크네요."

"네, 신흥 도시라고 봐도 무방합니다. 헤란 성과 너무 가까이 있어서 독립적인 도시가 되지는 못했지만 주변 여건을 따져 보면 꽤 번화한 곳입니다. 주민의 1/3은 상업에 종사하니까요."

"그럼 지나오면서 본 농토는? 마을 주변에 밀밭이 많이 있던데요."

"대부분 카시딘의 소유입니다. 농노를 부려서 수확하죠. 이 근처 농민들 중 자기 땅을 가진 농민은 거의 없습니다. 대부분 카시딘에게 땅을 빌려서 농사를 짓고 소작세를 냅니다."

"세금도 내고 부역에도 동원되고 거기다 소작세까지… 농민들은 먹고 살 만한가요? 그렇게 쥐어짜면……."

"토질이 좋아서 수확량은 많지만 농부들의 손에 남는 건 별로 없습니다. 그저 죽지 않을 만큼 근근히 먹고 사는 정도지요. 거기다 카시딘이 이 근방의 밀을 독점해서 밀 값을 제멋대로 조작하기에……."

"매점매석은 왕국법으로 금지되어 있을 텐데요."

"여긴 후작님의 영지니까요. 그리고 카시딘 그자는 후작님의 친척이고요. 원래 권력에 붙어 있는 쪽은 위법도 위법이 아니지 않습니까?"

"흐음… 그렇겠군요."

에린은 두 사람이 무언가 어려운 대화를 나눈다고 생각하며 여간해서 익숙해지기 힘든 말 위에서 자기도 모르게 졸기 시작했다. 밤새 주인인 페이빈이 악몽을 꾸는지 자꾸 헛소리를 해대 몇 번이나 잠에서 깼었던 것이다. 잠이 부족한 작은 소녀가 알아듣기에는 너무 복잡하고 어려운 말들이 오갔기에 에린은 그냥 속 편하게 잠이 들었다. 이 성격 좋은 주인은 이런 작은 직무 태만을 뭐라고 하지 않을 것이라는 걸 에린은 본능적으로 알아챈 것이다.

소녀는 이제 아예 고개를 푹 숙이고 침을 흘리며 잠이 들었다. 흔들리는 말 위였지만 에린에게 규칙적인 말발굽 소리는 마치 자장가처럼 들려왔다. 리튼과 대화를 나누던 페이빈은 에린이 졸고 있는 것을 알아채고 한 손으로 고삐를 꽉 잡고 다른 손으로 에린의 허리를 꼭 잡아주었다. 졸고 있는 소녀는 뒤에서 보기엔 너무나도 불안하게 흔들거려서 당장이라도 낙마할 것 같아서였다.

시가지의 모습은 알베르토를 작게 축소해 놓은 것 같다고 페이빈은 생각했다. 후작의 영지인 혜란과 스위니아 왕국 남부의 대도시 아벨로이드를 이어주는 가도의 한가운데 위치한 도시라 그런지 상점과 여관들이 많았다.

"흠… 이 정도면 이름뿐인 영주들보다 훨씬 수입이 좋겠군요."

"후작령에서 몇 안 되는 부유한 마을이니까요. 그래서 카시딘 같은 작자가 활개 치는 겁니다. 귀족 관료들에게 뇌물을 뿌려대곤 해서 그자의 배경과 뇌물 때문에 여기서 그자가 뭘 하든 신경 쓰는 사람은 없습니다."

페이빈은 지나가는 주민들의 표정을 자세히 살폈다. 성에서 나와 작은 영지를 지나면서 계속 희망이라곤 한 점도 찾아볼 수 없는 얼굴로 그저 먹고 살기 위해서 일을 하고 있던 농노들을 페이빈은 보아왔다. 무기력한 약자의 모습이었다. 하지만 멜튼 마을 주민들은 그런대로 다른 마을보다는 나아 보였다. 옷도 깨끗했고 또 말라 비틀어질 만큼 굶주린 주민은 거의 없는 듯했기 때문이다.

하지만 그런 페이빈의 생각은 얼마 지나지 않아서 바뀌었다. 길가에 있는 많은 뒷골목 중의 한곳을 무심히 바라본 페이빈은 입을 다물 수 없었다.

수십은 될 법한 거지 소년소녀들이 어두운 골목에 옹기종기 모여서 잠을 자거나 지나가는 여행자의 주머니를 노리고 있었다. 몇몇은 골목 근처에서 구걸을 하기도 했다. 몇 군데를 확인해도 마찬가지였다.

부유해 보이는 중산층과 구걸로 먹고 사는 하류층 평민들을 보면서 페이빈은 깊이 생각에 잠겼다.

"어디든 마찬가지겠지만 이곳 멜튼은 더 심합니다. 평민들 간의 격차가 이렇게 차이나는 곳은 아마 왕국 내를 뒤져 봐도 여기뿐일 것입니다."

"흐음."

"하암… 어머! 죄송합니다, 주인님."

졸다가 하품을 한 에린은 깜짝 놀라서 어쩔 줄 몰라 했다.

"괜찮아, 에린. 이제 다 왔으니까. 그보다 여기서 좀 쉬었다 갈까요?"

페이빈이 한 주점 앞에서 말을 멈추고 리튼에게 물었다.

'멜튼 여관'. 진부한 이름을 가진 그 여관은 3층 높이의 목조 건물이었다. 꽤 오래된 듯 외벽이 약간 낡았지만 주변의 다른 건물들과 비교해 보면 그런대로 봐줄 만한 여관이었다.

말에서 내린 페이빈은 에린을 내려주고 '어서 옵서' 라고 외치며 뛰어나온 소년에게 말고삐를 주었다. 여관 안은 생각보다 북적거렸다.

십여 개 정도 되는 테이블은 거의 다 차 있었고 대부분의 손님은 주당인 듯이 테이블 위에는 맥주잔이 어지럽게 널려 있었다. 그중 빈자리를 찾아 앉은 페이빈과 리튼에게 주인으로 보이는 왜소한 아저씨가 달려왔다.

"어서 오십시오. 저희 멜튼 여관은 50년의 유구한 역사를……."

"간단한 요기거리와 맥주 두 잔이오."

"…네, 손님."

여관 자랑을 늘어놓으려는 주인의 말을 끊고 주문한 리튼은 주인이 삐질거리며 땀을 흘리든 말든 상관하지 않았다.

알아듣지도 못할 만큼 시끄러운 소리가 주점 안을 가득 메우고 있었다.

"……."

"멜튼을 어떻게 생각하십니까?"

"네?"

리튼이 조용히 물었다. 잘못 들은 듯 페이빈이 다시 되묻자 리튼은 얼굴을 약간 찡그린 뒤 다시 말했다.

"멜튼을 어떻게 생각하시냐고 물었습니다."

"시장인 카시딘 씨를 만나봐야겠지만… 지금으로썬 갈아엎고 싶은데요?"

"…농담이시죠?"

"물론 농담입니다. 하하하."

농담이란 말에 리튼이 페이빈을 째려보았다. 머쓱해진 페이빈은 시끄러운 와중에도 꾸벅꾸벅 졸고 있는 에린의 머리를 쓰다듬어 주었다.

'이거 습관 되겠는데… 자꾸 여동생 같다는 생각이 들어서… 흠

흠…….'

머리를 쓰다듬어 주자 기분이 좋은지 뭐라고 응얼거리는 에린을 바라보던 페이빈은 찔리는 마음에 천장을 바라보았다. 따뜻한 손길이 사라지자 잠에 취한 에린이 페이빈의 품 안으로 파고들었다. 당황해하는 페이빈이 소녀를 떼어놓을까 말까를 고민할 때 이를 바라보던 리튼이 입을 열었다.

"마치… 애아버지가 졸리다고 칭얼대는 딸을 달래는 모습 같군요."

"하… 하… 전 아직 29살밖에 안 되었는데요."

"15살에 결혼해서 낳으면 되지 않습니까? 요즘 조기 결혼이 성행한다던데."

"말도 안 돼요. 그 나이에… 애가 애를 키우는 거잖아요."

"말이 됩니다. 20년 전과 비교해 볼 때 후작령 내 10대 소녀의 비율이 동 나이 대의 소년들에 비해 20%나 적습니다. 업무가 업무이다 보니 자연스럽게 알게 되는 부가 정보지요."

"그건… 여아가 적게 태어난다는 겁니까?"

"아니오. 그만큼 노예 사냥이 활발하다는 것입니다."

"……."

페이빈과 리튼의 눈이 마주쳤다. 짧은 시간이지만 리튼과 여행하면서 페이빈은 그가 사회에 꽤 큰 불만을 가지고 있고 또 분풀이 정도로 함부로 말을 내뱉지 않는 성격이라는 걸 파악했었다. 지금 리튼이 이런 말을 한다는 건 무언가 목적이 있는 것이다. 어느 정도 짐작이 가는 바가 있기는 했지만 페이빈은 침묵했다.

"산적이나 도적들이 어린 여자 아이들을 납치합니다. 그리고 교육시켜서 할 줄 아는 거라곤 사인하는 거밖에 없는 무능한 귀족들에게 넘깁니다. 귀족들은 비싼 돈 주고 평민 소녀들을 사서 잠시 데리고 놀다가 버립니다. 버림받은 소녀들은 어떻게 될 것 같습니까?"

"글쎄요……."

"하녀가 되어서 고된 노동에 시달립니다. 또는 쫓겨나거나 아니면 다른 귀족의 노예와 맞바꿉니다. 그렇게 몇 년 동안 귀족가에서 봉사해도 보수 따윈 전혀 없습니다. 노예니까요. 그러다 쓸모없어지면 버려집니다. 몇 년이나 화려한 귀족가에서 생활해 온 여자들이 찢어지게 가난한 농촌에 적응할 수 있을까요? 절대 아닙니다. 버려진 여인들은 도시 내의 창녀촌으로 흘러 들어가 거기서 불행한 일생을 마칩니다."

"……."

"페이빈님은 세상 물정을 잘 모르시는 것 같군요."

"네, 전 마법만을 공부했고 또 앞으로도 마법만을 공부할 것이니까요."

"그렇… 습니까?"

그때 마침 주방에서 식사가 날라져 왔다. 중간에 말이 끊긴 리튼이 약간 인상을 찡그렸지만 페이빈은 그보다 아직 달라붙어서 졸고 있는 에린을 떼어낸 뒤 깨웠다.

"에린, 일어나 봐. 저녁은 먹어야지."

바삭하게 튀긴 감자와 향료와 닭고기가 들어간 뜨거운 스튜가 하얀 빵과 함께 나왔다. 졸다 깬 에린은 화려한 식탁에 놀라워했다. 하긴 평민이었을 때는 보리빵에 죽이나 먹었을 테고 노예가 되어서도 변변치 않은 식사로 끼니를 때워왔을 테니까.

"와아……."

"어서 먹어라. 리튼 씨도 드시죠."

"예."

왁자지껄한 소리가 사방에서 들려왔지만 페이빈은 별로 신경 쓰지 않았다. 그러는 사이에 식사의 반주로 한 잔 두 잔 마시던 술잔이 어느덧 큰 통을 가져다 놓고 마시는 수준이 되었다. 테이블 밑에 놓여 있는 맥주 통도 절반 이상이 비어서 이제 떠 마시려면 깊이까지 손을 넣어야 했다. 테이블 위에는 살 한 점 붙어 있지 않은 닭뼈가 수북이 쌓여 있었고 음식 찌꺼기가 묻은 그릇이 곳곳에 흩어져 있었다.

페이빈과 리튼은 많은 이야기를 나누었다. 정치, 경제, 군사 분야까지. 박학다식한 페이빈과 직, 간접 경험이 많은 리튼은 서로의 의견을 조율해 가면서 술을 마셔댔다. 페이빈이 잔을 기울여 한번에 쭈욱 마신 뒤 테이블 위에 잔을 올려놓았다.

"푸하, 전에 살던 곳의 맥주보다는 좀 못하지만 그래도 이 흑맥주의 톡 쏘는 맛은 정말 일품이군요."

"하하, 그런데 어디서 오셨다고요?"

"웰던 마을입니다. 왕국 북부의 작은 마을이죠."

"웰던이라……."

"아마 모르실 겁니다. 작은 마을이니까."

"죄송합니다."

"아닙니다."

"우웅……."

저녁을 먹은 뒤에도 계속 꾸벅꾸벅 조는 에린에게 페이빈은 올라가 먼저 자라고 했지만 에린은 막무가내로 버텼다. 주인님보다 먼저 잘 수는 없다나? 졸고 있는 것도 자는 거라고 말하려던 페이빈은 에린이 달라붙자 화들짝 놀라서 옆으로 떼어놓느라 말할 기회를 놓쳤다. 페이빈에게서 떨어진 에린은 의자에 앉아서 졸다가 스르르 기대어왔다. 페이빈은 불편한 기색을 비쳤지만 차마 에린을 밀쳐 내지는 못했다. 페이빈이 가만히 있자 에린은 아예 그의 품에 엉겨 붙어서 깊은 잠이 들었다. 이런 두 남녀를 리튼은 주의 깊게 주시하였다.

"…어린아이 취향입니까?"

"설마요! 농담이라도 조금 섬뜩하군요. 하하하. 이렇게 보여도 전 고향에 결혼 약속까지 한 애인이 있습니다. 하하하."

"애인이라… 좋으시겠군요. 그런데 이렇게 떨어져 있어도 되는 겁니까? 자고로……."

"애인과 장검은 적어도 3일에 한 번씩은 관리해 줘야 한다?"

"딩동댕."

손벽을 치면서 리튼이 페이빈의 말에 동조했다. 리튼의 말에 카리나가 생각난 페이빈은 약간 쓸쓸한 기분을 느꼈다. 이제 겨우 10여 일밖에 지나지 않았는데 벌써부터 카리나가 사무치도록 보고 싶었던 것이다.

"쓸쓸한 표정이군요."

"네, 좀… 보고 싶어서요."

"장검이 아닌 애인을 말씀하시는 것이겠지요?"

"네……."

페이빈은 쓴웃음을 지으며 품에 안겨—거의 달라붙어서—조그맣게 웅얼거리는 에린의 머리를 다시 쓰다듬어 주었다. 불편한 자세일 텐데도 에린은 두 손으로 페이빈의 옷깃을 꼬옥 잡고는 떨어질 줄을 몰랐다.

어느새 시간은 자정을 훌쩍 넘겨서 새벽으로 향하고 있었다. 주인마저도 잠을 자러 들어간 시각이었기에 여관 홀에는 술에 취해서 바닥에 시체처럼 널브러져 있는 주당 둘과 페이빈들밖에는 없었다. 맥주잔을 빙글빙글 돌리면서 장난치던 리튼이 페이빈에게 물었다.

"그 애인 예쁜가요?"

"네, 엄청이오."

"하하하."

"사실 그녀도 노예였어요. 다행히 마음씨 좋은 주인을 만나서 평민이 되었지만 노예였다는 사실에 아직도 괴로워하곤 하죠. 그래서 에린의 처지가 더욱 동정이 가는 건지도 모르겠네요. 왠지 이 아이를 보고 있자면 마치 여동생 같다는 생각이 듭니다. 물론 나이 차는 많이 나지만 말이죠. 그리고 그녀가 생각나서 왠지 모르게 도와주고 싶다는 생각이 들더군요."

"……"

"가고자 하면 지금이라도 다녀올 수 있습니다. 전 마법사이니까요."

페이빈이 싱긋 웃으면서 말했다. 의아한 표정의 리튼이 물었다.

"그럼 만나고 오면 되지 않습니까?"

"그녀를 보고 나면 모든 걸 포기할 것 같거든요. 스승님과 그녀의 품속에 안주하여 어린애로 살아갈 것 같습니다. 전 한 명의 성인으로서 그녀를 행복하게 해주고 싶습니다. 당당한 한 명의 마법사로서 말이지요. 현실을 외면한 채 투정 부리는 어린아이로 살고 싶지는 않습니다. 그래서 참고 있는 것입니다."

침묵이 둘 사이에 흘러내렸다.

달그락. 달그락.

리튼이 맥주잔을 가지고 장난치면서 나오는 소리가 홀 안에 크게 울려 퍼졌다. 이윽고 리튼이 맥주잔을 쳐다보면서 말하기 시작했다.

"저희 부모님도 노예 출신입니다. 북부에서 노예 생활 하다가 도망 치셨죠. 그리고 헤란에 정착하셨습니다. 덕분에 전 평민이 되었습니다. 물론 이건 비밀입니다. 한번 노예는 죽을 때는 물론 자식들까지도 노예니까요. 다행히 아버지가 건축에 관해서 많은 것을 알고 계신 덕에 홀홀단신으로 도망쳐서 두 아들들을 모두 초급학교에 보낼 만큼 여유가 생겼지요. 아버지가 지은 별장이 꽤 마음에 들었는지 한 귀족이 저를 하급 관리로 추천해서 이렇게 잘 살고 있습니다. 그래도 잊지 못하죠. 어릴 때의 지옥 같은 나날들을 말이지요."

"……."

"전 다섯 살이 될 때까지 새끼 노예 소리 들으면서 컸습니다. 귀족 아들 놈의 장난감이 되어서 말이죠. 아직도 제 등에는 그 자식이 내려 친 채찍 자국이 남아 있습니다. 어느 날엔가 제가 죽도록 얻어맞고 앓아누웠을 때 그 빌어먹을 자식이 사소한 실수를 한 어린 노예 하나를 죽였습니다. 검술 연습 중에 아이가 실수로 검으로 그 자식의 옷깃을 살짝 베었거든요. 수십 번을 찔렀습니다. 아주 난자당했지요. 그 일이 있고 나서 부모님은 저와 제 동생을 위해서 목숨을 걸고 그곳에서 도망친 것입니다."

"……."

"훗, 우습지요? 하지만 이 정도 일은 헤란에서는 별것 아닙니다. 저 같은 혹은 저보다 더한 험한 꼴을 겪은 사람들도 많이 모여 삽니다. 헤란엔… 그리고 대부분은 귀족들을 죽도록 증오합니다. 그러면서도 귀족들이 가지고 있는 강대한 힘을 두려워합니다. 노예 근성이죠. 후훗."

"…귀족들을 증오하십니까?"

"썩어 빠졌어요. 전부 다! 예외라고 할 만한 귀족이 있을지도 모르겠습니다만 지금까지 겪어본 대다수의 귀족들은 밥버러지만도 못한 놈들뿐입니다."

"케로스 후작님도 귀족입니다."

"다르지요. 케로스 후작님은 강합니다. 그리고 뛰어납니다. 썩어 빠진 여타 귀족들과는 차원이 다릅니다."

"귀족들이 사라지면 생활이 나아질 것 같습니까?"

"……."

"리튼 씨, 공화제를 생각하시는 것 같습니다만?"

"평민들의 힘으로 세상을 개혁하는 것. 멋진 세상 같지 않습니까?"

"'귀족주의와 착취'라는 금서에 나온 문구군요. 때론 너무 많이 아는 게 독이 될 수도 있습니다. 그건 지금의 당신을 두고 한 말 같군요."

페이빈은 심각한 표정으로 리튼을 바라보았다. '귀족 주의와 착취'라는 책은 작가 미상의 서적인데 몇백 년 전부터 어둠 속에서 은밀히 돌아다니는 금서 중 하나였다. 이 책에 나오는 귀족들은 하나같이 쓸모없고 무능하며 평민들을 착취의 대상으로만 본다고 적혀 있다. 거기다 왕정제를 폐지해야 한다고 부르짖었고 평민들만의 세상이 펼쳐지면 행복한 유토피아를 건설할 수 있다고 적혀 있었다. 페이빈의 기억에 따르면 말이다.

"평민들이 만들어 나가는 유토피아… 확실히 낙원 같을지도 모르겠습니다."

"…알고 계십니까? 그럼 말하기 편하겠군요. 왕국을 보십시오. 소녀들은 산적들에게 잡혀가 노예가 되는 실정이고 농부들은 자신의 땅 한 조각 없어서 늘 과다한 세금에 치여 삽니다. 거리에는 빈민들과 거지들이 넘쳐 납니다. 그런데도 귀족가의 저택이나 왕성에서는 하루가 멀다하고 파티다 뭐다 하면서 평민들의 고혈을 낭비해 댑니다."

"그렇다 해도 달라질 건 없습니다."

"뭐가요? 언제까지 평민들은 당하고만 있으라는 것입니까? 왕국 내의 귀족이 몇이나 됩니까? 몰락 귀족까지 다 합쳐 봐야 수천밖에 안 됩니다. 수백만의 백성들이 몇몇의 귀족들에게 휘둘린다는 건 말도 안됩니다. 그래서 공화정을⋯⋯."

"공화정이면 평민들 모두가 참여합니까?"

"그건 아닙니다만⋯⋯."

"소수의 대표를 뽑겠죠. 그 소수의 대표는 또 다른 귀족들이 될 뿐입니다. 타인을 지배하려면, 특히 다수를 지배하려면 금전이 꼭 필요합니다. 돈을 많이 벌어들이려면 권력을 이용하는 게 가장 빠르고 현명할 것입니다. 재력을 갖춘 공화정 의원들, 이들 역시도 귀족과 다를 바 없는 생활을 할 것입니다. 결국 상류의 지배층만이 바뀔 뿐 평민들은 지금이나 그때나 달라질 건 없습니다."

"하지만 그렇다 해도 지금보다는 낫습니다! 귀족들의 횡포를 말려줄 그 어떤 조직적 장치도 없지 않습니까? 한 명의 힘은 미약하지만 다수가 모이면 그 무엇으로도 막을 수 없습니다! 평민들이 힘을 합쳐⋯⋯."

"이상은 좋습니다만, 한 가지 묻겠습니다. 현재 평민들 중 문맹률이 얼마나 되는지 아십니까?"

"⋯⋯."

"아시는 듯하군요. 더 이상 말하지 않겠습니다."

페이빈이 무슨 말을 하려는지 리튼은 알고 있었다. 뜨겁게 달아오르던 머리가 페이빈의 말에 차갑게 식어가는 걸 리튼은 느낄 수 있었다. 리튼이 침묵하자 행복한 표정으로 잠을 자는 에린을 보면서 페이빈이 말했다.

"제가 알기론 90퍼센트 가까이 되는 걸로 알고 있습니다. 평민 열 명 중 아홉이 자기 이름조차 제대로 쓰지 못합니다. 하긴 먹고 사는 데 전혀 지장이 없을 테니까요. 귀족들이 무능하다는 말을 강조하시는데, 귀족들은 교육을 받습니다. 하지만 평민들은 교육 자체를 받을 기회조차 없습니다."

"그렇기 때문이라도 평민을 위해서 신분제를 철폐하고……."

"그전에 무지한 평민들에게 교육의 기회를 주어야 할 겁니다. 동등한 기회를 준 뒤에 그들이 스스로 생각하게 해야 합니다. 그렇지 않다면 배우지 못한 평민들은 그저 무식한 우민일 뿐입니다. 남이 시키는 대로만 따라하는 우민이요. 이들을 선동해서 피를 본다면 결국 리튼님의 생각과는 다르게 귀족들이 평민들을 이용하는 것과 별 차이 없습니다."

탕! 데구르르.

리튼의 손에 들려 있던 나무로 된 맥주잔이 바닥을 굴렀다. 벌떡 일어선 리튼은 페이빈의 코앞에 얼굴을 들이밀고 으르렁거렸다.

"날! 그 따위 쓰레기들과 비교하지 마!!"

"진정하시지요."

"당신이 뭘 알아? 당신이 평민들의 세계를 겪어보기나 했어? 내가 일 년 동안 뼈빠지게 일해서 버는 돈이 얼마인 줄 알아? 500골드야! 500골드라고! 그래도 난 성에서 일하는 관리라고 많이 버는 편이야! 농부들은 겨우 10골드도 못 미치는 돈으로 살아가!! 굶주리지만 않으면 다행이라고 생각하는 자들이 부지기수야! 이따위 게 제대로 된 세상이라고 할 수 있어? 하긴 한 달에 내 일 년 봉급의 열 배를 받는 마법사시니… 흥!!"

"전 마법사이니까요."

"마법사? 흥! 그게 뭐가 대단한데? 마법사라고 별거야? 엉?"

"대단합니다, 리튼 씨. 당신은 빛을 만들어낼 수 있습니까? 혹은 아무것도 없는 상태에서 불을 생성하거나 몇 달은 걸리는 거리를 눈 깜빡할 시간에 갈 수 있습니까? 아니면 기후를 조정하고 바람을 원하는 대로 움직일 수 있습니까? 제가 말한 것 중 단 하나라도 가능하다면 전제 말을 철회할 용의가 있습니다."

"……."

페이빈은 리튼의 어깨를 밀어서 그를 자리에 앉히고는 차분한 목소리로 말을 이었다.

"마법사는 존재 그 자체만으로도 경외를 받을 수 있습니다. 인간의 능력으로는 불가능한, 기적이라 칭해도 될 만한 일들을 해내는 게 마법입니다. 아무리 뛰어난 검사라도 날씨를 조절하여 폭우를 멈추게 하거나 햇살이 내리쬐는 하늘을 구름이 가득 낀 날씨로 바꿀 수 없습니다."

"그렇다면 그 잘난 마법사들이 지배하는 세상이 곧 오겠군."

"아마 그럴 일은 없을 것입니다. 마법사들은 끝없는 마법의 탐구에 미쳐 살거든요. 솔직히 말하자면 마법사는 인간으로서는 실격입니다. 제정신들이 아니거든요. 제 얼굴에 침 뱉는 격이겠지만 마법사들은 전부 미쳤어요. 후훗."

페이빈이 방긋 웃으며 말했다. 아직 페이빈의 마법을 한 번도 못 본 터라 그가 마법사라는 것이 별로 실감이 나지 않는 리튼이지만 한 가지는 확실히 느꼈다. 마법사들은 그들의 뛰어난 능력만큼이나 오만하다는 것을.

"세상이 불공평한 건 당연합니다. 강한 자가 지배자가 되는 것도 자연의 섭리입니다. 다만 공정하지 못한 것들은 시간을 두고 고쳐 나가야 하는 겁니다. 저도 에린 같은 소녀가 계속 생기는 건 원치 않습니다."

자꾸 달라붙는 소녀를 조심스럽게 떼어낸 뒤 자리에서 일어난 페이빈은 소녀를 안아 들었다. 밤도 늦었고 내일은 공무를 수행해야 할 테니 이젠 자야 할 시간이었다. 오랜만에 마신 술이라 그런지 페이빈은 머리끝까지 취기가 올라오는 걸 느꼈다.

페이빈이 일어서자 혼자서 중얼거리던 리튼도 따라서 일어났다. 둘은 같이 비틀거리면서 계단을 올라가서 미리 빌려놓았던 방을 하나씩 잡고 들어갔다.

끼익. 탁.

페이빈은 들어간 방의 침대에 잠들어 있는 에린을 뉘어주고는 다시 나와서 조심스럽게 문을 닫았다. 주인에게 받은 열쇠로 문을 잠근 페이빈은 리튼이 들어간 옆방 손잡이를 잡고 돌렸다.

"어… 어라?"

문은 잠겨 있었다.

탕탕탕!

페이빈이 문을 두들기자 안에서 부스럭거리는 소리가 잠깐 동안 나다가 문이 조금 열렸다. 대화가 끝나서 긴장이 풀어졌는지 취기가 머리끝까지 오른 리튼이 반쯤 풀어진 눈으로 문을 열었다.

"뭐요……?"

"저기… 저도 여기서 자야 할 거 같아서요……."

"옆방 써요. 그래서 두 개 빌린 거 아닙니까?"

"그게… 지금 재워놓아서……."

"싫소. 맞는 말이라지만 듣기 싫은 말만 하는, 그것도 남자랑은 절대로 같이 안 잘 테요!"

"그, 그런 억지가……."

"자기 입으로 여동생 같다고 했으니 밤중에 덮치진 않을 테지? 그럼 잘 자요."

문이 페이빈의 코앞에서 탁 하고 닫혔다. 페이빈은 성별을 생각해서 방을 두 개 잡은 것이었는데… 리튼은 주인과 노예의 돈독한 관계를 위해 자기 한 몸을 희생한 듯했다. 땀을 삐질삐질 흘리던 페이빈은 한숨을 내쉬고는 에린이 자고 있는 방으로 들어가서 조심스럽게 침대 쪽으로 다가갔다.

"우… 음……."

에린이 몸을 뒤척거리면서 이불을 걷어찼다. 소녀의 치마가 반쯤 올라가서 새하얀 허벅지가 페이빈의 눈앞에 어른거렸다. 코피를 쏟을 것 같은 아찔함에 페이빈은 급히 바닥에 누웠다. 딱딱한 마루바닥이 등을 아프게 했지만 참아야 했다. 아무리 그래도 여동생을 덮칠 수야 없지 않겠는가? 근친상간은 교수형을 당해도 싸다고 속으로 수십 번을 되뇌면서 페이빈은 뛰는 가슴을 진정시키려고 애를 써보았다. 하나 쉽게 진정될 상황이었으면 아예 가슴이 뛰지도 않았을 것이다. 작게 한숨을 내쉰 페이빈은 눈을 꼭 감고 마법학 원론을 단어 하나하나까지 외우면서 잠이 오기를 기다렸다. 하나…….

'잠이 안 와.'

바로 옆에서 예쁜 소녀가 무방비로 잠을 자고 있는데 심장이 안 뛸 사내가 몇이나 되겠는가? 그것도 페이빈은 아직은 한창일 나이였다.

페이빈은 '근친은 안 돼. 근친은 안 돼' 라고 계속 중얼거렸다. 아마 오늘도 페이빈은 악몽을 꿀 듯했다. 평소랑은 다른 행복한 악몽(?)일 듯하지만 말이다.

―동년 동월 동일. 20시. 회색의 탑 안.

장시간 밖으로 외출했다가 오랜만에 탑으로 돌아온 베르케르 경은 선이 멍하니 하늘만 바라보고 있자 심통이 났다. 스승은 돈을 빌리기 위해서 여기저기 뛰어다니는데 제자란 놈은 탑에서 빈둥거리다니.

실제로 선이 하는 일은 밥 하고 빨래 하는 가사일부터 스승의 마법 보조까지 혼자서는 도저히 하기 힘들 만큼 많은 일이었지만 원래 스승의 입장이라는 것은 그런 잡다한 것들 따위는 고려하지 않는 법이다.
"이놈! 하라는 연락은 안 하고 뭐 하고 있는 게야?"
"아, 스승님."
"아? 아아아? 이노무 자슥!!"
"꿈꿨어요. 페이빈 선배 나왔어요. 그래서 생각했어요."
"페이빈이? 무슨 꿈이냐?"
"탑에서 혼자 놀고 있는데 선배가 돌아왔어요. 반갑다고 달려가려고 했는데 선배가 날 보면서 뭐라고 뭐라고 했어요. 그러더니 머리를 쥐어뜯다가 종이에 파묻혔어요. 그리고 사라졌어요."
"흐음……."
"스승님."
"왜?"

"꿈에 대해 진지한 고찰이나 해보시겠어요?"

"일없다. 개꿈이야, 개꿈."

감시가 없을 때의 션의 행실을 잘 아는 베르케르 경은 그렇게 일축했다. 션의 꿈속에 나타난 페이빈은 션이 혼자 있으면 방 안을 마구 어지르기에 혼자서 머리를 쥐어뜯었을 것이다. 그리고 아마 스승인 자신의 빚 독촉에 괴로워하고 있는지도 몰랐다. 자신의 곤란한 일은 언제나 솔선수범해서 처리해 주는 페이빈이 아닌가? 귀찮은 일을 죄다 도맡아 해주는 페이빈이기에 베르케르 경은 그의 독립을 한사코 거부했던 것이다. 페이빈이 없어지면 귀찮은 일이 많이 생기니까 말이다. 이번 외상 건도 그랬다. 페이빈만 돌아오면 잘 해결될 것이다. 물론 페이빈 본인이야 괴롭겠지만. 혹시 그래서 꿈에 나타난 것이 아닐까?

"가만… 그럼 독촉장이 날아온단 말인가? 에이, 예언도 아닌데……."

"스승님."

"왜?"

"길레인 선생님이 이틀 내로 갚으래요. 돈 없어서 연구 못한대요."

"……"

"스승님?"

"개꿈이다, 개꿈. 캬하하하핫! 누가 나 찾으면 없다고 해. 알았냐?"

베르케르 경은 그렇게 말하더니 탑 위로 올라가 버렸다. 혼자 남은 션은 조용히 자신의 핸드북을 꺼내서 주문을 외우기 시작했다.

Message 마법이 성공적으로 시전되자 션이 입을 열었다.

"길레인 선생님, '우리 스승님이 누가 나 찾으면 없다고 해' 라고 했어요. 네? 직접 온다고요? 우웅, 방 어지러운데… 청소 안 해서."

연결이 일방적으로 끊겼다. 션은 한숨을 내쉰 뒤 빗자루를 들었다. 대충 치워놓은 척이라도 해야 나중에 스승인 베르케르 경에게 안 혼날 것이라고 생각했던 것이다.

한편 궁정 마법사인 길레인 공은 평소의 온화하고 인자한 모습이라고는 절대 생각할 수 없는 괴성을 지르며 자신의 연구실을 뛰어다니다가 갑자기 왕궁의 가장 높은 첨탑으로 노인의 몸에도 불구하고 기세도 좋게 뛰어 올라갔다.

이런 궁정 마법사의 모습을 본 적 없는 이들이 놀라든 말든 상관 안 한 노인은 거기서 양탄자 하나를 허공에 던졌다. 놀랍게도 양탄자는 바닥으로 떨어지지 않고 공중에 펄럭이며 고정되었고 그 위로 길레인 공이 뛰어 올라섰다.

"베르케르 이노오옴! 아무리 네놈이 떼어먹기 명수라 해도 이번엔 안 된다! 이노옴! 몇 년 동안이나 먹을 거 안 먹고 입을 거 안 입고 해서 산 귀한 미스릴을 빌려간다면서 억지로 빼앗아가더니! 이젠 날로 꿀꺽하겠다고? 이놈! 절대 그렇게는 못한다!!"

체면이고 뭐고 다 던져 버린 길레인 공은 성내에 쩌렁쩌렁하게 울리는─참으로 정정하다. 100세가 넘은 노인이라고 생각하기 힘들다─고함 소리에 다른 사람들이 괴로워하든 말든 울분을 다 토해낸 뒤 베르케르 경의 탑이 있는 북쪽으로 날아갔다.

5 화

뇌물과 절도의 상관 관계

뇌물과 절도의 상관 관계

돈이란 있다가도 없는 것이고 없다가도 있는 것 만약 당신이 엄청난 돈을 가진 갑부라면
돈을 쓸 때 한번쯤 보통 평민들을 생각한 뒤에 돈을 사용하라.
그렇지 않고 마구 사치를 부려대면 얼마 지나지 않아서 당신 수중에는
동화 한 닢도 남지 않게 될 것이다.
돈의 가치와 아픔을 모르는 자들은 당해도 싸다!

—이름없는 도적의 말 中 인용.

—왕국력 430년 9월 28일.

간밤에 불편한 잠자리를 맞아 페이빈은 밤새도록 뒤척이다 새벽녘
이 되어서야 겨우 잠이 들었다. 하지만 얼마 지나지 않아 페이빈은 다
시 깨어야 했다. 눈을 감고 자다가 가슴이 답답해서 눈을 떠보니 세상
모르고 자고 있는 귀여운 소녀가 자신의 품속에 안겨서 작게 숨을 내
쉬며 자고 있는 것이다. 게다가 페이빈 역시 소녀를 꼬옥 껴안은 채 자
고 있었다. 만일 이 광경을 누가 봤다면 빼도 박도 못할 상황을 추측했
을 것이다.

자고 있는 소녀 에린보다 일찍 깬 것을 매우 다행이라고 생각한 페
이빈은 급히 자리를 털고 일어섰다. 에린이 왜 바닥에서 자고 있는 자
신의 옆에서 같이 자고 있는가 하는 상황은 별로 중요하지 않았다. 중

요한 것은 페이빈은 떳떳하다는 것과 카라나 양에게 죄를 짓지 않았다는 것일까? 하지만 그러한 마음속의 떳떳함은 남들의 눈에는 가증스러움과 뻔뻔함으로 비칠 것이다. 상황이 상황이니까 말이다.

피곤함에 겉옷을 벗지도 않고 그대로 잠든 터라 페이빈은 아직도 세상 모르게 자고 있는 소녀가 깨지 않도록 조심스럽게 들어 올려 침대 위에 올려놓은 뒤 바닥에 깔아놓은 망토와 다리 근처에 벗어둔 신발을 양손에 챙겨 들고 에린이 깨지 않도록 조심 또 조심하면서 방을 빠져나왔다.

"헉헉……."

자기도 모르게 쿵쾅거리면서 뛰는 가슴과 붉게 달아오른 얼굴을 진정시키기 위해서 문에 기댄 채 몇 분 동안 숨을 고르던 페이빈은 문득 몸에서 미약하게나마 소녀의 향긋한 체취가 피어오르는 걸 느끼고는 길고 긴 한숨을 내쉬었다.

안 되겠다 싶은 페이빈은 그대로 여관을 뛰쳐나갔다. 해가 지평선 너머로 절반 정도 떠오르는, 새벽이라고 부르기엔 늦고 오전이라 부르기엔 아직은 빠른 그런 아침이었다. 20여 년의 습관은 그를 놔주지 않고 평소처럼 이른 시각에 깨어나게 만들었다. 물론 습관 말고 다른 것도 작용했지만. 차가운 아침 공기가 어지럽던 페이빈의 머리를 조금은 차갑게 식혀주었다.

여관을 나와서 무작정 걷던 페이빈은 해가 완전히 뜨고 거리에 사람들이 한두 명씩 거리로 나오는 걸 보면서 여관 쪽으로 발길을 되돌렸다. 가을의 차가운 아침 공기가 머리뿐만 아니라 몸까지도 차갑게 만들었다. 수면 부족으로 인해서 지끈거리는 머리를 부여잡은 페이빈이 추위에 몸을 떨면서 여관 안으로 들어서자 부스스한 몰골의 리튼과 왠지 활기 차 보이는 에린이 반갑게 그를 맞았다.

"좋은 아침, 주인님!"

"아아……."

"끄으… 우읍… 숙취가……."

"왜 그러세요? 두 분 다?"

에린은 연신 고개를 좌우로 돌리면서 두 사내를 바라봤다. 주량을 넘어선 과한 술에 리튼은 쓰린 속을 부여잡았고, 리튼보다는 나았지만 수면 부족에서 오는 피로감과 무기력감이 페이빈을 괴롭혔다. 과도한 음주는 건강을 해치는 법.

두 사내가 테이블에 고개를 처박고 에린이 어쩔 줄 몰라 하고 있을 때 어제의 주인이 말없이 차가운 냉수를 두 잔 내려놓고는 가버렸다. 아마도 유구한 역사를 자랑하는 멜튼 여관을 홍보할 기회를 무참히 박살 낸 리튼이 별로 마음에 안 들었나 보다.

아침 식사로 나온 뜨거운 야채 스튜와 갓 구운 빵으로 해결한 페이빈과 리튼은 에린이 자던 방에 모여서 머리를 맞대었다. 둘은 침대 위에 올라가서 서로를 노려보며 상대가 먼저 말하기를 기다리는 중이었다. 사내들이 눈싸움을 하는 동안 심심해진 에린은 그런대로 활기 차 보이는 거리를 바라보면서 노래를 흥얼거렸다.

결국 못 참겠는지 리튼이 먼저 입을 열었다.

"피곤해 보이시는군요, 페이빈 씨."

"그러는 리튼 씨야말로……."

"페이빈 씨 눈에 핏발이 섰습니다."

"만만치 않으십니다. 다른 사람이 보면 놀랄 겁니다."

"눈 밑에 그늘이 졌군요, 페이빈 씨."

"그쪽은… 핼쑥해 보이는 게 꼭 시체 같은데 몸은 괜찮으십니까?"

"……"

"……"

아침을 먹고 나서 방으로 돌아온 두 사내는 침대 위에 올라앉아서 서로를 노려보는 중이었다. 둘은 무언가 말하려는 듯이 입을 우물거렸지만 금방 입을 다물었다. 바른 생활과 사치를 즐기지 않는 리튼은 오랜만의 폭음에서 몰려오는 숙취에 녁다운되기 직전이었고 최소한 8시간은 자야지 제정신을 차리는 페이빈은 끔찍한 수면 부족에 멍해지는 머리를 부여잡았던 것이다.

하지만 사나이의 자존심은 약한 모습을 용납하지 않았다. 특하나 그것이 서로를 인정한 사내들이라면 더욱더!

소녀인 에린이 보기엔 참으로 한심하고 바보 같아 보였지만 남자들은 자존심으로 먹고 산다고 하지 않던가? 창밖으로 따사로운 아침 햇살이 들어올 때까지도 둘은 서로를 마주 보는 그 자세로 침묵했다.

리튼의 인상이 일그러졌다. 그의 뱃속에서 아침거리들에 반발하는 위장의 시위가 맹렬하게 시작되어서였다. 이를 꽉 물고 헛구역질을 참아낸 리튼은 더 이상 못 참겠는지 고개를 설레설레 흔들면서 항복해왔다.

"항복입니다. 더는 못 버티겠군요."

"동감. 휴, 한 살 더 먹으니 술도 못 먹겠군요."

"……"

눈의 핏발은 술 때문이 아닌 것 같은데… 라는 말이 입 안을 맴돌았지만 긁어부스럼 만들 필요는 없기에 리튼은 침묵했다. 그런 리튼의 생각을 아는지 모르는지 페이빈은 편한 자세로 침대에 앉았다.

"카시딘 씨는 오후에 만나는 걸로 합시다. 이의없지요, 리튼 씨?"

"당연히 없습니다! 그럼 전 좀 더 자러 가겠습니다! 웃……!"

"앗! 잠깐만… 요오……."

입을 한 손으로 가리고 번개같이 자기 방으로 가버린 리튼. 홀로(?) 남겨진 페이빈은 창밖을 바라보며 흥얼거리는 에린을 겁먹은 눈초리로 바라보았다. 다행히 소녀는 뭐가 그리 좋은지 생글생글 웃고 있었다. 간밤의 악몽과 현실이 다시 생각난 페이빈은 조심스럽게 입을 열었다.

"저기… 에린아."

"네? 주인님?"

"내가 좀 피곤하구나. 좀 더 잘 테니까 점심은 먼저 먹고 오후쯤 되면 깨워주겠니?"

"네! 편히 주무세요. 아! 주인님, 피곤해 보이는데요, 제가 안마해 드려요?"

"아니!"

단호하게 고개를 저은 페이빈은 겉옷을 훌훌 던져 버리고 이불 속으로 들어갔다. 아쉽다는 표정의 에린이 페이빈의 눈에 스쳐 지나갔지만 과감히 이를 무시한 페이빈은 나중에 안마라는 것을 받아볼까? 하는 맞아죽을 만한 망상을 하면서 잠이 들었다.

이들은 자각하고 있는 것일까? 자신들이 지금 직무유기를 행하고 있다는 것을…….

꿈을 꾸었다. 꿈속에서 그는 높은 산봉우리에서 아래를 내려다보고 있었다. 잘은 모르겠지만 정상에서 저 멀리까지 펼쳐진 지상을 내려다보는 일은 굉장히 뿌듯하고 기분 좋은 일일 것이다. 그런데 지금 자신이 느끼는 감정은 그런 것보다는 짜증과 허무함이 주를 이루었다.

몸을 움직였다. 완만한 경사를 가진 작은 봉우리를 빠르게 통과한 그는 주위를 살피며 몸을 낮추었다. 대략 20m쯤 앞에 십여 마리의 사슴들이 모여서 물을 마시고 있는 것이 보였다. 작은 샘가에 모인 사슴들은 주위를 경계하며 작은 소리도 놓치지 않으려고 귀를 파닥거렸다.

그는 품속에서 단도를 꺼냈다. 그리고는 사슴들 중 가장 작고 어린 사슴에게 달려들었다. 놀란 사슴들이 사방으로 흩어졌지만 어린 사슴은 목에 단검을 꽂고 피를 흘리며 쓰러졌다. 구슬픈 울음을 한마디 쏟아낸 어린 사슴은 서서히 죽어갔다.

불을 피우고 사슴 가죽을 벗긴 그는 고기를 잘 손질했다. 그리고는 나뭇가지에 잘게 자른 고기를 꽂고는 불에 구웠다. 품에 가지고 다니던 소금을 약간 친 뒤에 노릇하게 익은 사슴 고기를 뜯어먹던 그는 배가 불러오자 불 속에 몇 가지 약초를 집어넣었다. 그리고 남은 고기를 불 위에 매달았다. 진한 연기가 올라오면서 고기들은 훈제되어 갔다.

연기로 방부 처리가 된 고기들은 자루에 들어갔다. 그는 몸을 일으켜서 어디론가 향했다. 그가 달리자 나무들이 빠르게 다가왔다 주위로 사라져 갔다. 바람 소리가 귓가에 윙윙거리며 울렸다. 얼마간 그렇게 달려가자 입구가 잘 은폐된 동굴이 하나 나왔다. 어른이라면 기어서 들어갈 만큼 좁은 입구를 통해 그가 안으로 들어갔다. 안으로 들어갈수록 동굴은 커졌다. 그는 네 발로 기던 몸을 쭉 펴고는 더욱 안으로 걸어 들어갔다. 빛이 잘 안 들어오는 곳임에도 불구하고 그는 앞이 잘 보이는 듯했다.

동굴 안에는 문이 하나 있었고 그는 문을 열고 그 안에 훈제 고기를 집어넣었다. 그리고는 다시 돌아서 동굴을 빠져나왔다. 그는 이제 주변의 풀들을 샅샅이 훑으면서 산을 뛰어다녔다. 그러다 작은 샘가에 도착한 그는 물을 마시기 위해 허리를 굽혔다. 물속에 일렁이는 모습의 사내가 비쳤다. 검은 머리에 검은 눈. 물속에 비친 모습은 페이빈 그 자신의 모습이었다.

"허억!!"

페이빈은 이번에도 침대에서 튕기듯이 일어났다. 상체를 급히 일으킨 페이빈은 손을 허우적댔다. 그의 손이 침대가를 짚었다.

주륵.

침대보를 잡으려던 페이빈의 손이 죽 미끄러졌고 중심을 잃은 그의 몸은 쿠당 하는 큰 소리와 함께 중심을 잃고 바닥으로 몸이 기울어졌다. 몸이 완전히 침대가로 넘어가기 전 페이빈의 손에 무언가가 잡혔다. 페이빈은 그것에 손을 대고 중심을 잡으려 했다. 하지만 딱딱하게 만져지는 그것은 너무나 쉽게 뒤로 넘어가 버렸다. 덕분에 상체의 중심을 잡은 페이빈. 그가 상황 파악을 다 끝내기도 전에 침대 밑에서 신음 소리가 들려왔다.

"아야야, 이잉."

작고 부드러워 보이는 손이 침대 밑에서 올라왔다. 에린의 손이었다. 바닥에 엎어진 몸을 일으킨 에린은 침대 옆으로 쓰러져 있는—방금 자신이 떨궈 버린—의자에 다시 앉았다. 그리고는 주인인 페이빈을 째려보았다.

"또 악몽이에요, 주인님?"

"악몽? 으음… 맞다면 맞고… 아닌 것 같기도 하고……."

기억을 상기하고 보니 상당히 애매모호한 꿈이었다. 페이빈은 너무나 생생해서 마치 현실 같은 꿈을 생각하다가 에린이 자신을 빤히 쳐다보고 있는 걸 눈치 챘다. 그는 한 손을 들어서 소녀의 머리를 쓰다듬어 준 뒤 말했다.

"옆에 있어준 거니?"

"네, 주인님이 자꾸 악몽 때문에 비명을 지르잖아요. 그래서 옆에서 지켜드렸어요."

"고맙다, 에린. 그보다 지금 몇 시쯤 되었지?"

"정오가 지난 지 꽤 되었어요. 해가 많이 기울었어요."

"그래? 에린, 가서 어제 마부일 하던 소년 있지? 그 아이 좀 불러오고 리튼 씨도 깨워주겠니?"

"네, 주인님!"

에린이 힘차게 외치고 문밖으로 뛰어나갔다. 페이빈은 몸을 일으켜서 옷을 벗어 던졌다. 식은땀에 축축이 젖은 옷이 그의 기분을 불쾌하게 만들었다. 대충 수건으로 땀을 닦아낸 페이빈은 짐 안에서 새 옷을 꺼내 입었다. 막 옷을 다 입었을 때 여관에서 잡일을 하는 소년이 들어왔다.

"무슨 일이십니까, 손님?"

"심부름 좀 해주겠니?"

"네, 물론. 다만……."

"여기 있다."

무언가를 말하려는 소년에게 페이빈은 은화 하나와 편지를 건네주었다. 은화를 받아 쥔 소년은 기분이 좋은지 연신 싱글거렸다.

"그 편지를 시장님인 카시딘 씨에게 전해다오. 답장은 필요없고 우리가 여기 묵고 있다고만 전하면 돼."

"네, 손님. 염려 놓으세요. 그럼!"

소년은 은화를 연신 쳐다보면서 급히 문을 나섰다. 페이빈이 창밖으로 보니 한 손으로 편지를 꽉 움켜쥔 소년이 급히 어디론가 뛰어가는 게 보였다.

멜튼 마을 시장 카시딘으로부터 회답이 온 것은 페이빈이 씻고 울렁거리는 속을 뜨거운 수프로 해결하고 있을 때였다. 하인으로 보이는 자가 와서 페이빈 일행을 저녁 만찬에 초대했다고 전했다. 페이빈은 그 하인의 말을 듣자마자 주저없이 짐을 싸서 여관을 나섰다. 나서면서도 여관비를 계산한 페이빈은 줄어든 금화를 보면서 아쉬운 듯이 한숨을 연신 내쉬었다.

"에휴……."

"거… 땅 꺼지겠습니다. 돈도 많은 분이 왜 그렇게 짜게 구십니까?"

"많으면 뭐 합니까, 내 돈도 아닌데. 에휴… 목표를 위해서라면 한 푼이라도 아껴야 합니다."

리튼은 페이빈이 여관비조차도 아까워하는 구두쇠로 보였다. 물론 사실이다. 문득 다음 출장 때에는 다 쓰러져 가는 싸구려 여관에서 지내는 게 아닌가 하는 불길한 생각이 리튼의 머리를 스치고 지나갔다.

'에이, 설마…….'

라고 속으로 생각하던 리튼이지만 지금까지 보여준 페이빈의 행동으로 볼 때 거의 틀림없을 것이다. 리튼은 그 다음이 안 오기를 빌면서 카시딘이 보내준 마차에 올라탔다. 마차는 마을 중앙 대로를 금방 빠져나왔다. 얼마 가지도 않아서 저 멀리 저택이라 불러도 손색이 없을 화려한 건물이 모습을 드러냈다.

흙을 구워서 만든 돌벽으로 지은 평민들의 집이나 가게와는 다르게 멜튼 마을 시장인 카시딘의 저택은 밝은 색의 석조로 지어져 전체적으로 환한 느낌을 주었다. 하지만 거의 2층의 절반을 가리는 높다란 돌담장은 마치 성벽과 같은 분위기를 연출하여 위화감을 조성하였고 담장벽에 어지러이 붙어 있는 담쟁이덩굴들은 수십 년은 방치된 흉가에 온 듯한 기분을 들게 했다. 거기다 정문은 철판을 가져다 붙였는지 튼튼한 강철 문이어서 살벌해 보였다.

페이빈이 정문을 지나 저택의 현관에 도착하면서 본 것은 정문부터 현관까지 일렬로 도열해 있는 수십 명의 하인들이었다. 재력을 뽐내기라도 하는 듯 카시딘은 자신의 하인들과 노예들을 입구에 주욱 세워서 페이빈이 주눅 들기를 바랬던 것으로 생각된다.

"고생이 많으십니다."

현관 근처에 무장한 채 서 있는 용병으로 보이는 카시딘의 사병들에게 살짝 고개를 숙여 인사한 페이빈은 웃으면서 현관으로 다가섰다. 그러자 현관문이 때맞춰 천천히 열렸다. 리튼과 에린은 약간 주눅 든 표정으로 페이빈을 따라서 안으로 들어섰다.

일행들이 당황하든 말든 마치 자기 집에 돌아온 듯한 당당한 걸음으로 현관 안으로 들어선 페이빈이 본 것은 고급 비단옷으로도 가리지 못하는 뱃살을 출렁거리는 메기였다. 숨을 쉴 때마다 배로 추정되는 부위가 꿈틀거리는 모습은 가히 보기 좋은 모습은 아니었다. 보통 사람보다 배는 커 보이는 그자의 얼굴은 둥글넙적한 빵덩어리를 연상케 하였다.

거기다 볼록 튀어나온 배는 굉장히 커서 그의 팔다리를 상대적으로 작고 왜소해 보이게 했다. 허벅지만 하더라도 남들의 허리 두께만큼 두꺼움에도 불구하고 너무 커다란 배는 신체의 다른 부분을 왜소하게 보이게 해주는 시각 효과를 가져왔다. 물론 절대로 보기 좋은 모습은 아니다. 몬스터라고 부르면 모를까⋯⋯.

코 밑으로 기른 쥐꼬리만한 가는 수염은 그의 모습을 영락없는 메기로 보이게 해주었다. 거대하다 할 만큼 커다란 머리에 비해 너무 작아 보이는 단춧구멍만한 눈으로 현관으로 들어오는 페이빈을 바라보던 카시딘은 '껄껄껄' 하고 웃으며 양팔을 벌리면서 크게 말했다.

"멜튼 시에 오신 걸 환영합니다!"

"감사합니다, 카시딘 씨."

페이빈이 고개를 숙여 인사해 버렸다. 팔을 벌린 채 페이빈에게 다가오던 카시딘은 '크흠흠' 하고 헛기침을 하고는 멈춰 서야 했다. 친분을 과시하려던 카시딘으로서야 서운한 일이 아닐 수 없지만 아무리 사람 좋은 페이빈이라도 메기의 품에 안기고픈 마음은 전혀 없는 듯했다. 그렇기에 미리 선수를 친 것이겠지만.

하지만 역시 카시딘은 만만치 않았다. 실망스러운 내색조차 안 한 그는 웃는 얼굴로 손벽을 쳐서 주변에 도열해 있는 사람들을 물러가게 한 뒤 말했다.

"멜튼 마을의 자랑거리를 여러분들에게 소개할 수 있게 되어서 매우 매우 기쁩니다. 어서 안으로 드시지요."

"네, 감사합니다."

카시딘이 앞장 서고 페이빈이 뒤따랐다. 카시딘의 키가 페이빈보다 머리 하나는 작은 편이어서 둘이 걸어가자 마치 둥그런 공과 마른 나뭇가지가 같이 걸어가는 걸로 보였다.

카시딘은 먼저 앞장서서 넓은 홀로 일행을 안내했다. 거기에는 근

20여 명은 앉을 수 있는 기다란 테이블이 놓여 있었다. 벽과 테이블 위에 수십 개의 촛불이 켜져 있었고 남향 벽의 절반이 유리창으로 되어 있어서 굉장히 밝은 분위기였다. 주인과는 너무 안 어울릴 정도로 말이다.

"앉으시지요. 전 이곳을 좋아한답니다. 하하하. 페이딘님을 모시게 되어서 기쁘군요. 음하하하하!"

"네, 감사히……."

페이빈이 살짝 고개만 숙이면서 자리에 앉자 카시딘은 다시금 실망했다. 솔직히 엄청난 돈을 들여서 지은, 그에게 있어서 몇 안 되는 자랑거리 중 하나인 이 홀에 대해 페이빈이 감탄의 말이라도 한마디 해 주길 바라던 카시딘이었던 것이다. 그렇다고 기분 때문에 후작가의 사람을 함부로 할 만큼 담력이 큰 카시딘은 아니었지만.

주인인 카시딘이 테이블 끝의 의자 중 한곳에 앉자 페이빈은 맞은편 자리에 앉았다. 자리에 앉은 페이빈은 리튼과 에린이 문가에 서서 들어오지 않고 있는 걸 보았다. 페이빈은 손짓을 하면서 말했다.

"거기서 뭐 하십니까? 리튼 씨? 에린, 이리 와."

"저……."

"어서 자리에 앉아라. 카시딘 씨도 허락해 주실 거란다."

동의를 구하듯이 카시딘을 쳐다보자 그는 헛기침을 하면서 고개를 끄덕였다. 카시딘이 일개 평민과 함께 식사를 같이 한다? 차라리 오크에게 궁중 예절을 가르치는 편이 몇 배는 빠를 것이다.

끝없는 탐욕과 쓸데없는 명예심은 카시딘에게 오만함을 길러주었다. 카시딘에게 있어서 평민이라는 존재는 착취와 쾌락을 제공하는 쓸모있는 쓰레기들이었다. 쓰레기들과 같이 식사를 한다는 것은 절대로 있을 수 없는 일이다. 그게 아무리 쓸모가 있다 해도 쓰레기는 쓰레기일 뿐이었다.

하지만 이번에 후작가에서 온 페이빈이라는 젊은이는 카시딘의 그런 속 생각을 아는지 아니면 모르는 체하는 것인지 일어서서 홀 입구에서 주저하고 있는 소녀를 억지로 데려다가 자신의 옆 자리에 앉혔다. 그러자 페이빈의 행동을 지켜보던 리튼도 뒤따라서 페이빈의 옆 자리에 앉았다. 정적이 홀을 가득 메웠다.

카시딘과 페이빈 일행이 자리에 앉자 미리 뒤에서 대기하고 있던 하인들이 움직였다. 화려한 치장이 되어 있는 은접시에 식사가 차려져 나오기 시작했다. 전채 요리가 테이블 위에 놓여졌다. 한두 가지가 아닌 수십 종은 넘는 마치 궁중 요리 같은 화려한 식탁이었다.

에린은 생전 처음 먹어보는 시고도 달콤한 샐러드에 푹 빠져 버렸다. 지금 자신의 위치를 망각해 버린 에린은 쉴 새 없이 주워 먹었다. 하긴 그녀의 인생을 통틀어 이런 음식을 먹어볼 기회가 다시 있을까?

에린과는 다르게 착실히 3종류의 포도주와 4종류의 증류주를 한 잔씩 걸치는 리튼은 식사가 시작된 지 얼마 되지도 않았지만 벌써 약간 취한 모습을 보여주었다. 전날 그렇게 과음을 해놓고도 또 술을 입에 대는 것이다.

그런 페이빈의 일행을 바라보는 카시딘의 심기가 편할 리가 없다. 평민 소녀와 보좌관으로 보이는 사내가 식사 예절도 모르고 버릇없게 행동하는 모습은 그의 입장에서는 절대 용납되지 못할 중죄였다. 평소대로였다면 큰 소리로 꾸짖고 손수 채찍을 들어 내려쳤겠지만 아무래도 자리가 만만치 않다 보니 참아야만 했다. 자기보다 높은 귀족들에게만 보여주는 인내심을 발휘하여 꾹꾹 눌러 참은 카시딘은 척 보기에도 우아한 폼으로 식사하는 페이빈을 보며 입을 열었다.

"실례지만 귀하의 성함이 어떻게 되시는지……."

"페이빈 토르카스입니다."

"…중간 성이 없으신지요?"

"네, 우선 출신은 평민이거든요."

"……."

카시딘의 얼굴이 새빨개졌다. 자신에게 오는 징수관은 언제나 귀족이 왔었기에 이번에도 페이빈을 귀족이라고 굳게 믿었던 카시딘이다. 멜튼 시에는 카시딘이 있고 카시딘은 돈이 많다. 그리고 높은 귀족들에게 잘 보이기 위해서는 어떤 짓이라도 할 위인이었다. 한 번 올 때마다 화려한 성찬이 기다리고 두둑한 주머니가 손에 들어오는데 어느 귀족이 마다하리오.

노한 표정을 노골적으로 드러내는 카시딘을 한번 힐끔 바라본 페이빈은 지나가는 어투로 말했다.

"그리고 전 마법사입니다. 후작 각하께서 잘 봐주셔서 지금과 같은 호사를 누리고 있으니 저로서는 참으로 영광이지요."

"아, 그러십니까?"

페이빈의 거침없는 거짓말에 리튼의 얼굴이 묘하게 일그러지든 말든 페이빈은 사교성 미소를 지어 보이며 그제야 활짝 펴지는 카시딘의 얼굴을 외면해 버렸다. 참을성 좋기로 소문난 페이빈이지만 이 인간 같지 않은 카시딘의 얼굴을 계속 바라봐 주는 건 상당한 고역이었다.

잠시 뒤 전채 요리가 담긴 접시를 모두 수거해 간 하인들은 메인 요리인 광어 찜과 허브를 넣고 쪄낸 새끼 양 고기를 받쳐 들고 나왔다. 열 명은 족히 먹고도 남을 만큼 엄청난 양의 요리가 차려졌고 십여 가지의 소스와 과일 주스들, 그리고 입가심을 하게 해줄 수프류가 계속해서 바뀌면서 등장하였다.

에린은 죽어도 여한이 없을 만큼 행복했다. 너무도 배불러서 더 이상 들어갈 수 없을 것 같으면서도 새로운 요리가 나오면 꼭 맛을 보았다. 식탐의 도를 넘어선 소녀의 배는 금세 빵빵해졌다. 가난한 농가의 소녀가 먹어봐야 얼마나 먹을까마는 에린은 조그마한 위장을 혹사시켰다.

방금 자기가 쥐 파먹은 듯이 조금 발라먹은 양의 넓적다리에 들어간 향료 값만도 수십 골드가 넘는다는 걸 아는지 모르는지 에린은 생전 처음 먹어보고 다시는 먹기 힘들 음식들을 보면서 행복해했다.

후작의 근황을 물으며 눈치를 살피는 카시딘에게 건성으로 대답을 해주던 페이빈은 옆 자리의 리튼이 거의 만취 상태라는 것을 뒤늦게 깨달았다. 맛이 간 듯이 흔들거리는 리튼은 잘 닦여 반짝반짝 윤이 나는 은접시를 손에 쥐고 그걸로 카시딘을 노려보고 있었다. 남들이 보면 그저 접시를 가지고 장난치는 걸로 보이겠지만 서로의 눈이 마주쳤을 때 리튼이 접시로 카시딘의 모습이 비치게 장난을 친 터라 페이빈은 아찔한 기분을 느꼈다.

'그러고 보니 저 친구는 귀족들을 증오했지.'

소녀는 귀족가의 예의에 어긋나게 먹어대고 평민 관리는 만취했다.

"…해서 …것입니다. 페이빈님? 듣고 계십니까?"

"예? 아… 예."

"네, 에… 그래서 제가 요즘에 생각하는 것이……."

혼자서 이 멜튼 시를 세우고 이만큼까지 발전시킨 공로다 뭐다 하면서 자기 자랑을 늘어놓는 카시딘은 이미 페이빈에게 있어서 관심밖의 일이었다. 소녀의 표정도 심상치 않았기 때문이다. 리튼에 이어 에린까지… 페이빈은 한숨을 내쉬었다.

좀 전에 남부 지방에서도 일부 지역에서만 먹는다는 생굴 요리가 나온 뒤부터 에린은 얼굴색이 안 좋아져 있었다. 눈을 감고 과장된 몸짓으로 손을 내뻗으며 자화자찬을 계속하는 카시딘을 가볍게 무시한 페이빈은 품속에서 동그랗게 말려 있는 약초 다발들을 빈 술잔에 넣고 뜨거운 물을 부었다.

에린은 벌을 받았다고 생각했다. 주인인 페이빈은 별로 먹지도 못하는데 혼자서 음식 욕심에 마구 먹어대서 하늘에서 벌을 준 것이다. 입을 열면 방금 전까지 먹은 음식들이 모조리 쏟아져 나올 것 같았다. 벌써 쓴 물이 목 위로 올라온 것만도 세 번째였다. 식은땀이 에린의 이마에서 동글동글한 볼을 타고 흘러내렸다.

에린이 배를 부여잡고 끙끙댈 때 그녀의 주인이 슬며서 몸을 기울여서 귀에 대고 속삭였다.

"에린, 이거 마셔라. 한번에 쭈욱 들이켜. 알았지?"

"……."

입을 열면 구토할 것 같기에 대답도 못하고 고개만 연신 끄덕인 에린은 페이빈이 준 유리잔의 녹색 따뜻한 물을 보았다. 약초를 다린 듯한 모습의 그것을 에린은 그대로 단숨에 마셨다. 썼다. 눈물이 나올 정도로 지독하게 쓴맛이 입 안 가득 퍼졌다. 그러나 효과는 대단해서 당장이라도 먹은 것들을 되올릴 것 같던 뱃속이 점차 진정되어 갔다. 에린의 안색이 조금씩 나아지자 페이빈은 사과 주스를 넘겨주면서 엄한 목소리로 말했다.

"숙녀는 그렇게 마구 먹는 게 아니다, 에린."

"…네에."

부끄러움에 새빨개진 에린에게 페이빈은 단단히 주의를 주었다. 그 꼴을 바라보던 만취해 버린 리튼은 혀 꼬인 목소리로 말했다.

"팔불… 출 애아… 버지……."

페이빈은 리튼의 혀가 꼬이는 걸로 봐서 당장이라도 사고 칠 것 같다는 생각이 들었다. 그렇지 않아도 사상이 위험한(?) 리튼이다. 술 먹고 사고라도 치면 앞으로 피곤해질 것이 뻔했기에 빨리 자리를 떠야겠다고 페이빈은 생각했다. 다행히 메인 요리는 좀 전에 끝났고 지금은 과일류와 주스들, 그리고 도수가 낮은 주류들이 나오는 중이었다. 대충 만찬이 끝난 걸로 판단한 페이빈은 듣는 사람도 없는데 혼자서 계속 떠들고 있는 카시딘에게 말을 걸었다.

"카시딘님."

"그래서 제가 이 두 주먹으로 그놈들을 한 방에 때려눕혔지요. 무려 17명입니다, 17명! 그놈들을 때려눕힌 뒤… 에에? 왜 그러시는지?"

신나서 떠들어대던 카시딘의 입은 그제야 조용해졌다.

"네, 식사도 끝난 것 같으니 이만 쉬었으면 해서 말입니다."

"아, 아직 밤은 길고 시간은 많은데요?"

"아하하……."

"볼거리도 많은 멜튼입니다. 여봐라! 가무단과 악단을……."

"괜찮습니다. 오랫동안 말을 달려서 그런지 조금 피곤합니다만……."

마악 시종에게 악단을 부르려고 하던 뚱보 시장은 페이빈의 말에 뚱한 표정을 지었다. 하지만 어쩌겠는가? 상대가 피곤하다고 하는데 여기서 잡고 늘어지는 건 귀족의 예의에 어긋난다. 카시딘은 손벽을 두

번 짝짝 쳤다. 그러자 그의 뒤에 상자를 들고 서 있던 하인이 페이빈의
테이블 앞에 그 상자를 내려놓았다.

"이건?"

"조그만 성의입니다. 받아주시길……."

딸칵.

금으로 도금하고 주위에 보석을 박아 넣은 예술품이라고 불러도 손
색없을 상자에 달린 작은 자물쇠를 따고 뚜껑을 열자 그 안에는 손가
락만한 루비와 사파이어가 가득 들어 있었다. 족히 수천 골드는 충분
히 되고도 남을 만한 양이었다.

"호오~"

"어떠신지? 마음에 드십니까?"

"…느에… 무울……."

"크흠흠……."

엎어져 있는 리튼이 혀 꼬인 음성으로 말하자 카시딘이 리튼을 째려
봤다. 그걸 아는지 모르는지 리튼은 아예 테이블에 엎드리더니 손을
허공에 휘저으면서 웅얼웅얼거렸다.

"신경 쓰지 마십시오, 카시딘님. 취했으니까요."

"흠흠, 네… 물론 이까짓 일로 화낼 만큼 속 좁지 않습니다, 저는.
음하하하하!"

"하하하. 네, 그렇군요."

페이빈이 웃으면서 상자째(!) 들고는 그것을 등 뒤에 서 있는 하인에
게 부탁해 방으로 가져다 달라고 말했다. 선물뿐 아니라 선물 상자까
지 챙기자 카시딘 눈이 살짝 꿈틀댔다. 하지만 대범한 시장은 아무렇
지도 않은 듯이 웃었다. 페이빈 역시 카시딘의 반응을 살폈지만 상대

가 웃으며 넘어가자 같이 마주 웃어주었다.

"그럼······."

"시종들이 쉬실 곳으로 안내해 드릴 것입니다."

"호의, 정말 감사드립니다."

자리에서 일어난 페이빈은 시종의 부축을 받아 업혀가는 리튼과 아직도 케익에 미련이 남은 듯이 쳐다보는—하지만 배가 너무 부른—에린을 달래서 카시딘이 정해준 방으로 들어갔다. 페이빈이 눈앞에서 사라지자 웃고 있던 카시딘이 수염을 쓰다듬으며 인상을 썼다.

"쳇, 더러운 자식들··· 나참, 눈앞에서 상자째로 가져가는 놈은 처음일세. 하여간 돈이라면 환장하는 놈들이라니까. 하긴··· 그쪽이 이용해 먹기는 더 편하지만. 케헤헤헤헤헤······!"

크게 웃은 카시딘은 그 뚱뚱한 몸을 일으켜서 자신의 방으로 돌아갔다. 남은 시종들이 오랜만에 맛있는 특식—비록 먹다 남은 음식이지만—들을 보면서 군침을 삼켰다.

방에 도착한 페이빈은 또다시 머리가 아파옴을 느꼈다. 여관에서처럼 자신들에게 배정된 방이 두 개밖에 없는 것이다. 하긴 평민 소녀를 위해서 방을 내줄 만큼 카시딘이 후한 인물이 아님을 잘 알고 있는 페이빈이지만 입맛이 썼다. 인사불성인 리튼은 발빠른 시종에 의해서 다른 방의 침대로 이미 옮겨진 뒤였다. 한숨을 내쉰 페이빈은 에린을 빈 방에다 재우고 리튼이 자고 있는 방으로 들어가려고 했다.

하지만··· 문이 잠겨 있었다.

똑똑똑.

페이빈은 노크를 하였다. 그것도 꽤 오랜 시간 동안 노크를 하였다.

쾅쾅쾅!

한참을 주먹으로 두들기고 지팡이로 후려치는 등 문 앞에서 날뛰던 페이빈이 포기하고 근처의 하인을 불러서 문을 열어달라고 청하려 할 때 절대 열릴 것 같지 않던 문이 벌컥 열렸다.

"뭐야!"

"접니다, 페이빈이오. 잠깐 안으로……."

"흐음… 남자잖아? 난 남자는 취미없어!"

쾅!

문이 페이빈의 코앞에서 닫혔다.

"주인님! 굉장해요! 저게 다 실크예요? 와아!"

바닥까지 흘러 내려오는 고운 커튼과 부드러운 벨벳 처리가 된 오리털 침대는 평범한 시골 소녀였던 에린에게는 왕성의 공주님이나 쓸 법한 상상하기도 힘든 귀한 물건들이었다. 화려한 방을 보며 붕 떠 있는 에린을 보던 페이빈은 한숨을 내쉬고는 지나가는 하인에게 이불을 더 가져다 달라고 부탁했다.

"자, 에린. 그만 자야지. 내일은 돌아가야 하니까 일찍 자두렴."

"네."

순순히 대답한 에린은 페이빈이 방금 하인이 가져와서 바닥에 깔아준 이불 속으로 쏙 들어갔다.

"에린? 침대에서 자야지."

"아니에요, 주인님. 주인님이 침대에서 주무셔야죠."

"이것 참……."

에린이 이불을 꽉 잡고 나올 생각을 안 하자 페이빈은 약간 곤란해

했다.

똑똑.

노크 소리가 들려왔다.

"들어와요."

문이 살짝 열렸다. 그리고 에린 나이만한 소녀가 안으로 들어왔다. 짙은 푸른색 머리카락과 초록색의 눈을 가진 소녀였다. 동글동글한 얼굴형과 겁먹은 듯한 표정은 페이빈의 양심을 마구마구 괴롭혔다. 이 소녀가 왜 들어왔는지 짐작하고도 남았기 때문이다.

소녀는 갓 결혼한 신혼부부들이나 쓸 법한 속이 다 비치는 투명한 네글리제를 입고 있었다. 앳된 모습의 소녀는 떨고 있었다.

"이름이 뭔가요?"

"카, 카렌입니다!"

"처음이겠죠, 이런 일?"

"…네."

처음이란 말에 고개를 푹 숙이고 모깃소리만하게 대답한 카렌이라는 소녀를 보면서 페이빈은 카시딘이 더욱더 마음에 안 드는 것을 느꼈다. 비싼 보석들을 선물—페이빈은 이 점은 강조했다—로 준 것은 고맙지만 이런 걸 바라는 게 아니었기 때문이다. 무엇보다도 양심이 벌써부터 카리나를 멀리하고 바람을 피우냐고 마구 찔러대지 않는가?

"저… 저기… 카시딘 주인님께서 손님에게 말씀드리길… 가끔은 색다르게 즐기는 것도 좋… 다고… 그렇게 말씀하셔서……."

"후우……."

페이빈은 한숨을 쉬었다. 좀 일찍 결혼했으면 에린이나 카렌만한 딸이 있을 나이였다. 물론 그럴려면 15살에는 결혼해야 했지만… 어쨌든

딸 같은 소녀들을 건드릴 만큼 페이빈은 파렴치한이 못 되었다.

"카렌이라고 했던가요? 그냥 돌아가면… 역시 혼나겠지요?"

페이빈이 지레짐작하며 말하자 카렌이 갑자기 무릎을 꿇고는 빌기 시작했다.

"제발!! 돌려보내지 말아주세요! 하라는 건 뭐든지 할게요! 제발!!"

이불 속에서 머리만 빼꼼 내밀고 어색해하는 페이빈과 무릎을 꿇은 채 굉장히 중요한 손님을 올려다보던 에린은 갑자기 벌떡 일어나더니 카렌을 끌고 옷장으로 쓰이는 작은방으로 데려갔다. 잠시 뒤에 카렌은 아까의 야한 옷을 벗어 던지고 소녀틱한 귀여운 잠옷을 입고 나왔다.

"주인님……."

"그러럼, 에린. 카렌이라고 했지요? 피곤할 테니 에린과 함께 자도록 해요."

"네에……."

"자, 그럼 잡시다."

소녀들을 강제로 바닥에 펴져 있는 이불로 밀어 넣은 페이빈은 방 안의 불을 끈 뒤에 잠을 청했다. 하지만 페이빈은 알고 있다. 소녀라 해도 여인은 여인! 신체 건장한 사내에게 소녀들과 같이 잠을 자야 한다는 것은 고문이다. 미소녀들에게 둘러싸이고도 평소처럼 쉽게 잠이 들 수 있다면 남자로서 문제가 있다. 근처의 가까운 의원에게 찾아가서 상담하는 게 부인에게 사랑받는 지름길일 것이다.

'참아야지… 카라나 양에게 죄를 지을 순 없어! 로리는 패가망신의 지름길! 고블린 한 마리, 오크 두 마리, 트롤 세 마리, 오우거 네 마리, 에틴 다섯 마리, 웨어울프 여섯 마리…….'

오늘 밤도 페이빈에게 있어서는 악몽과도 같은 밤으로 기억될 것이다. 수면 부족은 피부 미용에 아주 안 좋거늘……

─왕국력 430년 9월 28일.

정확하게 641종의 몬스터 도감을 외우고 새벽이 다 돼서야 잠이 들었던 페이빈은 오랜 습관 덕에 해도 뜨기 전인 이른 시각에 깨어났다. 침대 밑에서 사이좋게 자고 있는 두 소녀를 보고 쓴웃음을 지은─눈이 충혈되었다─페이빈은 부지런한 몇몇 하인들이 돌아다니기 시작할 때쯤 옷을 입고 저택을 나섰다.

저택을 빠져나온 페이빈은 아직 이른 시각이라 썰렁한 마을의 전경을 바라보면서 천천히 걸었다. 이런저런 생각을 하면서 걷던 페이빈은 어느새 자신이 마을 외곽의 넓은 밀밭에 서 있는 걸 깨달았다. 반쯤은 추수가 끝났는지 일부는 황량한 갈색 벌판이었지만 아직도 누런 밀이 살랑거리며 흔들리는 밀밭도 있었다.

저 멀리서 수명의 병사들이─카시딘의 사병으로 보이는 자─30여 명의 노예들을 끌고 밀밭으로 들어서고 있었다. 아무 생각 없이 걸어가던 페이빈과 노예를 인솔하던 병사들이 마주쳤다. 외길이었기에 페이빈은 길가로 피해 서서 노예들이 지나가기를 기다렸다.

젊은 노예부터 당장이라도 죽을 듯한 노인까지 노예들이 지나가자 지독한 악취가 풍겨왔다. 축 처진 어깨와 죽은 듯이 흐린 눈은 이들 노예들이 얼마나 혹사를 당하는지 쉽게 알 수 있었다. 짓무른 피부와 검붉은 피딱지가 노예들의 몸 곳곳에 새겨져 있었다. 마치 노예의 전형적인 모습을 보는 듯했기에 페이빈은 신선한 충격을 느꼈다.

"빨리빨리 걸어, 게으른 놈들아! 오늘 내로 목표량을 못 채운다면 네 놈들의 아가리를 찢어버리겠다!"

병사들 중 대장으로 보이는 자는 연신 욕을 해대며 기마용 채찍을 마구 휘둘러 댔다.

촤악!

"으윽……."

늙은 노예 한 명이 병사장이 휘두른 채찍에 맞아서 힘없이 쓰러졌다. 누더기나 다름없는 노예의 옷 사이로 맞은 부위가 벌겋게 부어오르는 것을 페이빈은 똑똑히 보았다.

"너무 심한 것 아닙니까?"

"뭐야? 넌!"

팔짱을 낀 채 노려보는 페이빈에게 노예를 인솔하는 병사장이 아니꼬운 표정으로 소리쳤다. 그러자 병사들 중 한 명이 달려들 듯이 으렁거리는 병사장을 잡고는 뭐라고 귓속말을 하였다.

"흐… 흠, 손님께서 신경 쓸 만큼 대단한 일이 아닙니다. 뭐 하나? 빨리빨리 못 걸어? 종일 굶고 싶어?"

병사장의 태도가 공손해졌지만 노예들에게 휘두르는 채찍질은 멈추지 않았다. 페이빈은 노예들을 도우려고 했었다. 그래서 말을 건 것이지만 카시딘이 교육을 잘 시켰는지 노예들을 인솔하는 병사들은 귀한 손님인 페이빈에게 함부로 굴지 않았다. 조금씩 멀어져 가는 노예 무리를 보면서 페이빈은 한숨을 내쉬었다.

"흐음… 뭐, 카시딘 그자만 처리하면 다 잘되겠지. 보다 큰일을 위해서 지금 참는 편이 좋을지도……."

노예 무리 때문에 기분이 나빠진 페이빈은 아침 식사 때에 맞춰서 돌아가려던 생각을 바꿔서 곧바로 저택으로 발걸음을 옮겼다. 그때 사두마차가 두 대는 지나갈 만한 대로를 걸어가던 페이빈의 눈앞에 괴상한 광경이 펼쳐졌다.

"……."

낡은 짐마차에 십여 명의 인간 시체가 쌓여 있었던 것이다. 청년 둘이 골목 사이에서 작은 몸집의 시체를 들고 와서 마차에 실었다. 그렇게 두어 명의 시체를 짐마차에 대충 집어 던진 뒤에 늙은 말을 재촉해서 다음 골목으로 이동하였다.

또 다른 골목 앞에 멈춘 청년들은 골목 사이를 이리저리 배회하면서 시체를 끌어다가 마차에 실었다. 그 광경을 지켜보던 페이빈이 움직였다. 마악 늙은 노파의 몸을 짐마차에 던져 올리고 팔을 주무르는 청년에게 말을 걸었다.

"지금 뭐 하시는 겁니까?"

"보면 모르쇼? 시체를 나르는 거외다."

"시체라니… 죽은 사람이 있으면 마을에서 공동으로 장례식을 치루지 않습니까?"

"흥, 그 잘난 시장 놈이 잘도 해주겠군."

"이봐, 멜. 말조심하라고. 죽고 싶은 거야?"

"이래 죽으나 저래 죽으나… 우리라고 여기 실려 있는 놈들처럼 되지 말란 법 있나?"

"…그렇군요."

노예는 최소한 굶어 죽지는 않는다, 착취와 억압은 당할지언정. 하지만 돈 없고 힘없는 평민들은 대로를 끼고 있는 골목 안에서 추위와 굶주림에 죽어갔다.

"마음에 안 드는군요, 정말. 카시딘 씨는 저의 정신 건강을 위해서라도 처리하는 게 좋을 것 같습니다. 후우……."

흥미로운 아침 산책을 마치고 저택으로 돌아온 페이빈을 반긴 건 호화롭다 못해 찬란하다고 평해야 할 아침 식사였다. 아마 왕궁에서도 자주 보기 힘든 식사상일 것이다. 방 안에 비치된 넓은 식탁에 빽빽이 들어찬 처음 보는 음식들은 안 좋은 기분의 페이빈을 분노케 했다.

하인을 시켜 아직도 방에서 자고 있을 리튼을 불러낸 그는 주인보다 늦잠을 자서 당황해하는 에린과 카렌―단 하룻밤 만에 카렌은 완전히 페이빈의 것(?)으로 인정받았다―을 다독거린 뒤 진수성찬이라 칭해도 손색이 없는 아침 식사를 시작했다. 평소 카시딘이 정오가 지나야 일어난다는 것을 시종들에게 물어서 들은 페이빈은 곧바로 리튼과 함께 일을 진행시켰다.

무단으로 카시딘의 집무실에 난입한 페이빈은 귀한 손님을 제지하지는 못하고 그저 발만 동동 구르고 있는 시종들을 억지로 밖으로 밀어낸 뒤 리튼과 함께 시정 관련 서류들을 뒤지기 시작했다.

귀한 손님들의 이러한 만행에 안달이 난 하인들 덕에 다른 때보다 훨씬 이른 오전 11시경에 일어난 카시딘은 페이빈이 자신의 집무실에서 멋대로 난입하여 어지르고 있다는 말에 놀라 잠옷 바람으로 침실을 뛰쳐나왔다.

쾅!

집무실의 문이 활짝 열리면서 씩씩거리는 카시딘이 뛰어들어 왔다. 달려와서 힘든 것인지 아니면 분노로 붉어진 것인지 구별이 안 가는 카시딘의 모습에 페이빈은 화난 메기 같다는 생각을 했다.

"이게 무슨 짓이오!!"

"공무 수행 중입니다."

페이빈의 입에서 차가운 냉기와 같은 말이 튀어나왔다. 전날 저녁과는 너무나도 다른 그의 모습에 카시딘은 어쩔 줄을 몰라 하면서 발만 동동 굴렀다. 그러나 기밀 서류인 이중 장부들과 남들에겐 알려져서는 안 될 비밀 문서들까지도 페이빈의 손에 들린 것을 발견한 카시딘은 더 이상 참을 수 없어서 큰 소리로 고래고래 소리를 질러댔다.

"경비!! 경비!! 저 생쥐 같은 도둑놈들을 잡아라! 게 누구 없느냐!!"

십여 명의 병사들이 금세 달려왔다. 그들은 문 앞에 서 있는 카시딘을 지나 방문 앞으로 몰려들었다. 리튼의 안색이 약간 변했다. 하지만 페이빈은 태연하게 서류를 보면서 계속 말을 했다.

"카시딘님, 저에게 검을 들이댄다는 것은 후작님에게 적대하는 것과 같습니다. 전 후작님에게서 세금 징수에 대한 전권을 위임받았으니까요."

"닥쳐라! 후작 각하께서 너 같은 천한 평민을 등용할 리가 없다!"

"후, 그럼 제가 가짜라도 된단 말입니까?"

"감히 평민 주제에 말이 많다! 여봐라, 뭣들 하느냐! 당장 저놈의 시체를 내 발 앞에 가져와라!!"

카시딘의 말에 병사들이 검을 뽑아 들었다. 방 안의 분위기가 험악해졌다. 페이빈은 그저 인상만 썼고 리튼은 얼굴을 일그러뜨린 채 허리에 매여 있는 숏 소드를 뽑아 들었다. 2대 13의 상황. 거기다 카시딘 쪽은 아직 도착하지 않은 더 많은 사병들이 있을 것이다.

'믿을 건 마법사인 페이빈뿐인가. 이런, 한심하네……'

저택에서 일할 때 가끔 후작의 부하인 4인의 마법사의 마법을 본 일이 있기에 리튼은 남모르게 한숨을 내쉬었다. 확실히 그들의 마법이 대단하기는 했지만 지금처럼 수적으로 불리할 때는 그리 위력적이지 못했기 때문이다.

"뭣들 하느냐! 저놈들을 빨리 끌어내지 않고!!"

카시딘의 재촉이 이어졌다. 그의 사병들은 돈으로 고용된 용병이다. 용병들은 정보가 곧 생명이다. 특히 마법사에 대한 과장된 소문이 끊임없이 흘러나오는 데가 바로 용병단이다. 어쩌다 가끔씩 전장에 나타나 무시무시한 마법으로 병사들을 날려 버리는 마법사의 존재를 용병들은 보고 들어서 알고 있다.

최소한 일반 백성들보다는 마법사들의 무서움을 훨씬 잘 알고 있는 것이다. 그러기에 병사들은 섣불리 나서지 않았다. 고용주인 카시딘도 바다와 같은 넓은 이해심으로 이러한 사병들의 고충을 알아주면 좋으련만 그는 오히려 재촉만 할 뿐이었다. 언제나 피 보는 건 피고용인들 뿐이라 할 수 있다.

더 이상 대화가 불가능하다고 판단한 페이빈은 품속에서 핸드북을 꺼내 들고 주문을 외웠다. 작은 책을 들고 중얼거리는 페이빈을 보면서 병사들 중 노련한 자들이 저지하려고 했지만 이미 주문을 다 외운 페이빈은 시동어를 외쳤다.

"Wall of Force[힘의 장벽]."

"하아압!"

그가 막 시동어를 외치고 손을 들 때 병사들 중 앞 열에 서 있던 건장한 체구의 병사 둘이 기합성을 내며 페이빈과 리튼에게 달려들었다. 무서운 기세로 달려드는 병사들을 보며 놀란 리튼은 숏 소드를 꽉 쥐고 긴장했다.

쩌엉!

페이빈에게서 두 발짝 정도 떨어진 곳에서 달려들던 병사들이 그대로 뒤로 튕겨져 나갔다. 다른 병사들이 넘어진 자들을 버려두고 달려들었지만 이들의 공격 역시 보이지 않는 무형의 막에 막혀 버렸다.

"뭐, 뭐야, 이건……!"

"마법이다!"

병사들은 눈에 띄게 동요하였다. 그러자 뒤에서 지켜보던 카시딘이 나섰다.

"비켜라! 쓸모없는 밥벌레들아!!"

한 발짝 걸을 때마다 위아래로 출렁이는 뱃살을 흔들며 카시딘은 넘어져 있는 병사의 장검을 들어서 투명한 벽—으로 보이는—을 향해 휘둘렀다.

쩡!

푸른색의 스파크가 허공에서 생성되었다가 사라졌고 무형의 벽을 때린 장검이 카시딘의 손을 떠나서 공중으로 튀어올랐다.

"으으윽……."

"소용없습니다. 마법이 아니라면 절대 부서지지 않는 벽입니다."

"흥! 네놈들도 거기서 나오지 못할 터! 어디, 거기서 얼마나 버티나 보자!"

벽을 후려칠 때의 반동으로 찢어져 피가 흘러내리는 손아귀를 움켜잡고 카시딘이 외쳤다. 페이빈이 있는 쪽은 집무실에서도 책상과 두터운 돌벽이 빽빽이 쌓여 있는 북쪽이었다. 카시딘이 있는 정면을 제외한 곳은 벽으로 되어 있어 아무리 페이빈이라 해도 도망갈 곳이 없다고 카시딘은 생각한 것이다. 그 점에 대해서는 리튼도 같은 생각이었지만.

"어떻게 하려고……."

"뭐… 농성이라도 해볼까요? 후훗……."

'어떻게?' 라는 말이 리튼의 입에서 나오려다 삼켜졌다. 페이빈은 불안해하는 리튼의 어깨를 툭 쳐주고는 여유있게 말했다.

"걱정 마십시오. 설마 이 정도 일에 겁먹은 건 아니시겠지요?"

"물론! 하지만… 걱정되긴 합니다만……."

힘의 장벽은 거의 모든 물리적 마법적 공격을 막아주지만 소리와 빛까지 막지는 않았다. 덕분에 카시딘이 고래고래 소리 지르며 병사들을 닦달하는 것이 보였다. 몇 번 시도를 해본 병사들은 대책이 없는지 성의없게 장벽을 두들기는 시늉만 했다. 공성병기라도 가져오면 모를까. 일반 병사의 힘으로 뚫릴 만큼 만만한 장벽이 아니었던 것이다.

이런 사실을 아는지 모르는지 카시딘은 자신의 사병들에게 욕설을 퍼부어대며 병사들 뒤에서 날뛰었다. 그런 카시딘을 지켜보던 페이빈이 말했다.

"카시딘 씨, 지금이라도 늦지 않았습니다. 포기하시지요?"

"포기할 놈은 네놈이다! 당장 거기서 나와서 내 칼을 받아라!"

"휴우… 할 수 없군요. 병사 여러분, 전 당신들을 죽이기 싫습니다만 끝까지 카시딘 씨의 편을 든다면 후작님에게 거역하는 것으로 간주하겠습니다."

"웃기는 놈! 갇힌 놈이 말이 많구나! 그런다고 누가 겁먹을 줄 아느냐?"

"나와라, 쥐새끼 같은 놈!"

"마법사가 별거냐?!"

페이빈은 한숨을 내쉬었다. 요즘 들어 한숨이 늘었다고 중얼거린 페이빈은 핸드북을 들고 다시 주문을 외웠다.

"Conjure Elemental[정령 소환]."

시동어가 끝나자마자 얼굴이 벌게져서 버럭 소리치는 카시딘의 정면의 공간이 갈라졌다. 흙빛이 된 카시딘의 얼굴 앞에서 진흙덩어리 같은 것이 바닥으로 주르륵 하고 흘러내렸다. 그 진흙덩어리들이 사람 어깨 높이만큼 떨어지자 공간은 소리없이 닫혔다.

페이빈의 이 요상한 마법에 놀란 병사들이 멀찌감치 물러서자 진흙덩어리가 제멋대로 꿈틀거리며 괴기한 모습으로 변했다. 이리저리 꿈틀거리던 진흙덩어리는 인간들이 놀라든 말든 흐물거리다가 차츰 인간의 형상으로 변하였다.

쭉 찢어진 눈매에 매부리코를 가진 신경질적으로 보이는 말라깽이 사내가 생겨났다. 흙색의 피부를 가지고 있는 그 사내는 길다란 손톱으로 주변을 훑어보며 킬킬거렸다. 그자는 페이빈이 자신을 부른 소환자라는 걸 눈치 챘는지 소환자를 바라보면서 징그러운 웃음을 지었다. 성공적으로 정령이 나타나자 안도의 한숨을 내쉰 페이빈은 여유있는 웃음을 지어주며 놀라서 벌벌떠는 카시딘과 병사들에게 말했다.

"흙의 정령 다오(Dao)입니다. 조금 겁이 나시지 않습니까? 저야 여기서 당신들이 학살당하는 걸 보고만 있으면 되지만… 여러분들은 그렇지 않겠지요? 지금이라도 늦지 않았습니다. 항복하십시오."

"다… 다… 닥쳐라! 겨우 한 놈이다! 죽여라!! 지금 당장! 당장!!"

"굳이 피를 보겠다면 말리지는 않습니다만……."

공포를 억누르기 위해 날뛰는 카시딘을 바라보던 페이빈이 눈을 감자 정령이 움직였다. 흙의 정령 다오는 켈켈거리더니 쭈욱 찢어진 두 눈으로 병사들을 쏘아보았다. 그러다 겁에 질려 벌벌 떨고 있는 어린 병사와 눈이 마주치자 그 병사를 향해 몸을 날렸다.

"으… 으악!"

푸확.

붉은 선혈이 앳된 얼굴을 가진 병사의 어깨와 가슴에서 비 오듯이 뿜어져 나왔다. 흙의 정령은 피 묻은 손톱으로 쓰러지는 병사의 얼굴을 후려친 뒤 돌아섰다.

방패로 정령의 긴 손톱을 막아선 병사. 그러나 갈색의 피부를 가지고 있는 흙의 정령은 전혀 개의치 않고 방패 위를 마구 내려쳤다.

캉! 캉! 캉!

정령이 방패 위를 때릴 때마다 둥근 라운드실드 뒤로 몸을 숨긴 병사가 뒤로 죽죽 밀려났다. 그 병사가 힘에 밀려서 쓰러지자 정령은 쓰러진 그의 가슴에 올라타서 양손에 길게 뻗어 있는 손톱을 위로 치켜올렸다.

"으… 으… 사, 살려……."

파각.

섬뜩한 파열음이 방 안을 메웠다. 정령의 기다란 손톱은 병사의 두개골을 가볍게 꿰뚫고는 속의 내용물을 바닥에 어지럽게 흩어놓았다. 검붉은 피와 하얀 뇌수가 그로테스크한 장면을 연출하였다. 담이 약한 몇몇 병사가 그 장면을 보고 구역질을 해댔다. 그러나 잔인한 정령은 아직도 모자라는지 손톱에 맺힌 피를 징그럽게 생긴 흙색 혀로 핥고는 남은 병사들을 노려보았다.

뭐라 할 사이도 없이 정령은 질린 표정의 병사들 사이로 뛰어들어 그중 한 명에게 달려들었다. 단창을 든 그 병사는 달려드는 다오를 겁에 질린 듯이 덜덜 떨면서 쳐다보다가 눈을 질끈 감으며 창을 내질렀다.

펙!

정령의 가슴으로 창이 빨려 들어갔다. 창에 꽂힌 정령이 잠시 주춤거리자 다른 병사들의 얼굴에 화색이 돌았다. 하나 흙의 정령 다오는 가슴에 박힌 창을 한번 흘끗 보더니 오른손으로 창대를 잡은 병사의 목을 후려쳤다.

파각.

"으아아아!"

"괴, 괴물이다!"

목 위가 사라진 몸은 피를 허공으로 내뿜으며 뒤로 쓰러졌다. 창에 가슴을 찔려도 죽지 않는 정령에게 질린 병사들이 무기를 버리고 방에서 뛰쳐나갔다.

"멈춰! 어딜 가는 거냐! 저 괴물을 처치하란 말이야! 이… 이…….."

카시딘이 도망가는 병사들을 향해 고래고래 소리쳤지만 공포에 질려 버린 병사들은 상관의 말은 들은 척도 안 하고 복도의 창문을 깨고 밖으로 도망쳤다. 미친 듯이 도망치는 병사들 때문에 밖에서 대기하던 남은 사병들도 동요하기 시작했다. 사태가 불리해짐을 느낀 카시딘은 그 뚱뚱한 몸에 걸맞지 않게 잽싼 동작으로 병사들을 따라 창밖으로 도망쳤다. 정령을 조종하느라 눈을 감고 있던 페이빈은 멍한 표정의 리튼에게 말을 걸었다.

"가시죠. 카시딘 그 작자를 잡아야 끝날 것 같으니…….."

"그… 저… 굉장하군요. 마법사란……."

"이 정도쯤이야 저의 스승님에 비하면 별거 아닙니다."

페이빈은 그렇게 말하면서 엉망이 된 방을 둘러보았다. 어지럽게 널려 있는 서류들을 보면서 쓴웃음을 지은 페이빈은 좀 전에 챙겨놓은 서류들이 바닥에 어지럽게 흩어져 있는 것을 보면서 말했다.

"흠, 증거 자료를 위해서 물이나 불의 정령이 아닌 흙의 정령을 불러낸 건데… 이것 참……."

불타거나 물에 젖거나 바람에 찢어지지는 않았지만 워낙 피를 좋아하는 정령 다오인지라 붉은 피에 흠뻑 젖은 서류들은 대부분 고유 기능인 기록 저장의 능력을 잃었다. 그저 피에 젖어서 아무 짝에도 쓸모없는 종이와 가죽이 된 것이다. 그나마 상태가 온전한 증거 서류들을 챙겨서 배낭에 넣은 페이빈과 리튼은 당당한 걸음으로 저택 밖으로 나섰다.

저택 밖에는 근 50명은 되는 카시딘의 사병과 몽둥이를 어설프게 들고 있는 남자 하인 10여 명이 저택을 포위한 채 기다리고 있었다.

페이빈은 당당하게 저택의 정문을 열고 밖으로 나왔다. 그러자 사병들에게 둘러싸여 있던 카시딘이 앞으로 뛰어나왔다. 머릿수를 채우고 나자 용기를 되찾았는지 이전과 같이 꽤나 거만한 표정이었다.

"이놈! 내가 네놈에게 얼마를 먹였는데 이럴 수 있냐? 양심이 있으면 말이라도 해봐라! 후환이 두렵지 않느냐? 난 후작님의 친척 되는 몸이다! 네 깟 평민이 어쩌할 정도로 녹록한 분이 아니란 말이다앗!"

스스로 자신을 높여가면서 소리치는 카시딘을 보면서 페이빈은 눈살을 찌푸렸다. 아니, 페이빈뿐만 아니라 카시딘의 사병들과 하인들 역시도 역겨운 듯한 표정이었다. 얼마나 인심을 잃었으면 적과 대치하고 있는 부하들마저 짜증스러움을 감추지 못하겠는가?

"카시딘 씨, 당신의 부정과 비리가 이 배낭 안에 있소! 최근 2년간 착복한 세금과 불법적으로 벌어들인 금액, 그리고 고리대금업과 인신 매매업 등등! 당신의 죄상은 백번 죽어도 마땅하나 후작님의 친척임을 감안하여 헤란 성으로 압송하여 최후의 변명을 할 기회를 주겠소! 당장 병사들을 물리고 항복하시오!"

페이빈의 말에 카시딘이 움찔거렸다. 할 일이 없어서 둘이 설전을 벌이는 동안 발로 땅만 파던 리튼이 페이빈에게 작게 속삭였다.

"그렇게 말한다고 저 메기가 항복할까요?"

"물론 아니죠. 저라도 안 합니다."

"으음……."

페이빈의 옆에서 배낭을 들고 있는 리튼은 고개를 끄덕였다. 이쪽은 겨우 2명과 한 개체(?), 상대는 대충 60여 명. 카시딘의 집무실 안에서야 기껏 운신할 수 있는 사람의 수가 대여섯 명뿐이었지만 지금 이들이 있는 저택 밖은 넓은 잔디밭이었다.

"볼 것 없다! 쳐라!"

카시딘이 외쳤다. 그러자 지휘관으로 보이는 자가 병사들에게 몇 마디 했다. 병사들은 이를 꽉 깨물고는 무기를 뽑아 들었다. '마법사라 해도 결국 인간이다'라는 말에 희망을 가지기 시작한 것이다.

"와아아아아!!"

"죽여 버려!"

페이빈과 대치하고 있는 지휘관은 마법사와 싸울 때는 거리를 둬서는 안 된다는 걸 잘 알고 있는 듯했다. 병사들은 한 무더기가 되어서 달려들었다. 그러자 페이빈은 흙의 정령인 다오와의 정신 공유를 끊었다. 정령을 제어하고 있는 상태에서 마법을 자유자재로 사용할 수 있을 정도로 페이빈의 실력이 좋지 못했기 때문이다.

"크아아아악!"

소환자와의 연결이 끊긴 흙의 정령은 미쳐 버렸다. 사악한 심성을 가진 흙의 정령은 소환자의 통제에서 벗어나 자신이 하고픈 일을 시작했다. 피아를 막론하고 살아 있는 생명체를 마구 공격하기 시작한 것이다. 매우 재수없게도 페이빈을 향해 달려오던 병사들은 마치 육식동물의 이빨처럼 날카로운 이를 가진 정령이 기괴한 소리를 지르며 달려드는 걸 막아서야 했다.

서너 명이 미쳐 버린 다오의 손톱에 목숨을 잃자 병사들은 다오를 둥글게 포위하였다. 방패를 든 자들이 앞으로 나서고 창을 든 병사들이 뒤로 빠져 원형의 포위망을 만들자 아무리 강한 힘을 가진 흙의 정령이었지만 단시간 내에 병사들을 모두 처치할 수는 없었다. 한 인간을 목표로 잡고 달려들면 그 근처의 다른 병사들까지 합세하여 방패로 진로를 막아서는 것이다. 거기다 등을 보이면 금세 날아오는 긴 창은 다오를 화나게 했다. 개개인의 힘은 약했지만 역시 닳고닳은 용병들이라 그런지 강한 적을 상대하는 법을 잘 알고 있는 것 같았다.

포위망 밖에 있던 장검을 든 병사들 중 십여 명이 다른 병사들이 정령을 상대하는 동안 페이빈을 향해 달려들었다. 원진에서 이탈한 노련한 병사들이 자신에게 달려오자 페이빈은 급히 주문을 외우기 시작했다.

"Cone of Cold[냉기의 원뿔]."

십여 발자국 앞까지 다가온 병사들을 향해 페이빈이 손을 뻗자 그의 손에서 흰색의 안개와 얼음덩어리들이 원추형 모양으로 뿜어져 나갔다. 원추형으로 분사되어 빠른 속도로 확산된 냉기의 안개는 병사들을 강타하였다.

선두에서 달리던 병사는 날아오는 얼음덩어리를 방패로 막은 후 뛰어들려고 했다. 하지만 갑옷의 이음새가 얼어붙는 걸 눈으로 목격하고는 놀라서 소리를 지르려 했다.

"어?"

그 병사는 뭐라고 말하기도 전에 벌린 입속으로 냉기가 스며들었고 혀가 딱딱하게 굳어갔다. 팔다리가 추위에 둔해지자 달려오던 속도 때문에 그 병사는 힘없이 앞으로 쓰러졌다. 뒤따라 달려오던 다른 병사들도 극심한 추위에 하나둘씩 쓰러져 버렸다.

페이빈의 손이 내려오자 가을의 따가운 햇볕 아래 얼어 죽은 십여 명의 병사들이 모습을 드러냈다. 얼마나 차가운 기운이었는지 흙바닥이 딱딱하게 변해 있었고 잔디가 꽁꽁 얼어서 발을 내디딜 때마다 바스락거리는 소리가 들렸다.

미쳐 날뛰는 흙의 정령 다오를 막던 병사들은 마법사를 처치하기 위해 달려간 동료들이 단번에 죽어버리자 크게 동요했다. 몇 번이나 칼에 맞고 창에 찔려도 아무런 타격을 받지 않는 정령과 십여 명을 한 번에 쓸어버리는 마법사의 존재는 단련된 용병들에게도 공포를 심어주기에 충분했다.

"Summon Shadow[그림자 소환]."

병사들이 공포에 떨든 미쳐 날뛰든 상관 안 하는 페이빈은 다시금 주문을 외웠다. 하루에 5서클 주문을 4번이나 외워서 극히 피로한 표정의 페이빈이었지만 핸드북의 단어를 읽으며 시동어를 외우는 모습은 빠르고 정확했다.

할 일이 없어져서 놀고 있던 리튼은 갑자기 바닥에서 네 개의 그림자가 일어서는 걸 보고 깜짝 놀랐다. 아직은 해가 높이 떠 있는 상태라 그림자가 진하게 비칠 일이 없건만 바닥에서 일어선 그림자는 어둠의 그것마냥 새까만 색이었다. 4기의 그림자들은 페이빈이 병사들을 손으로 가리키자 소리없이 바닥을 미끄러져서 병사들 사이로 침투했다.

한 그림자가 흙의 정령 다오를 견재하기 위해 창을 휘둘러대는 병사의 등 뒤에서 모습을 드러냈다. 그 병사가 반응하기도 전에 그림자는 병사의 몸에 팔을 얹더니 병사가 반항하지 못하게 꽉 잡고는 그의 코와 입을 통해 몸속으로 들어갔다. 그림자에게 몸을 잠식당한 병사는 '크르르' 하는 소리를 내면서 동료들을 향해 검을 휘둘러댔다.

그렇게 4기의 그림자 인간—그림자에게 먹힌 인간들—과 흙의 정령 다오가 날뛰기 시작하자 단번에 포위망이 깨졌다. 그러자 흙의 정령 다오가 무너진 포위망을 뚫고 빠져나왔다.

그림자에게 잠식된 병사를 옆에 있던 병사들이 창으로 찔렀다. 창에 찔린 병사는 피를 토하며 허물어졌다. 그러나 살아남은 병사들이 안도하기도 전에 죽어가는 그 병사의 입과 코에서 검은 그림자가 흘러나오더니 아직 창을 잡고 힘껏 찔러대고 있는 다른 병사에게 달려들었다.

화들짝 놀란 그 병사가 창을 버리고 손을 휘저으며 피하려 했지만 그림자가 손에 잡힐 리가 없다. 눈 깜짝할 사이에 병사의 입과 코를 통해 안으로 들어간 그림자는 죽어버린 숙주 대신 새로운 숙주를 움직여 병사들을 공격하기 시작했다.

10분도 되기 전에 카시딘의 사병들 중 대다수가 차가운 바닥에 피를 흘리며 쓰러졌고 남은 대여섯 명은 도저히 상대가 안 된다고 판단하고는 들고 있던 무기를 내던지고 뒤도 안 돌아보고 도망쳐 버렸다. 상황이 불리해지자 하인들마저도 미련없이 도망가 버렸다.

페이빈은 약한 인간들을 몰살한 뒤 가까운 소환자를 공격하려고 하는 미쳐 버린 흙의 정령을 디스펠하여 돌려보내고는 사건의 원흉인 카시딘을 찾았다.

카시딘은 언제 빠져나갔는지 현관 앞에 서 있었다. 양팔에 소녀 둘의 목을 잡고 한 손에 단검을 들고서 말이다.

"크헤헤헤… 정말 대단하군, 대단해. 너 같은 마법사는 처음 보았다. 하지만 이 카시딘님에게는 안 돼! 저 괴물들을 돌려보내고 무기를 버려라!"

"에린, 카렌……."

"비겁한 놈!"

"욕할 테면 하라지. 난 이렇게 지금까지 살아온 거니까! 칭찬으로 듣겠다! 크하하하하! 최후의 웃는 자가 승자인 법! 하하하!"

"……."

"자! 무기를 버려!"

울먹이는 두 소녀의 목에 검을 바싹 들이댄 카시딘은 악당답게 인질을 잡고 윽박질렀다. 리튼과 페이빈은 서로를 돌아보았다. 똑같이 한숨을 내쉰 페이빈과 리튼은 각각 손에 들린 지팡이와 숏 소드를 바닥에 내려놓았다. 그리고 페이빈이 마법을 해제하자 페이빈의 등 뒤에 서 있던 사내들의 몸에서 검은색의 그림자가 빠져나와서 허공을 맴돌다가 땅속으로 스며들었다. 그림자가 빠져나간 병사들의 육체는 바닥에 축 늘어져서 시체를 연상시켰다.

"당신이 원하는 대로 했습니다. 이제 아이들은 풀어주시죠? 비겁하다는 생각은 안 드십니까?"

"흥, 살기 위해서 뭔 짓을 못할까?"

"흐윽……."

겁에 질려 울고 있는 소녀들이 페이빈의 가슴을 아프게 했다. 전혀 다른 상황임에도 불구하고 울고 있던 카라나가 소녀들과 겹쳐 보여서였다. 소녀들을 잡고 있던 카시딘은 잡고 있던 소녀들이 발버둥 치자 그중 카렌을 발로 차버린 뒤에 에린의 목에 검을 들이대고는 말했다.

"자! 거기 리튼이라고 했던가? 평민이지만 출세의 기회를 주지! 네 놈의 검으로 저 재수없는 마법사 자식을 죽여라! 그러면 내가 후작님께 진언해서 너를 귀족으로 만들어주겠다! 돈도 주지, 평민은 꿈도 꾸지 못할 만한 거금을!"

"정말… 끝까지 비겁하군요."

"……."

"흥! 나 원래 이래! 나 이런 데 니가 보태준 거 있냐? 뭘 하나! 빨리 찔러 버려!"

고민하던 리튼이 숏 소드를 집어 들었다. 만난 지 겨우 3일밖에 안 된 상대를 너무 믿은 게 아닌가 하는 생각이 든 페이빈은 어떻게 할지 고민했다. 순순히 찔려주기에는 너무 억울했고 그렇다고 며칠 되지는 않았지만 꽤 정이 든 에린을 희생시키기도 싫었다. 숏 소드와 페이빈을 번갈아 바라보면서 고민하는 리튼이 답답했는지 카시딘이 들고 있던 장검을 허공에 붕붕 휘두르며 외쳤다.

"찔러! 죽여 버려! 귀족이 되고 싶지 않나? 죽여!"

흥분한 카시딘이 에린의 목에서 검을 떼어내자 페이빈이 시동어를 외웠다. 워낙 작고 빠르게 시동어를 외웠기에 흥분한 카시딘도 고민하고 있던 리튼도 전혀 눈치 채지 못했다.

"Unseen Servant[보이지 않는 하인]."

갑자기 카시딘의 검이 휘두르던 모습 그대로 허공에서 멈췄다.

"이… 뭐얏!"

카시딘은 놀라서 허공에 달라붙은 듯 멈춘 장검을 당기려 했다. 하지만 오히려 장검을 놓치고는 볼썽사납게 옆으로 넘어졌다. 보이지 않는 바람의 정이 카시딘의 머리 위에서 나타나 그가 들고 있는 검을 잡아당긴 것이다.

허공에 떠 있는 검을 쳐다보던 카시딘은 같이 바닥에서 뒹굴고 있는 에린을 밀쳐 버린 뒤에 도망치려 했다. 하지만 리튼이 더 빨랐다. 도망치려는 카시딘에게 달려간 리튼은 바둥거리며 도망치는 카시딘의 목위로 숏 소드를 들이댔다. 도망칠 구멍이 없어진 카시딘은 바닥에 고개를 처박고 빌기 시작했다.

"죽을죄를 졌습니다. 목숨만 살려주십시오. 제발… 제발……."

무릎을 꿇은 살려달라고 비는 카시딘에게 무표정한 얼굴로 걸어간 페이빈은 발로 카시딘의 머리를 뻥 소리가 나도록 힘껏 차버렸다.

"쿠엑……!"

볼썽사납게 바닥을 구르며 쓰러진 카시딘이 비명을 지르면서 데굴데굴 굴렀다. 페이빈이 무표정한 눈길로 고개를 숙인 채 어쩔 줄 몰라하는 카시딘을 노려보는 동안 리튼은 근처에서 밧줄을 찾아왔다. 리튼이 카시딘을 묶는 동안 분노한 표정으로 카시딘을 내려다보던 페이빈은 밧줄에 묶인 채 마치 쓰레기처럼 방치된 카시딘에게 다가가 그 메기같이 둥굴넙적한 턱을 들어 올린 채 말했다.

"내 소중한 아이들을 건드린 죄로 죽여 버리고 싶지만, 후작님이 처벌하실 테니 이만 참도록 하겠습니다."

페이빈은 그렇게 말한 뒤 카시딘의 뒷머리를 강하게 잡고는 그대로 바닥을 향해 힘껏 내리찍었다.

퍼억!

바닥과 진하게 키스해서 쌍코피가 줄줄 흐르는 카시딘이 울상을 지었다. 언제 이런 고통을 당해본 적이 있었겠는가? 고통스러워하는 카시딘을 무심한 눈길로 바라보던 페이빈은 몸을 일으켰다. 작게 비명을 질러대는 카시딘을 무시하고 긴 한숨을 내쉬면서 하늘을 바라보던 그의 가슴께에 작고 부드러운 것이 뛰어들었다.

"우엥, 주인님, 무서웠어요. 훌쩍."

"괜찮아, 다 끝났어."

에린이었다. 페이빈은 아직도 떨고 있는 작은 소녀를 안은 채 토닥거리며 위로해 주었다. 그리고는 아까 떠밀려서 쓰러져 있다가 일어선 카렌에게 손짓을 했다. 카렌은 전 주인인 카시딘이 얻어터지자 어떻게 해야 할지 몰라서 우물쭈물거리다 페이빈이 오라고 손짓하자 주저하면서 다가왔다. 카렌을 꼬옥 안아준 페이빈은 차츰 안정되어 가는 두 소녀의 심장 고동 소리를 들으며 작은 속삭임으로 소녀들을 안심시켜 주었다.

"괜찮아. 버리지 않아. 잃지도 않을 거야. 걱정하지 마렴."

저택 후미에 있던 마구간에서 죄수 호송용 철마차와 말들을 끌고 나온 리튼은 그런 페이빈과 소녀들을 보면서 투덜거렸다. 괜히 끙끙거리는 카시딘을 발로 차서 데굴데굴 굴리며 화풀이를 하던 리튼은 소녀들을 꼬옥 껴안고 있는 페이빈에게 아주 잘 들리도록 목소리를 조절하며 말했다.

"애아버지라니깐……."

저택에 남아 있던 하인들과 노예들은 죄다 도망쳐 버린 지 오래였다. 카시딘은 정문에 세워져 있는 철마차 안에 엎어져 있었다. 원래 고리대금업으로 돈을 갚지 못하는 평민들이나 도망친 노예 등의 죄수를 잡을 때 쓰던 마차가 주인을 태우는 용도로 바뀌었다.

사태가 진정되자 페이빈은 소녀들을 마차의 마부석에서 기다리게 하고 저택 안을 뒤졌다. 벽이나 복도에 장식되어 있던 돈 될 만한 물건들은 하인들이 들고 도망쳐서 대부분 사라졌지만 페이빈이 찾는 것은 그런 게 아니었다. 리튼과 함께 저택을 뒤지던 페이빈은 카시딘의 침실에서 원하던 것을 찾을 수 있었다.

그의 침실에는 벽의 절반을 차지할 만큼 거대한 자화상이 걸려 있었는데 상당히 미화된 구석이 많았다. 무엇보다 숨길 수 없는 볼살이 전혀 표현되어 있지 않은 것이다. 리튼과 함께 자화상을 떼어낸 페이빈은 그 뒤에서 전형적이라면 전형적일 수 있는 철제 금고를 찾아내었다.

"금고 해체할 줄 아십니까?"

리튼은 튼튼해 보이는 금고를 바라보면서 물었다. 그러자 페이빈이 고개를 저었다. 페이빈은 마법사이지 도적이 아니다.

"그럼 어떻게?"

짤랑짤랑.

페이빈의 손에 십여 개의 열쇠가 묶여 있는 꾸러미가 흔들거렸다.

"우리는 도둑질하러 온 게 아니니까요. 힘들게 돌아갈 필요없지요."

"그렇군요. 하하하."

꽤 튼튼한 2중 금고였지만 열쇠 앞에서는 무력했다. 단지 맞는 열쇠를 찾아서 꽂고 돌리는 단순한 동작만으로 금고 문은 활짝 열린 것이다. 주인 이외의 손길을 거부하던 금고였지만 열쇠마저 빼앗아낸 두 침입자는 금고 속에 보관되어 있는 것들을 몽땅 끄집어내었다.

"흐음… 이건, 뇌물 명단이군요. 성내 고위급 인사들은 거의 다 먹었군요. 이것만 해도 꽤 돈이 되겠는데요? 거기다 이쪽은……."

"……."

갈색의 장부에는 후작의 성에서 일하는 고위급 귀족의 이름과 그 옆에 여자들의 이름이 적혀 있었다. 성도 없이 달랑 이름만 적힌 것과 한 귀족에게 여러 명의 여자들의 이름이 적힌 걸로 봐서…….

"상납한 소녀들의 명단이겠군요. 더러운 자식."

"흐음… 호오? 페이빈―카렌? 그런 겁니까?"

"무, 무슨! 아무 일도 없었어요!!"

"흐으음, 당황해하는 게 더 의심스러운데……."

"억지요! 모함이에요, 모함! 전 고향에 애인이……!"

"애인이 있어도 바람은 피울 수 있죠. 거기다 상대가 노예라면 뒤끝도 없을 테고."

"으윽……."

새빨개진 얼굴로 극구 부인하는 페이빈을 놀려먹던 리튼은 금고에서 꺼낸 상자 두 개를 열었다. 그러자 방 안이 배는 밝아짐을 느낄 수 있었다. 눈부실 정도의 빛이 상자에서 나온 것이다.

"다이아몬드, 루비, 토파즈… 이거 굉장하군……."

한쪽 상자에는 수많은 보석류가 쌓여 있었고 다른 상자에는 스위니아 왕국에서 공중하는 국채 서류가 쌓여 있었다.

"보석류도 보석류지만… 이것만 해도 어지간한 도시 하나를 사고도 남겠군요."

서류를 들고 흔들면서 페이빈이 말했다. 아무리 부유한 도시라지만

한 도시의 시장이 벌어들인 개인 재산이라기에는 너무 많았다. 무언가 있다고 속으로 생각하면서 페이빈은 보석을 테이블 위에 쏟아내고는 그중에서 손가락만한 것들을 골라내기 시작했다.

"뭐… 하는 겁니까?"

"분류 작업."

"이러다 해 떨어지겠습니다. 빨리 갑시다."

"밖에선 보는 눈이 많아서 안 됩니다. 여기서 처리하고 가야 합니다."

"보는 눈?"

리튼이 의아해하든 말든 페이빈은 금세 비싸 보이는 보석 무더기와 자잘한 보석들로 나누더니 두 무더기를 절반씩 나누어서 서류가 담겨 있는 상자에 담았다. 그러더니 남은 보석을 배낭 속에 있는 주머니에 쓸어 담는 게 아닌가?

"무, 무슨 짓을……?"

"추가 노동에 걸맞는 추가 수당을 챙기는 겁니다."

"당신! 뇌물도 혼자 꿀꺽했잖아!"

"아아… 그런 일도 있었지요. 하지만 그건 저기 카시딘 씨가 저에게 '선물' 한 겁니다만?"

선물이라는 말을 강조하면서 페이빈이 씨익 웃자 리튼이 두 눈을 동그랗게 뜨고는 외쳤다.

"말도 안 돼! 아니, 안 됩니다! 이건 절도 행위라고요!!"

"여기서 뇌물과 절도의 상관 관계에 대해서 떠들어야 될까요? 시간도 없는데 그냥 넘어가면 안 됩니까?"

"당신! 청렴결백한 사람인 줄 알았는데……."

"어차피 저기 카시딘 씨는 성으로 돌아가면 처형당할 겁니다. 그렇게 되면 그의 재산은 압수당할 테고 토지는 빼앗기겠지요. 일가친척도 없는 몸인 듯하니 이 재물들은 모두 파울님이 꿀꺽할 겁니다. 아! 물론 고지식한 파울님은 후작님을 위해서 전부 사용하겠지만요. 중요한 건! 이 카시딘 씨가 꿍쳐 논 금액이 여기 있는 이중 장부의 기록보다 몇 배는 많다는 겁니다. 워낙 광범위하게 뜯어먹어서 남는 돈이 장난이 아니라는 거지요. 그러므로……."

거기까지 이야기가 흘러나가자 심각한 표정으로 따지던 리튼의 표정이 조금 누그러졌다. 그도 꽉 막힌 사람은 아니었던 것이다.

"그러니까… 페이빈님이 하고 싶은 말씀은 우.리.가 조금 나눠먹는다 해도 상관없다?"

"…그렇지요. 우리가……."

강조되는 '우리' 라는 말에 약간 슬픈 표정의 페이빈은 침묵을 지켜주는 조건으로 7:3을 제시했고 리튼은 승낙했다. 어차피 마법사인 페이빈이 없었다면 죽었을지도 모르는 상황이었고, 또 금고를 찾아내서 공금으로 돌아가야 될 금액을 중간에서 가로챈 것도 페이빈이니 나중에 문제가 되더라도 모든 책임을 그에게 전가해 버리면 그만인 것이다. 그리고 30%라 해도 워낙 액수가 큰지라 리튼의 월급과 비교해 보면 가뿐히 몇십 배는 넘기는 금액이었다.

챙길 만큼 챙긴 페이빈과 리튼은 자리에서 일어서서 현관을 향해 걸어갔다.

"이 일은……."

"죽을 때까지!"

"물론!"

"혼자 죽지는 않을 겁니다!"

"배신자에게 죽음을!"

서로를 바라보며 씨익 웃은 둘은 손을 흔들며 빨리 오라고 재촉하는 아무것도 모르는 순진한 소녀들을 향해 뛰어갔다. 보석들 덕분에 처음보다 배는 무거워진 배낭이었지만 사내들의 발걸음은 가볍기만 했다.

이제 죄인이 된 카시딘을 태운 마차는 멜튼 시를 몇 바퀴나 돌았다. 절대적인 권력을 행사하던 카시딘이 죄인이 되자 주민들 중 대다수가 뛰쳐나와서 돌과 오물들을 카시딘에게 던져 댔다.

그렇게 몇 바퀴를 돌고 난 뒤에야 페이빈은 헤란 성을 향해 출발하였다. 마을 외곽까지 쫓아오며 카시딘에게 욕설을 퍼붓던 주민들도 마차가 점차 멀어지자 아무 일 없었다는 듯이 평범한 일상으로 돌아갔다.

일행에겐 돌아가는 길이 더욱 먼 것처럼 느껴졌다. 더욱이 마차가 대열에 끼어 있었고 마차를 몰 줄 아는 사람이 없었기에 더욱 느렸다. 그나마 마차를 끄는 말들이 오랜 기간 마차를 몰아봐서 그런지 특별히 명령하지 않아도 알아서 길을 따라 달렸기에 꽤 편하게 갈 수 있었다.

마을을 나선 지 두 시간쯤 지나자 배고픔이 페이빈 일행을 찾아왔다. 아침나절부터 싸움질을 해대고 정오도 되기 전에 급히 마을을 벗어났기에 제대로 된 식사조차 하지 못한 것이다.

처음엔 죽인다 살린다 말도 많았던 카시딘이었다. 하지만 시간이 지날수록 불리해지는 자신의 입장을 눈치 챘는지 카시딘은 호송 마차 안에 누워서 멍하니 하늘만 바라보고 있었다. 아마도 과거를 회상하고 있던지 아니면 앞으로 후작에게 할 말을 생각하고 있을 것이다.

페이빈은 마차를 길가에 세워두고 나무 그늘 아래 모였다. 멜튼 마을에서 산 사람 머리만한 큰 빵을 나이프로 잘게 썬 페이빈은 거기에 얇게 저민 햄을 싸서 끙끙거리며 누워 있는 카시딘에게 넣어주고 식사를 시작했다. 퍽퍽한 빵과 질 나쁜 햄 조각 탓에 그리 행복한 점심 시간이 되지는 못했지만 그런대로 배고픔을 채우기에는 충분했다.

한가롭고 여유있게 식사를 마친 페이빈은 다시 마차를 출발시켰다. 마차 뒤에 묶여서 길가에 나 있는 풀을 뜯던 말들이 히힝거리면서 마차를 따라왔다.

늦은 오후가 다 되었을 때쯤 헤란 성 입구에 도착한 페이빈 일행은 리튼이 내민 증명 서류 덕분에 별다른 제지 없이 성안으로 들어갔다. 외성벽을 지키는 병사들은 워낙 자주 바뀌는 탓에 성내에서 일하는 관리라고 해도 얼굴을 다 알지 못하기 때문이었다. 더욱이 그게 하급 관리라면 더욱더 그랬다.

죄수 호송용 마차를 끌고 들어온 것임에도 불구하고 별 마찰 없이 성안으로 들어서자 리튼의 입에서 저절로 안도의 한숨이 흘러나왔다. 이제야 겨우 평상대로의 일상으로 돌아온 것이다.

마차가 내성으로 향하는 대로를 지나칠 때였다. 오랜만에 죄수용 마차를 본 시민들이 길가에 인간벽을 만들고 구경하고 있을 때 갑자기 앞쪽에서 한 여인이 뛰쳐나와서 마차 앞으로 뛰어들었다. 놀란 페이빈이 제지하려고 했지만 그 여인은 페이빈을 지나쳐서 마부석에 앉아 있는 리튼에게 뛰어왔다.

"리튼 씨!"

"아앗, 멜리사 양!"

당황해하는 리튼을 마부석에서 끌어낸 여인은 하염없이 눈물을 흘렸다. 주변에서 휘익 하는 휘파람 소리와 함께 진한 농담들이 쏟아져 나오자 페이빈은 어쩔 줄 몰라 하면서 마차를 급히 몰았다.

리튼은 옆 자리의 마법사가 상관이라는 것도 잊었는지 여인을 안은 채 기뻐하다가 페이빈의 헛기침을 들은 뒤에야 정신을 차렸다. 달리는 마차에서 여인을 안은 채 뛰어내린 리튼은 멜리사를 데리고 급히 사람들 사이로 숨어들었다. 마차를 몰던 페이빈이 마지막으로 본 것은 골목 사이로 숨어든 두 청춘남녀가 남들의 눈도 의식하지 않는지 끌어안고 진하게 키스하는 모습이었다.

"이것 참……."

마부석에 앉아서 마차를 모는 페이빈은 자신의 좌우에 꼬옥 달라붙어 있는 두 소녀를 바라보면서 한숨을 내쉬었다. 윗물이 맑아야 아랫물도 맑다고 했던가? 딸 같은 소녀 둘을 좌우에 끼고―원했든 아니든 말이다―앉아서 남의 애정 행각을 뭐라고 할 수는 없기에 그저 쓴웃음을 짓는 것으로 페이빈은 사태를 마무리 지으려 했다. 물론 세상일이 전부 원하는 대로 되지는 않지만…….

내성문 앞에서 리튼이 돌아오길 기다리던 페이빈은 카시딘이 너무 조용해서 혹시 죽은 게 아닌가 하는 생각으로 지팡이로 그를 쿡쿡 찔러대자 곧바로 반응이 돌아왔다.

성내로 들어섰을 때만 해도 카시딘은 아예 마차 안에 엎드린 채 겨울잠 자는 두꺼비마냥 꼼짝도 하지 않았다. 딴에는 귀족이라고 체면을 차리기 위해서 행한 행동이었지만 타인의 관점에서 보기에는 그저 지은 죄가 많아서 고개도 못 드는 멍청한 귀족쯤으로 치부되었다. 그렇다고 수십 년간 쌓아온 귀족 특유의 자존심이 사라지는 것은 아닌지라 페이빈이 지팡이로 등을 툭툭 치자 카시딘은 열이 받아서 꽥! 하고 소리쳤다. 한마디로 빡 돌아버린 것이다.

"무례한 놈!! 귀족에 대한 예의가 이거냐? 두고 보자! 이노오옴!!"

"살아 있군."

"두고 보자! 두고 보자! 갈가리 찢어 죽일 놈!!"

"시끄럽다. 조용히 못하겠나!!"

내성 문을 지키던 병사들은 카시딘의 돼지 멱따는 듯한 소리를 들어주기 싫었던 것 같았다. 카시딘이 고래고래 소리를 치며 발악하자 들고 있던 창을 거꾸로 쥐고는 말 그대로 개 패듯이 카시딘을 후려쳤다.

"끄아악! 네놈들 모두 두고 보자!! 이놈드으을—!!"

"두고 보자는 놈 치고 무서운 놈 없더라! 시끄럽다!"

카시딘의 외침에 오히려 역정을 내던 병사들은 성문 옆 보초소에서 쉬고 있던 병사들까지 몰려 나와서 카시딘을 패대기 시작했다. 쌓인 게 많은 병사들이 언제 귀족 명함을 단 인간들을 때려보겠는가? 이런 때 아니면 눈 마주치기도 힘든 게 귀족들이다. 쌓인 게 많은 건지 아니면 스트레스를 많이 받는 직종에 종사해서 그런지 병사들의 매질은 인정사정없이 카시딘의 전신으로 쏟아졌다. 그런 병사들의 기세에 눌린 페이빈은 쓴웃음을 지었다.

"괜히 건드렸군……."

"저런 놈은 맞아도 싸요, 주인님."

"너도 그렇게 생각하니, 카렌?"

"…네 …죽었 …으면 좋겠어요."

"세상에! 카렌마저 죽었으면 좋겠다고 말할 정도면 숨 쉴 가치조차 없어요. 그렇지요, 주인님?"

"아하하하……."

이 사태를 만들어낸 장본인인 페이빈이었지만 설마 이렇게까지 카시딘이 미움받고 있는 줄은 몰랐던 것이다. 그저 머리만 긁적이던 페이빈은 일말의 동정심이 새록새록 피어나는 걸 깨달았다. 얼마나 무자비하게 구타당했으면 이렇게 미운 상대에게도 동정심이 피어날까?

더 맞다간 죽을지도 모르겠다고 판단한 페이딘은 병사들을 뜯어말렸다. 순순히 물러난 병사들은 뭐가 그리 좋은지 큰 소리로 웃어대면서 각자의 자리로 돌아갔다. 마차 안에서 '끄응' 하는 앓는 소리와 흐느끼는 소리가 들려왔다.

역시 매 앞에는 장사 없다는 걸 다시금 깨달은 페이빈이 상념에 잠기려 할 때 저 멀리서 헐레벌떡 달려오는 리튼과 멜리사라는 여인이 보였다. 저절로 페이빈의 입에서 한숨이 흘러나왔다. 급히 달려온 듯 땀이 송골송골 맺힌 얼굴인 리튼과 여인은 페이빈의 앞에까지 뛰어오자 멈춰 서 숨을 골랐다.

"죄, 죄송합니다, 페이빈님."

"아닙니다. 우선은 사정이나 들어보죠. 공무 수행 중인 마차에까지 뛰어들 정도면 보통 사연 가지고는 안 될 테니까요."

"그⋯⋯."

리튼과 멜리사의 얼굴이 동시에 붉어졌다. 머뭇거리는 연인들을 보던 페이빈은 다시금 한숨을 내쉬었다. 마침 시기적절하게 성내의 방위를 맡고 있는 수비대장이 성안에서 나왔다.

페이빈은 멜튼 마을에서 획득한 서류들과 카시딘이 탄 마차를 넘겨주었다. 마차와 수비대장이 먼저 내성 안으로 들어가자 페이빈은 머뭇거리는 연인들을 끌고 정문에서 약간 떨어진 곳까지 걸어갔다.

"어떻게 된 상황인지 확실하고 명확하게 알려주세요. 멜리사 양이라고 했던가요, 아가씨? 공무 집행 방해는 중죄입니다."

"제가 말하겠습니다!"

"아니에요, 제가……."

"멜리사 양, 당신은 잘못 없으니 뒤로 물러서 있어요."

"하지만… 저 때문에 이렇게 된 거잖아요."

"괜찮아요. 당신을 위해서라면 이보다 더한 것이라도 감수할 겁니다."

에린이 머리를 싸쥐고 있는 페이빈의 로브를 잡고 흔들었다. 페이빈의 표정이 어두워지자 걱정이 된 모양이었다. 약간 떨어져 있던 카렌도 에린의 반대 편에서 똑같이 페이빈에게 매달렸다.

"후우……."

한숨을 푸욱 내쉰 페이빈은 귀여운 두 소녀의 머리를 쓰다듬어 주고 아직도 자기가 잘못했다고 티격태격대는 연인들을 바라보았다. 질투를 한가득 담은 눈길로!

"지금. 당장. 사정 설명이 없으면 둘 다 감옥에 처넣어버릴 겁니다!"

페이빈이 으르렁거리자 연인의 말싸움이 멈췄다. 돈 때문에 사랑하는 님과 생이별한 사람을 앞에 두고 도대체 뭐 하는 짓이람? 심통이 난 페이빈은 화난 표정으로 리튼을 쏘아보았다. 긴 갈색 머리가 매력적인 멜리사가 나서서 리튼을 변호하려 했지만 리튼은 그걸 막고는 페이빈에게 고개 숙여 사과한 뒤 말했다.

"죄송합니다. 여기 멜리사 양과는 조만간 결혼할 사이입니다. 그리고 제가 급히 출장을 가느라고 말을 못해서 서로 간의 약간의 오해가……."

"약간의 오해? 무슨 오해?"

"그, 그건……."

"바람 피우는 줄 알았어요!"

"……."

순간적으로 일행들 사이로 찬바람이 스치고 지나갔다.

"바람… 이라니오?"

"이 사람은 일 끝나면 매일같이 저를 찾아왔는데 이틀씩이나 찾아오지 않았어요. 그래서 집으로 찾아가 봤는데… 말도 없이 외박했다고 해서……."

"그러니까 말했잖아요. 너무 급히 출장 가느라고 이야기도 못하고 간 거예요. 미안해요, 멜리사."

"아니에요. 오해한 제가 죄송해요……."

"……."

고개를 숙이고 새초롬하게 서 있던 여인은 리튼이 꼬옥 껴안자 볼을 발그스레 붉히며 남자의 튼튼한 가슴속에 폭 하고 묻혔다. 닭살 돋는 그들의 애정 행각에 화낼 기력도 없는지 한숨을 푸욱 내쉰 페이빈은 로브를 잡고 있는 소녀들의 손에 힘이 들어가자 소녀들을 바라보았다. 카렌은 못 볼 것을 봤다는 듯이 한 손으로 얼굴을 가렸다. 하지만 손가락 사이로 초롱초롱한 눈동자가 비치는 건 페이빈만의 착각일까?

에린의 경우에는… 카렌은 수줍음이라는 것이 있기라도 했다. 하지만 에린은 두 손으로 페이빈을 꼭 잡은 채 단 한 순간도 놓칠 수 없다는 듯이 리튼과 멜리사 커플을 바라보고 있었다. 연인의 얼굴이 가까워지면서 그윽한 눈길이 교환되자 당황한 페이빈이 손으로 소녀들의 눈을 가렸다.

"아앙~ 주인니임."

"……."

"뭐 하는 겁니까, 아이들 앞에서?!"

"앗!"

"죄, 죄송합니다앗!"

거의 닿을 뻔했던 입술이 급히 떨어지면서 리튼과 멜리사가 고개 숙여 사과하였다. 더 이상 있어봐야 못 볼 꼴만 계속될 거라고 판단한 페이빈은 리튼을 끌고 내성 안으로 들어갔다. 평민이고 아무런 직위도 없는 멜리사는 내성 문 입구에서 리튼을 배웅했다.

페이빈이 성안 저택으로 돌아오자 가장 먼저 반긴 사람은 그가 가장 보기 싫어하는 사람 중 하나인 집사 파울이었다. 돌아오자마자 에린을 이리저리 살펴본 파울은 특별한 이상이 없다고 판단하고 카렌을 가리켰다.

"이 아이는?"

"음… 선물 받았다고 해두죠."

"…그럽시다. 보아하니 노예 같은데 에린과 같이 취급하면 되겠습니까?"

"네."

이틀씩이나 출장을 간 것이 괘씸한 집사 파울이었지만 어디서도 그럴듯한 꼬투리를 잡지 못했다. 오히려 부패한 귀족을 끌고 와서 후작가의 자금원에 도움을 줬기에 감사해야 했다.

꼬투리를 잡지 못해 아쉬운 듯한 표정의 집사는 혀를 한 번 찬 뒤 에린과 카렌을 데리고 먼저 저택 안으로 들어갔다. 아무리 파울이라고 해도 페이빈의 '것'이 된 두 소녀를 어쩌지는 못할 거라고 확신하는 페이빈은 아무 말도 하지 않았다. 불안한 얼굴의 카렌에게 웃으면서 손을 흔들어주어 안심시킨 페이빈은 리튼과 둘만 남게 되자 말했다.

"애인이 미인이더군요."

"예? 아… 예, 감사합니다."

"그런데……."

페이빈이 싱글거리는 얼굴로 리튼을 쳐다보자 괜히 불안해진 리튼이 몇 발짝 뒤로 물러났다.

"카시딘 씨가 저에게 카렌을 보내왔지요. 제가 에린을 데리고 온 걸 보고 아마도 소녀를 좋아한다고 착각했나 봅니다. 리튼 씨 말대로 노예 소녀라면 비쌀 텐데… 뭐… 그건 그렇다 치고, 왔었지요?"

"네?"

"밤 시중드는 아가씨, 들어왔었지요?"

"아… 그게……."

"흐음… 애인은 있어도 바람은 피울 수 있다고 누군가 말을 했었더랬지요?"

보복인가? 라는 생각이 리튼의 머리 속을 스치고 지나갔다. 쪼잔하다는 생각보다 우선 위기를 넘겨야겠다는 생각이 머리 속을 지배했다. 하지만 페이빈이 그렇게 녹록한 인물이던가? 최소한 금전에 관해서는 누구도 따라올 수 없는 지고한 위치에 오를(!) 인물이었다. 당황해서 우물거리는 리튼을 바라보던 페이빈이 손을 내밀어 리튼의 갈색 머리 사이로 길고 긴 흑발의 머리카락을 빼내었다. 짧은 리튼의 머리에 비하면 길고도 긴 그 검은 머리는 리튼을 궁지로 몰아넣기에 충분하고도 남았다.

"성숙한 여인이었군요. 거기다 옅은 흑발. 깨물기를 좋아하고……."

"어, 어떻게!!"

"목 뒤에 키스 마크 있어요. 홋."

"으윽······!"

"멜리사 양이 들으면 좋아하겠군요. 키스 마크는 접대 중에 일어난 사소한 사고였다고 설명하세요."

"···원하는 게 뭡니까?"

"뭐··· 별로······."

페이빈이 어깨를 으쓱거리며 고개를 흔들자 리튼은 어깨를 추욱 늘어뜨리고 애원조로 말했다.

"시키는 대로 다 하겠습니다. 제발 그녀 귀에 안 들어가게 해주세요. 네? 아까도 보셨잖아요. 멜리사 양은 다 좋은데 의심이 너무 많아서··· 제발!!"

"뭐, 정히 그렇게 부탁한다면야··· 조금 양보하지요."

"으득."

페이빈의 능글맞은 태도에 리튼의 이가 빠드득 소리를 내면서 마찰하였다. 100년 묵은 능구렁이의 화신이 이럴까? 싱글거리는 낯짝의 페이빈을 향해 잘 펴지지도 않는 이마의 주름을 힘껏 펴고 꽉 쥐어진 주먹을 간신히 풀면서 싹싹 비는 리튼에게 페이빈이 말했다.

"8:2입니다. 분배 시 남는 금액은 제가 갖습니다. 이의없으시지요?"

"······."

"무언은 긍정으로 알겠습니다. 물건들 팔아서 자금이 마련되면 전해드리죠. 기다리세요."

그렇게 말한 페이빈은 소녀들이 걱정된다면서 가벼운 발걸음으로 콧노래를 부르며 건물 안으로 들어가 버렸다. 혼자 남은 사내는 하늘을 우러러보면서 마음속 깊이 담아두었던 분노와 한을 허공에 풀어놓았다.

"크아악! 이 수전노 자시이익!!!"

페이빈은… 페이빈 토르카스라는 사내는 돈을 위해서 일말의 가책도 없이 동료의 약점을 협박하는 것도 서슴지 않는 무서운 사내였던 것이다.

해가 지고 얼마 지나지 않아서 집사 파울이 페이빈을 찾았다. 제멋대로 출장 기간을 마구 늘려서 집사 파울의 잔소리가 좀 있었지만 서로가 얼굴 보기를 꺼리는 마당에 제대로 된 설교가 될 리가 없다. 금세 지쳐 버린 파울이 가버리고 나자 어둠이 깔렸고 페이빈은 방에서 식사를 마치고 심심해하는 두 소녀를 데리고 공용어를 가르치기 시작했다.

카렌의 경우에는 초급 단어 정도는 알고 있었지만 에린은 글을 전혀 몰랐다. 일반 평민의 자제라면 거의 이런 실정이라는 걸 아는 페이빈은 소녀들이 마음 상하지 않게 싫은 내색조차 안 하고 웃으면서 처음부터 차근차근 가르치기 시작했다.

소녀들이 단어를 외우고 있을 때 하인 한 명이 찾아와 후작이 찾는다는 걸 알렸고 페이빈은 즉시 로브와 지팡이를 챙겨 들고 성 중앙에 있는 넓은 홀로 걸어갔다.

페이빈이 도착했을 때 중앙 옥좌에는 캐로스 후작이 앉아 있었다. 그리고 후작의 왼쪽으로는 네 명의 마법사들이 서 있었고 후작의 오른쪽으로는 10명의 기사가 서열대로 쭈욱 서 있었다. 그리고 홀의 중앙에는 페이빈이 익히 잘 알고 있는 카시딘이 밧줄에 묶여 무릎을 꿇은 채 앉아 있었다. 페이빈이 마법사들이 서 있는 곳으로 걸어가 맨 끝에 서자 후작이 입을 열었다.

"카시딘, 넌 내 어머니의 여동생, 그 여동생과 결혼한 남편의 후처가 낳은 자식이다."

"후, 후작 각하 선처를……."

"내가 한 말이 무슨 뜻인지 알겠나?"

카시딘은 고개를 조아릴 뿐이었다. 페이빈의 머리 속에서 카시딘과 캐로스 후작의 촌수 관계가 어지럽게 회전하고 있었다.

'그 정도면 아무 관계 없지 않나?'

페이빈은 그렇게 생각했다. 외척도 아니고 외가에서 또 외가 쪽으로 갈라지는 촌수 따위를 따지는 귀족은 거의 없다. 아니, 전혀 없다고 해도 틀리지 않을 것이다. 직계와 방계도 정리하기 힘들 정도로 복잡한 게 귀족들의 혈연 관계인데 이런 경우를 사촌이라고 칭할 수나 있을까?

"그동안 네가 나를 사촌이라 사칭하고 다녀도 눈감아준 건 네 용기가 가상해서였다. 나 캐로스 후작의 사촌이라고 칭하고 다녀도 될 만큼 배짱있는 자라고 생각했는데… 하는 짓은 시장터 건달들보다도 못한 짓이나 하고 다녔다니……."

후작은 페이빈이 카시딘을 넘기면서 같이 넘겨준 이중 장부와 뇌물 장부를 읽으면서 혀를 찼다. 특하나 적게는 수십에서 많게는 수만 골드까지 챙긴 내부 인사들이 적힌 장부를 보면서 인상을 썼다.

"하는 짓이라고는… 쯧쯧, 웬만해선 그냥 넘어가고 싶지만! 카시딘! 넌 내 부하들에게 뇌물을 뿌려댔다. 한두 명도 아니고 성내의 대부분에게 한 번씩은 부정한 돈을 제공한 바! 이는 곧 나를 쳐내고 반역을

꾀했다고 봐도 무방하다 할 것이다! 고개를 들어라, 카시딘! 최후의 변명을 할 기회를 주겠다."

후작은 억지성이 다분한 말을 늘어놓고는 카시딘을 윽박질렀다. 엎드려 있던 카시딘은 억울한지 고개를 들었다. 푸르게 멍든 눈과 피딱지가 얹어진 코언저리는 카시딘에게 동정심을 품게 하기에 충분하였지만 장내의 누구도 웃거나 동정의 말을 건네지 않았다. 그는 억울한 표정으로 후작을 올려다보면서 말했다.

"억울하옵니다! 모함이옵니다! 억울합니다! 전 억울하옵니다!"

눈물을 흘리면서 억울하다고 외치는 카시딘의 모습을 비장하기까지 했다. 몇몇 기사가 고개를 돌리는 것으로 보아서 카시딘의 모습에서 무언가 뭉클한 것이 있는 듯했다. 아니면 무언가 찔리는 게 있든가.

"유언은 그게 끝이냐? 끌고 가서 처형하라! 죄목은 반역이다!"

"아니옵니다! 억울합니다! 살려주십시오, 후작 각하!! 각하아아!!"

문 앞에서 대기하고 있던 8명의 병사들 중 건장한 병사 둘이 카시딘을 끌고 가려다가 힘에 부쳐 했다. 워낙에 무거운 몸이라 건장한 체구의 병사들도 제대로 들기 힘들었던 것이다. 거기다 카시딘이 온 힘을 다해 바둥거리자 오히려 병사들이 밀릴 지경이었다. 후작이 눈살을 찌푸리자 대기하던 병사들 중 둘이 급히 달려와 그를 끌고 나갔다. 나갈 때까지 바둥거리면서 목숨을 구걸하던 카시딘이 사라지자 홀 안에 정적이 감돌았다.

"흠, 많이도 먹었더군, 다들······."

후작이 장부를 좌라락 훑으면서 지나가는 어조로 말했다. 그러자 기사들과 마법사들의 몸이 순간적으로 굳었다. 페이빈이야 이번 일의 일등공신이니 논외로 친다 해도 다른 기사들과 네 명의 마법사들이 그동안 착복한 금액이 각자 일만 골드가 넘어설 정도였다. 기사들과 마법사들이 긴장하자 후작은 후 하고 한숨을 내쉰 뒤 서류들을 마법사들 중 진에게 넘겼다.

"처리하게. 이런 걸로 부하들을 처벌하면 좋은 소리 못 들으니 그냥 넘어가도록 하지. 하지만 함부로 남의 돈을 삼키면 나중에 뒤끝이 안 좋을 거야. 전원 그 점 명심하도록 하고 아랫사람들 단속 잘하게."

진이 주문으로 불꽃을 불러와 서류를 태우는 걸 보고 있던 캐로스 후작은 문득 생각났다는 듯이 페이빈에게 물었다.

"그러고 보니 카시딘의 사병 80명을 단신으로 깨부쉈다지? 정말인가, 메이지 페이빈?"

"혼자는 아니었습니다. 징수계의 리튼 씨와 함께 물리친 것입니다."

"징수계 관리라면 문관에 불과합니다만……."

기사들 중 맨 앞에 서 있는 노기사가 수염을 쓰다듬으면서 말했다. 단신으로 80여 명의 적을 물리치라면 그 자신이라 해도 힘들 것이다. 죽이다 보면 지칠 테고 지치게 되면 약한 적에게도 큰 상처를 입게 된다. 이러한 인간의 약점을 잘 알고 있는 노기사는 궁금증을 참지 못하고 후작의 앞임에도 불구하고 페이빈에게 사정을 물었다.

"어떻게 하신 겁니까? 역시 마법의 힘입니까?"

"네. 우선 저는……."

페이빈은 그 당시의 상황을 간략하게 설명하였다. 마법사들은 뭐라고 입을 실룩거리면서 물으려 했지만 자존심 때문인지 끝까지 나서지는 않았다. 후작과 기사들은 페이빈의 설명에 감탄사를 내뱉으면서 경청했다. 병사들을 제압하고 카시딘을 붙잡았다는 대목까지 말하자 후작이 감탄사를 내뱉다가 말을 하였다.

"호오, 정령이라는 거 대단하군. 보통 무기에는 타격을 받지 않는다라… 페이빈, 자네도 대단하네. 비교도 안 될 정도의 약세를 뒤집는 마법의 힘이라… 기억해 두지."

그렇게 말한 뒤 후작이 손벽을 치자 페이빈이 들어온 문으로 집사인 파울이 두 손으로 작은 상자를 공손히 받쳐 든 채 들어왔다. 후작은 그 상자를 집어 페이빈에게 건네면서 말했다.

"자네 덕분에 대충 수십만 골드 상당의 재물이 들어왔다고 하네. 카시딘 그 녀석, 의외로 수완이 좋더군. 국채를 그렇게나 다량으로 가지고 있다니. 후후후, 살아서는 기생충같이 골치만 썩이더니 죽어서 이렇게 도움이 되어주는군. 앞으로 내가 하려는 일에 큰 도움이 될 거야. 아! 이번 일에 공로가 가장 큰 자네에게 내리는 포상일세. 받아두게."

페이빈이 상자를 받아서 열어보았다. 그 안에는 단검이 들어 있었다. 단검집과 손잡이가 순금으로 되어 있고 단검의 폼멜 부분과 가드 부분에는 엄지손가락만한 루비가 박혀 있었다. 재료도 재료이지만 너무나 아름답게 세공되어 있는 단검이라 살상 무기라기보다는 예술품에 가까웠다. 페이빈이 입을 다물지 못하자 후작이 웃으며 말했다.

"예전에 발렌타인 남작령을 접수하면서 얻은 물건이지. 사연이 많은 물건이긴 해도 가치가 꽤 되니까 만족할 거라고 믿네."

"감사합니다, 후작 각하."

페이빈은 고개를 숙여 후작에게 예를 표하였다.

"자, 볼일은 끝났다. 더 볼일 있나? 없으면 그만들 가서 쉬게."

"네, 후작 각하."

기사들과 마법사들이 고개 숙여 후작에게 인사를 한 뒤 넓은 홀을 빠져나가려고 했다. 그때 갑자기 홀의 정문이 활짝 열리더니 전령이 달려 들어왔다. 홀의 정문을 경비하던 병사들이 급히 달려들어서 전령을 막으려고 했지만 중장갑에 할버드를 들고 있는 중갑 병사들이 가벼운 몸놀림의 전령을 막아서기엔 무리가 있었다. 전령은 병사들 사이를 가볍게 빠져나와 후작의 앞에 도착했다.

"각하! 급보입니다!"

전령은 홀의 중앙에 무릎을 꿇고 고개를 숙인 뒤에 외쳤다. 그리고는 숨을 고르는지 어깨를 심하게 요동 치면서 후작이 말을 기다렸다. 경비들이 전령에게 다가와 제압하려 했지만 후작은 손을 들어 그들을 제지했다.

"흐음… 말해 보게."

"옛! 아델 성에서 분란 발생. 반란 또는 외부 침입으로 추정됨. 적 우두머리 파악 안 됨. 대략 2,000여 명으로 추정. 적들 중 일부는 산적으로 추정됨. 첩보 대장 코라 케필드. 이어 정보대 단장 맥스 경의 직인도 찍혀 있습니다!"

등에 매둔 전통에서 양피지를 꺼내 끝까지 읽은 전령은 고개를 숙였다. 그러자 기사들 중 맨 뒷열에 있던 기사가 내려와 전령으로부터 양피지를 받아 들고 그것을 후작에게 펼쳐서 보여주었다.

"수고했다. 가서 쉬어라."

"옛!!"

전령은 자신의 임무를 완수하자 미련없이 자리를 떠났다. 남은 사람들은 눈을 감고 있는 후작의 얼굴을 보면서 기다렸다.

"아델이라… 아벨로이드보다 북쪽이었지……."

"인구 1만 정도의 작은 도시입니다. 특산물은 없지만 주변 경관이 수려해서 왕국 내에 귀족들의 별장이 가장 많은 곳이기도 합니다."

"그만큼 부유하기도 하겠군. 거기다 별장이라고는 해도 귀족들이 많이 몰려사는 곳… 털면 나올 것도 많겠지."

산적들이 이렇게나 많이 몰려다니는 경우는 거의 없다. 산적들도 먹고 살아야 하는데 수십 명씩도 아닌 수천씩 몰려 살면 소모되는 식량과 물자의 양이 장난이 아니다. 그렇지 않아도 털 만한 평민들이 많이 줄어서 고생하는 산적들이 한 군데로 몰려들어서 산다는 건 있을 수가 없는 일이다. 몇 푼 되지 않는 돈을 털어서는 하루 식대도 대기 힘들 것이다. 그렇다고 한다면 누군가가 산적들을 끌어 모아서 재미없는 일을 획책하고 있는 것이라는 결과가 나왔다.

후작의 머리가 기민하게 돌아가기 시작했다. 한동안 고민하던 캐로스 후작은 결심을 했는지 말을 꺼냈다.

"좋아. 우선 선발대를 편성해서 보낸다. 궁에서 정식으로 지원 요청이 들어오겠지만 그전에 준비해 두는 편이 더 낫겠지. 카르벨 경, 니쉬튼 경, 부대를 정비하도록. 여기까지다. 각자 할 일을 하러 가게. 이상!"

캐로스 후작은 그렇게 말한 뒤에 자리에서 일어섰다. 그러자 후작의 좌우에 서 있던 기사들과 마법사들이 후작에게 예를 표한 뒤에 홀 밖으로 나갔다. 맨 마지막으로 나서던 페이빈은 파울 집사가 후작에게 말하는 걸 들을 수 있었다.

"두 도련님과 아가씨가 좀 전에 돌아오셨습니다."

그리 크지 않은 말이었지만 페이빈은 똑똑히 들었다.

이때까지도 페이빈은 후작의 자제들이 자신의 인생에 얼마나 큰 영향을 미칠지 몰랐다.

고단한 표정으로 방으로 돌아온 페이빈을 에린과 카렌이 반갑게 맞왔다. 꽤 늦은 시각이었는 데도 불구하고 소녀들은 정성껏 방 청소를 하고 페이빈을 기다린 모양이다.

웃으며 반기는 소녀들에게 웃음으로 답해준 페이빈은 대충 얼굴을 씻은 뒤에 로브를 벗었다. 건장한 사내들만큼 탄탄한 근육질의 몸매는 아니었지만 남자다운 몸매가 얇은 셔츠와 발목까지 오는 속바지 사이로 나타났다.

꺄꺄거리면서 좋아하는 소녀들을 자신의 방 옆에 딸려 있는 시녀들 방으로 몰아넣은 뒤 문을 잠근 페이빈은 한숨을 내쉬며 잠옷으로 갈아입고 눈을 감았다.

'내일은… 첫 출전이겠군. 알렉스 씨에게 미안한데. 이거 제대로 일도 하지 않고 벌써부터 밖으로 나돌아다니면…….'

미안한 것은 미안한 것이고 졸린 것은 졸린 것이다. 내일 미안해하기로 결심한 페이빈은 오늘 하루 벌어들인 금액을 속으로 계산하면서 기쁜 마음으로 수면을 취했다.

6화

방심은 기습을 부른다

방심은 기습을 부른다

전술을 논할때 기사들은 언제나 정면 공격을 선호한다. 무시무시한 파괴력으로 적의 방어선을 돌파하는 기사들의 모습은 일견 대담하고 용맹해 보일 수 있다. 하지만 생각해 보라. 이 얼마나 무식하고 명청한 짓거리인지. 적장이 시대거리가 아니라면 기사의 랜스 차징을 방어할 계책을 마련할 것이다. 그래서 적의 허를 찌르는 기습 공격은 최소한의 피해로 최고의 공격을 할 수 있는 효율적인 공격법이다. 기사들이야 비겁하다고 욕하겠지만… 지는 것보다는 낫지 않은가?

—전 요크나이트 단장 요크 폰 커렌의 전론학 강의 中 발췌

―왕국력 430년 9월 29일.

갓 심장에서 튀어나온 것 같은 선홍색 핏빛이 침실을 휘감고 있었다. 방 안은 피처럼 붉은색으로 빛나며 섬뜩한 분위기를 연출했다. 넓은 방의 한가운데 그가 잘 알고 있는 여인이 울고 있었다. 서럽게 아주 서럽게 흐느껴 우는 여인…….

"카리나, 나의 연인. 나의 영혼의 주인… 왜 울고 있나요? 왜 그렇게 슬피 울고 있지요?"

페이빈이 물었다. 하지만 대답이 없었다. 페이빈은 일어서서 손을 뻗었다. 아니, 손을 뻗으려 했다. 그녀에게 달려가 울고 있는 여인을 위로해 주고 싶었다. 하지만 몸이 말을 듣지 않았다. 그가 서 있는 공간이 멈춰 버린 듯이 그의 몸은 한 치도 움직이지 않았다.

울고 있는 여인을 어떻게 해줄 수 없다는 자괴감에 페이빈은 분노했다. 몸에 힘을 주어 어떻게든지 그녀에게 다가가려고 노력했지만 노력한 만큼의 대가는 돌아오지 않았다.

금발의 여인이 고개를 들어서 그를 바라보았다. 섬뜩한 느낌! 등골이 오싹해지는 기분이 들었다. 여인은 눈에서 피눈물을 흘리며 그를 바라보고 있었다. 자신을 증오하는 듯이 무시무시한 표정으로……

"왜? 왜 자꾸 그런 얼굴로 저를 보지요? 대답해 줘요! 제발!!"

페이빈은 울컥해서 소리 질렀다. 그러자 여인의 입이 천천히 벌어졌다.

"까아아아아아아아아아아!!"

끔찍한 고음이 그의 귀를 강타했다. 여인의 비명에 페이빈은 정신이 아득해짐을 느꼈다.

"허어억!!"

페이빈은 눈을 번쩍 떴다. 햇살이 창문을 통해 방 안을 밝게 비춰주고 있었다. 아침. 새들의 지저귐이 고요한 아침을 맞이한 페이빈의 귀에 흘러들었다.

"아아… 하아……."

식은땀이 이마에서 볼을 타고 흘러내렸다. 눈앞이 흐릿해짐에 페이빈은 손으로 눈가를 문질렀다. 잠옷 소매에 물기가 어렸다.

"눈물… 인가."

한숨이 입가로 절로 흘러나왔다. 페이빈은 요즘 들어 계속 불길한 꿈이 이어지자 불안한 마음을 감추기가 힘들었다. 너무나도 생생히 각인된 등을 돌린 채 울고 있는 카라나의 모습에 죄책감으로 다가왔다.

그러나 돌아가기엔 너무 늦었다는 걸 페이빈은 알고 있다. 그리고 카리나에게 성공하여 당당히 귀향하는 자신의 모습을 보여주고 싶다는 욕심도 들었다.

어쨌든 매일 밤 이어지는 악몽을 어떻게든 해봐야겠다고 페이빈은 생각하면서 몸을 일으켰다. 밤새 흘린 식은땀 덕분에 축축하게 젖은 잠옷이 그렇지 않아도 좋지 않은 기분을 아주 불쾌하게 만들었기 때문이다.

"으응?"

이불을 덮어쓴 채 누워 있다가 몸을 일으키면 상체에 덮여 있던 이불이 딸려온다. 그리고 이불 속에 가려져 있던 것들이 모습을 드러낸다. 당연한 이치다. 다만 페이빈이 부당하게 생각하는 게 문제일 뿐. 페이빈은 제발 이것이 꿈의 연장이거나 환상이길 빌었다.

"우웅… 추워요, 주인님."

"……."

귀마저 잘못되길 비는 건 너무 무리한 주문일까? 갈색 머리의 소녀와 검은 머리의 소녀. 즉, 에린과 카렌이라 불리는 소녀들은 각각 페이빈의 좌우에 누워 있다가 이불이 걷어져서 추워지자 몸을 움츠렸다. 그러다 슬쩍 눈을 뜬 에린은 페이빈에게 달라붙으면서 중얼거렸다.

"좋은 아침이에요, 주인님. 웅얼……."

카렌마저 잠에 취해 들러붙자 페이빈은 어쩔 줄 몰라 하면서 소녀들을 떼어내려 했다. 그때 마치 서로 짜기라도 한 듯 방문이 열렸다.

"식사를… 어머! 죄송합니다. 문 앞에 놔두겠습니다."

시녀로 보이는 여인이 손수레를 끌고 들어오다가 페이빈의 모습을 보더니 급히 눈을 내리깔고는 밖으로 나가 버렸다.

"아……."

손을 들어 뭐라고 말하려 하던 페이빈은 앞으로 흘러나올 소문들을 상상하면서 머리를 긁적였다. 카리나 양에 대한 악몽은 이 소녀들 때문일지도 모른다고 의심하면서. 양심의 가책일까?

평소보다 늦게 일어난 페이빈은 아직도 잠에 취해 자꾸 달라붙는 소녀들을 두들겨 깨워 시녀 방으로 내쫓은 뒤에 문을 잠그고 중얼거렸다.

"도대체 어떻게 들어온 거지? 밤에 문단속은 확실히 하고 잔 것 같았는데……."

영문을 몰라 그저 머리만 긁적이던 페이빈은 대충 씻은 뒤 카시딘의 저택에서 먹었던 식사에 비하면 검소하다 못해 소박해 보이는 아침을 먹은 뒤 로브와 망토를 챙겨 입고 징수계로 향했다.

끼익. 탁…….

페이빈이 나가고 문이 닫히자 시녀 방의 문이 스르륵 열렸다. 그리고 메이드 복으로 갈아입은 에린과 카렌이 들어왔다. 당당한 얼굴로 고개를 쳐든 채 들어온 에린은 마치 귀부인이라도 되는 양 우아한 걸음으로 방 중앙에 있는 의자에 앉았다. 쭈뼛거리는 카렌을 불러다 앉힌 에린은 손에 들고 있던 열쇠 꾸러미를 빙글빙글 돌리면서 말했다.

"봤지? 주인님이 당황해하는 거. 훗훗훗."

"주인님이 당황하시던데… 다음부터는……."

"싫으면 넌 빠져. 난 꼭 우리 주인님의 첫 번째 첩이 될 거야. 우리 주인님은 평민으로 썩을 분이 아니라고. 절대로 말이지. 내 눈은 확실해! 분명히 어마어마한 대귀족이 되실 분이야. 거기다 보통 귀족들과 다르게 금전 감각도 분명하시다고! 분명히 크게 되실 분이야! 너도 그렇게 생각하지?"

"으… 으응……."

"우리 주인님 같은 분의 첩만 되면 그걸로 인생 펴는 거야. 구질구질한 평민 따위가 되느니 주인님의 애첩이 되어서 편히 놀고 먹을 거라고. 훗."

"하지만… 주인님은 사랑하는 분이 있는 것 같은데."

"뭐, 어때? 우리 주인님만한 분이 설마 정혼자 한 명 없을까? 당연한 거야, 당연한 거. 그러니까 너나 나나 주인님께 잘 보여서 주인님 가문에 첩으로 들어가는 거야! 알았어? 너, 그렇게 맹하게 굴다가 주인님한테 버려지면 어떻게 될지는 잘 알지?"

"응."

끔찍한 노예 교육을 받을 때를 회상하면서 카렌이 고개를 끄덕였다. 가난한 농가에서 평생 허리도 못 펴고 고생만 하면서 늙어 죽으나 노예로 착취당하고 고통받으며 고생하다 버려지는 것이나……

그러나 귀족의 첩이 되면 다른 길이 열린다. 물론 자식을 낳아도 직계 자손이 되지는 못하겠지만 노예의 자식으로 고통을 대물림하는 것보다야 좋지 않겠는가? 물론 이도 좋은 남편을 만났을 때의 이야기겠지만.

"아아, 목마르다. 저번에 허브 말린 걸 어디다 났더라."

에린은 중얼거리면서 방을 뒤지기 시작했다. 불안한 눈으로 에린을 바라보는 카렌을 가볍게 무시한 에린은 침대 곁에 있는 옷장 서랍 중두 번째 칸에서 말린 허브 통을 꺼내서 당당하게 들어 올렸다.

"짜잔! 우리 이걸로 맛있는 차 끓여먹자! 어때?"

"그, 그런데 그런 짓 해도 돼? 혼나지 않아?"

"괜찮아, 괜찮아. 우리 주인님은 이런 걸로 혼낼 만큼 나쁜 분이 아니니까. 하지만 참나, 주인님도 너무하잖아. 이렇게 예쁜 소녀를 무시하시다니! 흥! 두고 보라지! 꼭 함락(?)시키고 말겠어!"

허브 통을 흔들면서 열의에 불타오르는 에린이 말했다. 카렌은 에린이 수십 년은 산 늙은 여우 같다고 생각하면서 조용히 한숨을 내쉬었다.

자신이 거둔 소녀들의 끔찍한—혹은 깜찍한(?)—음모를 아는지 모르는지 페이빈은 힘없는 발걸음으로 넓고도 넓은 저택의 복도를 하염없이 걸었다. 방금 전 징수계에서 알렉스에게 어마어마한 잔소리를 듣고 난 뒤라서 그럴까? 그의 어깨는 축 늘어져 있었다.

"하아, 고작 3일 만에 짤리다니. 하긴 반나절짜리 출장을 이틀이나 연장한 건 잘못이지만⋯⋯."

시기가 안 좋았던 것일까? 알렉스는 불같이 화를 냈다. 덕분에 같이 출장 간 리튼은 지금 어마어마한 업무량에 치여 죽어가고 있었다. 아마 당분간 야근이 계속될 것이다. 연애 사업에 지장이 있기를 속으로 빌어주는 사악한 페이빈. 그런 그의 사정도 별로 좋지 못하였다. 알렉스는 유능한 보좌관을 빼돌려서 업무에 막대한 지장을 준 페이빈을 징수계에서 내쫓아 버렸다. 원래 관리자 없이도 잘 돌아가던 곳이기에 근무에 대한 걱정을 하는 것은 아니지만 당장 일거리가 사라졌다는 건 평생토록 근면—스승에게 참으로 고맙게도—하게 살아왔던 그에겐 휴식의 의미보다는 지루함과 무료함만을 불러왔다.

할 일이 없어진 페이빈은 이른 시간에 방으로 돌아가기도 뭣해서 그저 발길 닿는 대로 걸으며 저택을 활보했다. 딱히 일할 만한 것도 없고 또 저택의 지리를 익힐 겸 해서 홀로 사색에 잠기며 걸었다.

"하얍! 핫! 하얍! 핫!"

규칙적인 기합 소리에 페이빈은 사색에 빠져 있던 정신을 현실로 되돌렸다. 언제 여기까지 걸어왔는지 그의 눈앞에는 저택의 후원에 마련되어 있는 연무장이 펼쳐져 있었다. 그리고 거기엔 귀엽다는 말보다는 아름답다는 말이 절로 튀어나올 만큼 매혹적인 소녀가 긴 롱 소드를 휘두르고 있었다. 그녀의 대련 상대는 회색 빛의 플레이트 메일을 입고 있는 그레이 나이트. 캐로스 후작의 자랑이자 후작의 전력 대부분을 차지하는 엘리트 집단. 용맹과 자부심을 빼면 시체라고 불리는 인간 같지 않은 인간들이었다.

그런 그레이 나이트 단원들이 친히 나서서 검술 지도를 하고 있다면 상대는 뻔했다. 후작의 혈족밖에 더 있겠는가?

후작의 진한 피를 이어받아서일까? 허리까지 내려오는 긴 백금발을 휘날리며 소녀는 장검을 상하좌우로 휘두르며 대련 중인 기사를 몰아붙이고 있었다.

"제한 구역입니다. 용무가 없으면 돌아가 주십시오."

멍하니 소녀를 바라보고 있는 페이빈에게 연무장 구석에 서 있던 기사들 중 한 명이 다가와서 말했다. 그제야 정신을 차린 페이빈은 소녀를 바라보던 눈을 돌려서 그 기사를 쳐다보았다. 검은 갑주의 사내는 당장이라도 허리에 매여 있는 장검을 뽑을 듯이 위협하면서 페이빈을 노려보았다.

"아, 죄송합니다. 어쩌다 보니 여기까지 왔네요. 하하하."

"……."

"금방 돌아가겠습니다. 걱정 마세요."

"그러십시오, 마법사님."

기사는 회색 망토를 펄럭이면서 제자리로 돌아갔다. 아마도 여기 있는 기사들 중에서 가장 하급자인 듯 상급자로 보이는 기사에게 소곤거리는 게 페이빈의 눈에 들어왔다.

확실히 곱지 않은 시선이 페이빈에게 쏟아졌다. 어느 날 갑자기 나타나서 엄청난 고액 연봉을 받으며 후작의 측근이 된 마법사. 막말로 낙하산식 인사를 환영하는 수구 세력은 어디에도 없을 것이다.

더 있다간 좋은 꼴을 못 볼 걸로 판단한 페이빈은 훈련을 하고 있는 소녀에게서 시선을 떼고는 연무장가에 나 있는 돌길을 따라 걸었다.

"어라? 못 보던 얼굴이네? 너, 뭐야?"

"네?"

몇 발짝 걷지도 못했다. 페이빈이 지나쳐 가려던 연무장에서 방금 전까지 검을 휘두르던 소녀가 하인이 공손히 건네 올린 수건으로 얼굴을 닦으면서 다가오고 있었다. 뭐랄까… 직설적인 아가씨라고 해야 할까? 소녀는 페이빈의 위아래를 노골적으로 째려보면서 물었다.

"묻고 있잖아? 너, 뭐야?"

"아… 네, 며칠 전에 새로 후작 각하를 모시게 된 마법사 페이빈 토르카스라고 합니다."

"흐음… 그래?"

"예, 아이리타 아가씨."

심통난 표정으로 약간 삐딱한 자세로 머리 하나는 더 큰 페이빈을 올려다보던 소녀의 얼굴이 풀어졌다.

"어라? 내 이름을 알아? 이거 의외인데?"

소녀는 흥미롭다는 듯이 페이빈을 올려다보며 말했다. 마치 호기심이 넘쳐 주체하지 못하는 젊은 하플링에게 36입방면체의 다각형 퍼즐을 주었을 때의 표정 같았다.

"하도 싸돌아다녀서 내 이름은커녕 얼굴도 모르는 녀석들이 태반인데… 흐음, 너 보기보다 머리가 좋구나?"

"아가씨! 그런 경망스러운 말씀을……."

"아하하……."

소녀의 친위 기사인지 다른 기사들과는 다른 문양의 갑옷과 붉은색의 망토를 걸친 기사가 그녀를 나무랐다. 40대는 되어 보이는 중년의 기사였다. 수염은 없었지만 세상의 험악함에 뒹굴렀다고 해야 할까? 젊은이들에게는 보기 힘든 완숙함과 노련함이 기사의 몸에서 배어 나왔다. 하지만 이 정도 훈계에 꺾일 아이리타였으면 혜란 성의 공인된 골칫거리는 되지도 못했을 것이다.

"내 말투가 어때서! 흥, 아버지는 날 인형처럼 만들고 싶어하는지 모르겠지만 난 내 맘대로 살 거라고."

소녀는 등 뒤에 바짝 다가온 그 기사를 덥다는 이유로 멀찌감치 밀쳐 버렸다. 그리고는 들고 있던 수건을 집어 던지고 연무장에서 대련을 위해 휘두르던 애검을 뽑아 들더니 날을 주의 깊게 살피기 시작했다.

더 있어봐야 좋은 소리 못 들을 거라고 확신한 페이빈은 슬그머니 발걸음을 떼었다. 하릴없는 그였지만 그렇다고 딸만한―일찍 결혼했다는 전제 하에―소녀에게 핍박받고픈 생각은 눈곱만큼도 없었던 것이다. 애검을 살피는 소녀를 피해 슬쩍 발걸음을 옮겨서 빠져나가려는 페이빈의 귀에 살벌하고도 건조한 목소리가 들려왔다.

"거기서 한 발짝만 더 움직이면 목을 칠 거야. 나 농담 안 해."

마치 페이빈의 마음을 다 알고 있다는 듯이 소녀는 웃으며 말했다.

"지금 속으로는 열받아 죽겠지? 오늘 처음 본 계집애가 함부로 지껄여대서 자존심 상하지? 안 그래?"

"…아닙니다."

"흐음, 진 아저씨보다는 인내심이 좋네. 좋아! 좋아! 너, 마법사라고 했지? 그럼 나한테 마법을 써봐."

십여 겹의 두터운 천으로 만든 땀에 전 보호대를 풀어서 바닥에 던진 소녀는 자기가 할 말을 다 한 뒤에 페이빈에게 검을 겨누었다. 그러자 페이빈보다 뒤에 서 있던 사내가 먼저 움직였다.

"아가씨!! 그런 무리한 말씀을……."

"조용히 해, 미르노반. 시끄러우니까."

"하지만……."

"못합니다."

페이빈은 이 당돌한 소녀의 눈을 똑바로 바라보며 말했다.

세상 거칠 게 없는 당당한 소녀 아이리타는 페이빈의 말이 마음에 안 들었는지 손에 쥐고 있던 장검을 횡으로 휘둘렀다.

샤락.

페이빈의 로브 앞섶이 한 뼘이나 잘려 나갔다. 검끝이 몇 센티만 더 안으로 들어왔다면 그의 가슴에 긴 상처를 냈을 것이다. 섬뜩한… 식은땀이 배어 나왔지만 정작 일을 당한 페이빈보다는 미르노반이라고 불린 기사가 더 당황해했다.

"아… 아가씨! 괜찮으십니까, 마법사님? 이, 이런… 누가 좀……!"

"전 괜찮습니다."

주변의 기사들을 불러 아이리타를 말리려는 그를 페이빈이 손으로 제지했다.

"제가 마음에 안 드십니까, 아가씨?"

"아니, 꽃미남은 아니지만 그런대로 잘생겼어. 몸매도 괜찮고. 키도 그런대로 큰 편이고. 합격점은 줄게."

"그런데 왜……."

"왜 시비 거냐고?"

"아가씨!!"

"시끄러워, 미르노반! 네가 아무리 내 대부지만 자꾸 그렇게 꽥꽥거리면 지방으로 전출보내 버린다!"

소녀가 비명을 질러대는 기사를 윽박지르자 그 기사는 땅에 떨어진 경로 사상과 무너진 가장의 비애를 온몸으로 체감하며 중얼거렸다. 흙바닥에 주저앉아서 닭똥 같은 눈물을 흘리며 울부짖는 그를 무시한 아이리타는 고개를 치켜든 채 페이빈을 바라보고 말했다.

"진 아저씨 같은 말뿐인 마법사 따윈 필요 없어! 별로 써먹을 데도 없는 마법사를 몇 명씩이나 부릴 정도로 후작가는 관대하지 않다고. 알아들어? 너 같은 마법사 하나를 부리느니 창병 100명을 양성하는 게 훨씬 낫다고! 눈속임 같은 잔재주 따윈 검 앞에서 무력하다는 걸 깨닫게 해줄게. 덤벼!"

"후우……."

"뭐 해? 겁 나? 사내자식이 그렇게 용기가 없냐? 솔직히 말해 봐. 열받지? 한 대 쳐주고 싶지? 그럼 어서 덤벼봐!!"

당장이라도 달려들 듯한 표정의 소녀를 보면서 페이빈은 다시금 긴 한숨을 내쉬었다. 빠른 손재간으로 사람들의 눈을 속이는 건 마술사, 자신과 같이 마나를 사용하는 자들은 마법사라고 불린다. 마술사라면 광대놀이 같은 유흥거리 중 하나였다. 아이리타에게 있어 마법사란 존재는 고액을 받고 별 볼일 없는 유흥거리를 보여주는, 말 그대로 쓸모 없는 존재인 듯했다.

'도대체 여기 마법사 분들이 평소에 어떻게 행동했길래 이런 반응이 나올 수 있는 거야?'

"뭔 생각을 그렇게 하는 거야? 너, 지금 나 무시하냐? 응? 꾸물떡거리지 말고 덤벼보라고! 응?"

"방금 전에도 말씀드렸지만 거절합니다."

"왜? 내가 여자라서? 아니면 아버지가 후작이라서?"

"둘 다입니다. 전 이만 물러가겠습니다."

페이빈은 왼손을 가슴에 대고 고개를 숙여 예를 표했다. 그리고 빨리 이 자리를 벗어나려고 했지만……

"웃기지 마! 그 따위 잔수작에 넘어갈 줄 알아? 니가 안 오면 내가 간다. 여자라고 만만히 봤다간 크게 다칠 거야! 각오해!"

"어엇?"

아이리타가 한 발 앞으로 나서면서 검을 휘둘렀다. 소녀의 검이 윗머리를 스치고 지나가자 놀란 페이빈은 그 자리에 주저앉고 말았다. 그러자 소녀는 그런 페이빈을 비웃더니 다시 검을 치켜드는 게 아닌가?

"거기까지다, 아이리타!"

"헤엑!! 오라버니!"

정말 표정이 순식간에 바뀌는 소녀였다. 대련을 할 때는 무표정하다가 페이빈과 말싸움을 할 때는 표정이 시시각각 변하였다. 방금 전 그에게 검을 휘두를 때도 잔인한 미소를 입에 걸고 있었다. 그런데 그녀의 등 뒤에서 들려온 목소리는 소녀의 표정을 공포와 두려움이 가득하게 만들어주었다.

방금 전 페이빈이 걸어왔던 곳으로 은색 하프 플레이트 메일을 걸친 사내가 나타났다. 짧은 은발 머리를 휘날리며 다가온 그는 주저없이 아이리타의 장검을 빼앗더니 그녀를 노려보았다. 마치 고양이 앞의 쥐처럼 부들부들 떠는 소녀를 노려보던 사내는 작게 한숨을 내쉬고는 볼품없게 주저앉아 있는 페이빈에게 손을 내밀었다.

"미안하네. 원래 이렇게 사나운 아이가 아닌데… 어제 돌아오자마자 메글 경과 대무했다가 한 주먹에 날아가 버려서… 그냥 미친개한테 물린 셈치게나."

"오라버닛! 미친개라니욧!"

"닥쳐라, 아이리타! 보는 눈이 있어서 크게 혼내지 않은 걸로도 감사하지는 못할망정…….."

"흥! 저 녀석도 메글, 그 자식이랑 같은 마법사라고욧!"

"응?"

"하… 하……."

머리를 긁적이는 페이빈. 마법사라면 얼굴을 가리는 긴 후드를 쓰고 음침한 기운을 내뿜으며—좋은 예로 진 렉스턴을 들 수 있다—나무 지팡이를 들고 다니는 자들이라고 굳게 믿는 그는 페이빈을 찬찬히 뜯어보았다.

"아닌 거 같은데?"

"으휴… 내가 미쳐."

"하… 하하……."

"험험, 정식으로 소개하지. 난 카론 폰 나레시온. 우선은 백작이지.

들어서 알겠지만 아버지인 캐로스 후작님의 후계자이기도 하고 여기 이 사나운 아이의 친오빠가 된다네."

"반갑습니다. 저는 페이빈 토르카스입니다. 마법사지요."

"정말 마법사인가? 아, 미안, 내가 본 마법사들은 전부 괴팍한 노인네들 아니면 메글 경 같은 특이한 사람들뿐이라서……."

"마법사 맞습니다."

페이빈은 나중에라도 시간 나면 필히 마법사에 대한 고정관념을 바꾸어놓고 말겠다고 마음속으로 다짐하였다. 아이리타는 남자들 사이의 화기애애한 분위기가 마음에 안 들었는지 툴툴댔지만 무서운 오빠 앞이라 그런지 입만 삐죽 내밀 뿐이었다.

"그럼 바쁠 텐데 이만 가보게."

"예, 카론 도련님."

"자, 잠깐! 누구 맘대로! 너, 움직이지 마!! 어? 까아악……!"

"흐헝헝헝……!"

잊혀져 있던 기사 미르노반이었다. 꽤 듬직한 덩치와는 안 맞게 그는 닭똥 같은 굵은 눈물을 펑펑 쏟으며 아이리타를 뒤에서 껴안았다.

"허헝헝… 어릴 때는 그렇게 착한 아이였는데… 왜 이렇게 삐딱한 아이가 된 거냐? 리타아아… 이 대부는 무지무지무지 슬프다아아아……."

"꺄악! 어딜 잡아! 이것 놔! 아야! 힘주지 마! 아파앗! 미르노바아안! 이거 놓으라고옷!"

"으헝헝헝……."

뭐랄까… 한 편의 희극을 보고 있는 듯한 느낌이랄까? 카론과 페이빈은 동시에 길고도 긴 한숨을 내쉬었다.

"빨리 볼일 보러 가보게. 아무리 친척이라지만 남 보여주기엔 좀 민

망하군."

다 큰 소녀를 껴안고 부비부비하는 중년인의 모습은 별로 보기 좋은 그림이 아니다. 미르노반이 후작의 친동생이 아니었다면 당장에 목이 베여도 할 말이 없을 것이다. 중후한 멋을 풍기는 기사 중의 기사지만 가끔가다 아이리타의 일에 맛이 가버리는 미르노반을 보면서 한숨을 내쉬는 카론은 페이빈에게 어서 물러가라고 손짓했다.

"예, 그럼 전 이만……."

"어딜 가! 거기 섯! 꺄악! 미르노반! 이 멍청하고 무식하게 힘만 센 닭대가리야! 정신 좀 차려!!"

"어헝헝! 다 내 탓이야. 우리 귀엽고 깜찍한 리타가 이런 험한 말을 하다니… 내가 죽일 놈이지. 내가 죽일 놈이야!"

등 뒤로 들려오는 말소리를 애써 무시하며 페이빈은 급히 걸었다. 이곳에 더 있다간 또 무슨 안 좋은 일에 휘말릴지 모른다고 생각되어서였다.

"그런데… 메글 씨가 아이리타 양을 한 주먹에 날렸다고 했던가? 흠… 매직 핸드 류의 마법인가? 고난이도의 마법들일 텐데? 이상하군."

후작가의 마법사 4인방 중 한 명인 메글에게서 특별히 강한 느낌을 받지 못했던 페이빈은 고개를 갸웃거리면서 자리를 벗어났다.

미르노반은 돌바닥에 대자로 뻗어 있었다. 아이리타는 아직도 분이 풀리지 않는지 악을 써대며 기절한 미르노반을 밟았다. 한참 화풀이를 해대는 소녀를 바라보는 카론은 어느새 소리도 없이 다가와 옆에 서 있는 자신의 남동생 카리온을 바라보면서 말했다.

"확실히 대단해진 것 같지?"

"뭐… 대충 보기론 세진 것 같군요, 형님."

요즘 들어 밥 먹듯이 하던 방황도 하지 않고 고분고분 말을 잘 듣게 된 동생을 보면서 카론은 싱긋 웃었다.

"요크 나이트의 마릴 단장에게 극찬을 받았다면서요?"

"그래. 저 아이 굉장한 검사의 자질을 가지고 있다고 하더군."

"그래 봐야 여자앤데요 뭘."

"방심하다간 추월당할걸?"

"형님처럼?"

"……."

카론은 검은 머리의—배다른—동생의 옆얼굴을 쏘아보았다. 그의 말대로 카리온의 검술은 더 이상 자신이 감당할 수준이 되지 못했다. 후작가 최고의 검사 자리를 내주고야 말았던 것이다. 그렇게 고생을 해가며 빼앗기지 않으려 노력했지만 재능의 한계는 카론으로서도 어쩔수 없었다.

"그래, 너와 나처럼. 막내동생, 그것도 여동생에게 추월당하는 기분, 별로 좋지는 않을걸?"

"형님도 예외는 아니외다."

"훗, 난 장차 후작이 되실 몸이라고. 검보다는 사람 다루는 법을 배워야지."

카리온은 쓴웃음을 지었다. 검으로 형을 눌렀다. 그러자 형은 곧바로 검을 버리고 다른 것을 찾아나섰다. 카리온으로서는 형의 좌절하는 모습을 보고 싶어했지만 그는 강했고 카리온의 기대는 무너졌다. 더군다나 후계자 자리는 재능만으로는 어떻게 해볼 수 없는 것이니까. 물론 카리온이 카론을 암살하거나 한다면 가능하겠지만 카리온은 형을 이기고 싶은 거지 죽이고 싶은 것은 아니었다.

"잘나셨소, 형님. 그보다 이제 말려야 될 것 같은데?"

"그래……."

퍽. 퍽. 퍽.

부드러운 가죽 신발이라고는 하나 맞으면 아프다. 그리고 가녀린 발이었으나 한 사람 죽이기에는 충분한 파괴력을 가진 발이었다. 형제는 아이리타의 양팔을 한쪽씩 잡았다.

"놔! 뭐야? 오빠들이면 다야? 이거 안 놔?"

"호오… 수도에서 수련 좀 했다고 간이 배 밖으로 나온 거냐, 아이리타?"

"요크 나이트 단장에게 인정받았다고 자만하는 걸 겁니다, 형님."

"그런 거야? 좋아! 성장하는 검사에게 자만은 극독! 아이리타, 이 오라버니가 없는 시간 쪼개서라도 특훈을 시켜주마!"

"어어엇? 오, 오라버닛! 그것만은……."

"걱정 마라, 아이리타. 내가 카론 형이 날뛰는 건 막아줄게. 그렇다고 너의 훈련을 방해해서는 안 되겠지?"

"그럼 가볍게 종베기 1,000회, 횡베기 1,000회부터 해볼까?"

아이리타는 눈물을 머금었다. 그러나 잔인한 이 형제들에게 소녀의 눈물은 씨도 안 먹힐 만한 가증스러운 것이었다. 여우 같은 아이리타의 눈물에 한두 번 속았어야지…….

"자! 시작해라, 아이리타! 엄살 부리거나 꾀부리면 정신봉이 정신들게 해줄 거다!"

"형님, 있다가 교대합시다!"

정신봉이라고 불리는 거대한 목봉—성인 남성의 팔뚝만한—을 벽에 기대놓은 카론과 여유있는 표정의 카리온. 아이리타는 울상을 지었다.

"이게 다 그 재수없는 마법사 자식 때문이야. 히잉……."

눈가에 눈물을 머금은 채 아이리타는 자신의 손에 꼭 맞는 애검을 집어 들었다. 연무장으로 걸어가는 아이리타에게 카리온이 싱글싱글 웃으며 마치 놀리듯이 물었다.

"리타야, 그 마법사 친구는 왜 괴롭힌 거냐? 그렇게 싫어?"

"아냐!"

아이리타는 고개를 홱 돌리면서 빽 하고 소리쳤다.

"그럼 왜?"

"마음에 드니까!! 말시키지 마, 망할 오빠들아! 지옥에나 떨어져라!"

두 청년은 서로를 바라보며 한숨을 내쉬었다. 어릴 때는 그렇게나 예쁘고 귀엽던 여동생이었는데…….

"네 탓이야."

"형 탓이야."

"……."

"……."

연무장 한가운데서 소녀는 진검을 들고 검술의 가장 기초라는 종베기와 횡베기를 시작하였다.

다시 한가해진 페이빈은 방금 전의 불미스럽던 일을 말끔히 씻어버리고는 저택의 북쪽 길을 따라서 걸었다. 대략 5분쯤 걸었을까? 길을 따라 걷던 페이빈의 눈앞에 3층 높이의 석탑이 나타났다. 어떻게 보면 종탑으로도 보이고 다르게 보면 꼭 망루같이 생긴… 미적 센스라고는 눈 씻고도 찾을 수 없는 그런 검은색 탑이었다.

"……."

경고. 무시무시한 괴물 풀어놨음. 정말 무서움. 건들면 책임 못 짐.
겁나면 지금 당장 도망가라!

황량한 탑 입구 앞에 세워져 있는 팻말이었다. 그리고 그 옆에 성인
한 명 정도는 충분히 들어갈 만한 개집, 그리고 침입자가 있음에도 불
구하고 짖기는커녕 쳐다도 안 보는 늙은 개 한 마리. 온몸이 주름투성
이인 노견은 당장 내일 죽어 나자빠진다 해도 전혀 이상하지 않을 정
도로 노쇠해 보였다. 페이빈은 그런 노견에게 다가갔다. 개는 눈만 슬
쩍 뜬 채 페이빈을 바라봤지만 몸은 움직이지 않았다.

"자아… 착하지?"

개의 머리를 찬찬히 쓰다듬어 준 페이빈은 주머니 속에서 간식거리
로 가져온 조미육포를 찢어 노견 앞에 던졌다.

넙죽.

노견은 당장 죽을 것 같은 노쇠한 개라고 보기 힘들 정도로 빠른 몸
놀림으로 고기 조각을 물고는 개집 안으로 들어가서 고기를 잘근잘근
씹기 시작했다.

"흐음… 여기가 마법사 탑인가? 진님들이 있는? 시간도 많은데 한번
쯤 들러보는 것도 나쁘진 않겠지?"

페이빈은 기분이 좋은지 개집 안에서 뒹굴거리는 노견의 머리를 몇
번 쓰다듬어 주고는 일어서서 강철로 된 정문 앞에 섰다.

똑똑똑.

"……."

그의 손에 들려 있던 지팡이가 움직였다.

통통통.

방금 전보다 조금 큰 소리가 탑의 안과 밖으로 울려 퍼졌다.

침묵.

탕! 탕! 탕!

참나무 지팡이에 박혀 있는 보석이 빠지지 않을까 걱정될 정도로 페이빈은 세게 문을 쳤다.

"……."

월, 월월, 월.

끼이이익…….

페이빈이 철문을 부숴 버릴까 하고 생각하며 머리를 굴릴 때 무슨 짓을 해도 열릴 것 같지 않던 두터운 철문이 좌우로 스르륵 소리를 내며 열렸다.

"설마 아니겠지……."

세상 어느 마법사가 자기네 집 대문을 집 지키는 개가 짖어야지만 열 수 있게 하겠는가? 우연의 일치를 너무 억측해서 생각한다고 고개를 저으며 페이빈은 탑 안으로 들어섰다. 약간은 어두운 분위기의 넓은 탑 안에 페이빈의 눈앞에 들어왔다. 그가 완전히 문 안으로 들어서자 밖에서 노견이 짖는 소리가 들려왔다.

월월, 월, 월.

끼이이익…….

문이 소리없이 닫히기 시작했다.

"…역시 세상은 넓고 기인은 많구나."

아침에 득도하면 저녁에 죽어도 좋다고 누가 말했던가?

탑 안에 몰래(?) 들어온 페이빈은 주인의 허락도 받지 않고 제멋대로 돌아다녔다. 무엇보다 그는 마법사이다. 다른 마법사의 작업장, 또는 연구소에 들어간다는 것에 대한 거부감 따위는 전혀 없다. 아니, 오히려 환성을 질러댈 것이다. 마법을 위해서라면 무력까지 불사하는 게 마법사란 족속이니까.

"호오, 순도 99% 이상의 정제 수은? 이거 꽤 고가일 텐데? 상온에서도 굳지 않는 액체납에… 굉장하군, 정말로……."

탑의 한 방 안이었다. 수백 개는 될 듯한 플라스크와 유리병이 빽빽이 들어찬 곳에서 페이빈은 이것저것을 둘러보면서 감탄사를 연발하는 중이었다. 수은이나 납 같은 것은 구하기 그리 어려운 품목은 아니다. 다만 연금술에 조예가 없다면 만들 수 없다는 게 문제이다. 왕국 내에는 손에 꼽을 만큼 적은 연금술사가 있었고 연금술사들이 만들어내는 재료들은 대부분 마법사에게로 보내진다. 하지만 드러난 마법사의 수가 얼마 되지 않으니 아무리 비싼 물건이라도 주문이 많을 리 없다. 수요자가 적으니 공급이 줄어드는 건 당연한 일. 공급이 줄어들면 가격은 오른다. 막말로 싸게 구하고 싶으면 직접 발로 뛰라고까지 말하는 게 이 바닥인 것이다.

페이빈은 웃으면서 방 안을 둘러본 뒤 옆방으로 걸어갔다. 그가 나간 뒤 나무대 위에 있던 정제 수은 병 하나와 액체 납 병 두 개, 그리고 봉 모양으로 만들어둔 은과 백금 막대 서너 개가 사라진 일은 페이빈과는 연관이 없다! 이성은 본능에게 졌고 양손은 본능이 시키는 대로 했으며 생각할 능력이 없는 작은 손가방은 그저 주인이 넣어준 것들을 조심스럽게 먹어치웠을 뿐이다.

다음 방은 수많은 서적이 가득 쌓인 방이었다. 도서관에 들어선 페이빈은 굉장히 기뻐했으나 잠시 뒤 실망한 표정으로 나와야 했다. 대부분의 서적은 마법과 관련없는 정치, 경제, 군사 전문지였고 가끔 빨간책(?)과 연애 소설, 용사 이야기가 주를 이루고 있어서였다. 그나마 마법 서적이라면 1년에 한두 번씩 학회에서 발행하는 학회지뿐이었는데 그것들은 예전에 있던 곳에서 정기구독을 했던 터라 단어 하나하나까지도 외울 정도의 페이빈이다. 도서관은 도서관이되 페이빈에게는 쓸모없는 도서관이었다. 마악 세 번째 방으로 향하려던 페이빈은 밖에서 그 노견이 짖는 소리를 들었다.

월, 월월, 월.

"그래. 수고했다, 노델. 옛다, 먹이다."

끼이이익…….

문이 천천히 열리기 시작했다. 페이빈은 급히 탑의 중앙으로 뛰어가서 천장을 바라보며 섰다.

"오늘도 보람찬 하루! 안 그런가, 동지들!! 하하하!"

"그래. 근데 아가씨 괜찮을까? 화났던데?"

"괜찮아, 괜찮아. 어디 어제오늘 일인가? 걱정할 것… 어라? 누구냐!"

"넌 누구냐! 어떻게 여기에 들어왔지?"

"안녕하십니까, 여러분."

페이빈의 예상대로 들어온 이들은 후작의 마법사들 진 일행이었다. 예전에 슬쩍 볼 때는 몰랐는데 천장을 바라보던 시선을 그들에게 돌리자 너무나 개성적인 네 명의 마법사들이 눈에 들어왔다.

전형적인 마법사, 특히 공주를 납치하고 백성들을 괴롭히는 악한 마법사의 원형이라고 부르면 딱 맞을 만한 마법사 진 랙싱턴. 그는 로브에 달린 후드를 푹 뒤집어쓴 채 페이빈을 노려보았다.

괴상한 마법사 메글 캐녹. 190㎝의 장신이었다. 페이빈보다 머리 하나는 더 큰 그의 키는 마법사다 아니다를 떠나서 확실히 튀어 보였다.

평범한 마법사, 아니, 마법사인지도 의심스러운 사내 프로이텔 카를로스. 마치 동네 아저씨처럼 인자해 보이는 그는 탑 안에 들어와 있는 페이빈을 보고 놀랐는지 당황한 표정이었다.

사악해 보이는 마법사 릴펜 나게헴. 광대뼈가 툭 튀어나와 신경질적으로 보이는 사내였다. 진보다 몇 배의 사기를 내뿜는 그는 페이빈이 마음에 안 드는지 신경질적으로 그를 쏘아보고 있었다.

"안녕 못하다! 네놈이 왜 여기 있는 거냐?"

"어라? 마법사가 마법사의 탑에 들어온 것이 잘못입니까?"

"……."

마치 당연한 걸 가지고 왜 시비 거느냐는 듯한 말투의 페이빈을 보며 네 명의 마법사들이 서로의 얼굴을 쳐다보며 소곤댔다. 물론 마법사가 마법사의 탑에 들어와 있는 건 잘못이 아니다. 다만 생판 모르는 '남'이 자신의 중요한 '탑'에 들어왔다면 때려 죽여도 상관없다. 마법사들끼리의 불문율이다. 좀도둑이라면 그저 돈 될 만한 것 몇 개 훔쳐가고 말겠지만 마법사라면 자신이 수십 년 동안 피와 땀으로 이룩한 성과를 한순간에 빼앗길 수도 있으니까.

하지만 페이빈은 믿는 구석이 있었다. 이들은 보통의 마법사들의 길을 걷지 않는 별난 인물들. 마법사들 간의 예의를 모를 확률이 높았던 것이다. 서로 속삭이던 마법사들 중 대표 격인 진이 앞으로 나와서 헛기침을 하며 말했다.

"흠흠, 말이 심했던 건 사과하도록 하지. 그런데 질문이 하나 있네."

"말씀하십시오."

"어떻게 들어왔나? 문은 잠겨 있었을 텐데."

"후후, 전 마법사입니다."

"끄응."

"마법인가? 역시 수준 높은 마법사에게 우리들의 마법은 안 통하는 것 같군."

"닥쳐, 릴펜! 우리가 얼마나 노력했는데! 어떻게 이 자리에 올라왔는지 다들 잘 알잖아! 그런데……"

"아… 저……"

"결과를 놓고 보면 당연한 거다. 정식 교육을 받은 자와 그렇지 않은 자……"

"시끄러워! 그 따위 속설 따윈 내가 뒤집어주지! 처음 봤을 때부터 넌 마음에 안 들었어!"

진이 불같이 화를 내더니 갑자기 주문을 외우기 시작했다. 페이빈은 상대의 손에 전격이 맺히는 게 보이자 같이 주문을 외웠다.

"죽어! Lightning Bolt!"

"Blink."

진의 손에서 강렬한 전광이 나타나 페이빈이 있던 자리를 덮쳤다. 하지만 페이빈의 몸은 어느새인가 원래 자리에서 20m쯤 떨어진 구석에서 나타났다. 빗나간 전격은 탑의 내벽에 부딪쳐 큰 폭발을 일으켰다.

콰콰쾅!

"쥐새끼 같은 녀석! 이것도 피해봐!"

"그만 하시지요. 전 싸우고 싶지 않습니다."

"닥쳐! Fireball!"

이번엔 주먹만한 불덩어리였다. 진의 손에서 쏘아져 나온 불덩어리는 페이빈을 향해 날아왔다. 다음 마법 공격에 대한 대비를 하고 있던 페이빈은 진이 손으로 자신을 가리키자 즉시 왼쪽으로 몸을 날렸다. 또 한 번 페이빈이 있던 자리에 불덩어리가 뜨거운 열기를 내뿜으며 지나쳤다.

"자꾸 이러시면 저도 못 참습니다!"

"해볼 테면 해봐! 새까맣게 어린 놈이 어디서 까불어!"

"Fumble!"

페이빈을 도발한 뒤에 마법 공격을 예상해서 자세를 잡고 있던 진은 처음 보는 마법적인 기운이 생겨나는 걸 느꼈다. 피하고 자시고 할 것도 없었다. 페이빈의 마법은 진의 몸 앞에서 나타나서 그를 덮쳤다. 손으로 몸을 가린 진은 잠시 뒤에 아무 일도 일어나지 않자 자신의 몸을 돌아보았다.

"뭐야? 별것 아니잖아? 네놈의 재주도 겨우 이 정도뿐이냐?"

진이 비웃음을 지으며 품속에서 작은 완드를 꺼내 들었다. 페이빈이 보기에 아마도 공격 마법이 들어 있는 완드인 듯했다.

"후후, 이건 아까워서 안 쓰려고 했는데… 죽여주지!"

"지금이라도 그걸 내려놓으시는 게 진님의 신상에 좋을 겁니다."

"무슨 소리냐? 내가 왜? 잡소리 말고 뒈져 버려!"

진은 한 발을 앞으로 내밀며 완드로 페이빈을 가리켰다. 막 완드의 시동어를 외치려 할 때 진의 발이 주욱 미끄러졌다.

"어엇?"

놀란 진이 중심을 잡고 서려고 했다. 하지만 이번엔 그의 왼 다리와 오른쪽 다리가 서로 꼬였다.

쿠당!

매우 아픈 자세로 쓰러진 진은 몸을 일으키려고 허우적댔다. 그 꼴을 싱글거리며 바라보고 있는 페이빈을 향해 이를 간 진은 옆에서 안쓰러운 표정으로 지켜보는 메글의 도움으로 일어섰다.

"무슨… 잔재주를!!"

"그것도 마법의 일종입니다. 공격 마법만이 마법의 전부가 아니지요."

"시끄럽다! 어디, 네놈 뜻대로 될까 보냐! Flame Arr… o… o……?"

"흠."

"뭐야? 왜 발음이 안 되지? 이 자시익! 무슨 수작을 부린 거냐!!"

당황해서 어쩔 줄 몰라 하던 진이 갑자기 페이빈에게 달려들었다. 두 주먹을 불끈 쥐고 달려드는 진을 웃으며 바라보던 페이빈은 옆으로 한 발짝 물러섰다.

"어?"

우연이었을까? 마치 영화처럼 진은 달려들던 그 자세 그대로 다리가 꼬였다. 그것으로도 모자라서 페이빈이 물러설 때 남아 있던 왼쪽 다리에 꼬인 양다리가 걸려 버렸다. 공중에 붕 뜬 상태로 발이 꼬인 진은 볼쌍사나운 모습으로 차가운 돌바닥에 철푸덕 소리를 내면서 엎어졌다. 그의 양 코에서 붉은 피가 주르륵 흘러내렸다.

몇 번 꿈틀거리던 진이 조용해지자 그동안 침묵하던 다른 마법사들이 움직였다. 진을 들어다가 방에 뉘어놓은―가는 동안에도 두 번이나 이유없이(!) 떨어진 진이었다―메글은 심각한 표정으로 페이빈 앞에 서서 말했다.

"네가 진짜 마법사인 건 알겠다. 그리고 강하다는 것도 인정한다. 하지만 우리도 긍지가 있는 마법사들이다."

"알겠습니다. 저도 이 정도까지 소동을 일으키고 조용히 물러갈 수 있을 거라고는 생각하지 않습니다."

"말이 통해서 좋군. 만약 네가 나까지 꺾는다면 우리들은 너의 밑으로 들어가겠다. 물론 그 반대면 네가 우리 밑으로 들어와야 한다."

"메글!"

"네 멋대로 정하지 마!"

"뭐… 좋습니다."

릴펜과 프로이텔이 메글의 처사에 불만을 표했지만 메글은 이들을 무시했다. 페이빈은 본능적으로 강한 검사인 아이리타를 꺾은 강적인 메글을 보면서 긴장하였다. 최소한 아이리타보다는 강할 것이다. 상대를 상처없이 제압한다는 것은 생각보다 어렵다. 그것이 검사든 마법사든 말이다.

"조용히 해라, 진의 복수도 포함되어 있으니까. 그보다 그거나 걸어줘."

"…알았다."

"흥! 제기랄!"

"그거? 그것이 뭐지요?"

"알 것 없다, 애송이!"

여유만만한 페이빈은 메글의 뒤에 두 마법사가 서는 것을 관심있게 바라보았다. 보통 마법사들끼리는 서로 마법을 사용할 때도 잘 보여주지 않는 게 정상인데 이들은 서로의 호흡까지 맞춘 연합 마법을 사용하는 듯해서였다.

'꽤나 재미있는 사람들이야.'

혼자서 싱긋 웃은 페이빈은 상대가 준비가 끝날 때까지 느긋하게 기다렸다. 물론 메글이 무슨 짓을 할 것인지 애초에 미리 알았더라면 페이빈은 절대 느긋하지 못했을 것이다. 예나 지금이나 자만은 누구에게나 독이 된다. 이를 잊는다면 몸으로 다시 체득하는 수밖에⋯⋯.

쌍코피를 흘리며 기절해 있던 진이 벌떡 일어섰다.

쿠당탕!

아직 마법의 영향이 안 끝났는지 벌떡 일어서던 그는 손을 삐끗하여 침대에서 차가운 바닥으로 굴러떨어져야 했다.

"으⋯ 제기랄!"

한숨을 내쉰 진은 조심조심 발걸음을 옮겨서 방을 나왔다. 조금이라도 발걸음을 빨리하면 눈에 띄지도 않던 돌부리에 걸리거나 까칠까칠한 바닥에 발이 미끄러졌다. 마치 아기가 아슬아슬하게 걸음마를 떼듯이 천천히 걸어서 문 앞에까지 걸어온 진은 탑 중앙 홀의 광경을 보고는 그대로 주저앉고 말았다.

퍼억! 쿠당탕⋯⋯.

페이빈은 볼썽사납게 바닥을 굴렀다. 간신히 벽에 부딪쳐서야 멈춘 몸을 추스르며 욱신거리는 뺨을 잡았다. 피 맛이 강하게 나는 침을 바닥에 탁 뱉은 페이빈은 자만이 부른 결과를 보고 한숨을 내쉬었다.

"계속하자, 애송이."

"……."

메글은 좌우로 스텝을 밟으며 타닥 하고 뛰어서 페이빈에게 달려왔다. 남들보다 10㎝는 긴 메글의 팔이 쭈욱 늘어나 페이빈의 안면을 노리고 날아왔다.

"크윽!"

마법을 쓸 여유도 시간도 없었다. 잠깐의 틈이라도 보이면 곧바로 주먹과 발이 날아들었다.

"이건 사기야!! Mirror Image!"

간신히 몸을 굴려서 긴 팔의 리치에서 벗어난 페이빈은 급히 주문을 외우면서 외쳤다. Haste 마법으로 빨라지고 Strength 마법이 메글의 탄탄한 몸매를 근육질로 바꾸었으며 Burning Hands 마법이 그의 두 주먹을 불타오르게 만들었다.

끔찍히도 빨랐다. 장신의 리치를 충분히 살린 메글은 페이빈이 주문을 외울 시간을 주지 않았다. 페이빈이 있던 곳에서 3개의 페이빈과 똑같이 생긴 허상이 나타났다. 메글의 주먹은 그중 하나를 맞혔지만 주먹은 빈 공간을 통과했고 허상 중 하나가 사라졌다.

"홋."

휙. 휙.

퍼억!

왼 주먹, 오른 주먹, 왼 다리로 이어지는 메글의 3연격! 페이빈이 마법으로 만들어낸 허상은 순식간에 사라졌고 실체가 있던 곳으로 날아온 메글의 다리에 걷어채인 페이빈은 공중으로 붕 떠올랐다. 잠깐 동안 체공하던 페이빈의 몸은 중력의 법칙에 의해서 바닥으로 떨어졌다.

그러고도 아직 충격 에너지가 남았는지 그의 몸은 데구르르 몇 바퀴를 구른 다음에야 멈췄다. 어질어질한 머리를 부여잡고 페이빈이 벌떡 일어서면서 소리쳤다.

"당신 정말 마법사 맞아? 마법사면 마법사답게 싸우라고!!"

웬만해서는 다른 사람에게 반말을 하지 않는 페이빈이었지만 정말 이런 황당한 경우를 당하자 자신도 모르고 반말이 튀어나왔다. 그런 페이빈에게 메글은 묵묵히 달려들었다. 족히 10m는 되는 거리를 메글은 단지 다섯 발짝 만에 페이빈의 코앞으로 도약했고 높이 뜬 그의 두 무릎이 페이빈의 등을 노리고 날아들었다.

"Blink!!"

쿠웅!

돌 조각이 사방으로 튀었다. 메글은 페이빈이 사라진 것을 알아채고는 주위를 둘러보다. 대략 20m쯤 떨어진 곳에서 페이빈이 주문을 외우고 있었다. 주문이 끝나기 전에 도착하기엔 먼 거리. 이번에는 한 방 단단히 먹일 것을 다짐한 페이빈은 급히 주문을 외웠다. 그러나……

"Cone of Cold!"

"Light!"

번쩍!

갑자기 눈앞에서 나타난 광채에 페이빈은 본능적으로 눈을 감았다. 그 때문에 메글을 조준하던 손이 약간 흐트러졌다. 원추형의 냉기가 날아갔으나 메글에게는 약간의 틈이라도 충분했다. 달려들다 벽을 향해 뛴 뒤 다시 벽을 박차고 순식간에 페이빈에게 다가간 메글은 왼손에서 뿜어져 나오는 냉기의 범위에서 약간 떨어져서 페이빈에게 달려들었다. 메글은 그의 옆을 스쳐 지나가면서 왼 손바닥으로 페이빈의 머리를 잡고는 그대로 달리다가 앞으로 패대기쳤다.

퍼걱! 쿠당탕……!

"크으……."

"내가 이긴 것 같은데? 어때, 이만 포기하지?"

"아직… 안 끝났습니다."

바닥을 데굴데굴 구르면서도 페이빈은 포기하지 않았다. 메글은 그런 페이빈이 일어설 때까지 팔짱을 끼고 기다려 주었다. 간신히 비틀거리면서 페이빈이 일어서자 메글은 손가락을 까닥이면서 말했다.

"자, 어디 해봐. 넌 소환과 강령이 주특기였지? 네 주특기를 써봐라."

"사양하지 않겠습니다! Conjure Elemental! Monster Summoning!"

페이빈은 순차적으로 불의 정령과 몬스터를 소환했다. 불로 몸을 감싼 불 거인이 모습을 드러냈고 바닥의 소환진에서 날카로운 할버드를 든 건장한 체구의 놀 4마리가 나타났다. 연속적으로 마법을 사용한 페이빈은 머리가 깨질 듯한 고통에 휩싸였지만 참아냈다. 쓰러질 때 쓰러지더라도 반드시 이겨야 했다. 케렌케이드 학파의 명예를 걸고! 절대 질 수 없었다. 아무리 변칙적인 마법사라고 해도 근본도 모르는 떠돌이 마법사에게 진다면 대대로 놀림받을 수치였다!

"흠, 정령은 일반 무기에는 안 죽는다고 했지? 그렇다면 나도 준비해야겠군."

그렇게 말한 메글은 품속에서 징 박힌 장갑을 꺼내더니 그것을 양손에 끼고는 자세를 잡는 게 아닌가? 페이빈은 황당한 표정으로 싸우던 중이라는 것도 잊고 메글에게 물었다.

"설마… 그게 마법 무기?"

"그래. 왜, 뭔가 문제가 있나?"

"아닙니다. 다만… 보통 마법 무기는 검이나 도끼 같은 데 걸지 않습니까?"

"내 알 바 아니지. 진이 만들어준 거니 그냥 고맙게 쓸 뿐이다."

"하하하… 정말… 당신을 마법사라고 불러야 합니까?"

"그럼 뭐라고 부르겠나?"

"차라리 몽크나 권사를 하시지요?"

"난 마법을 쓰는데?"

"……"

"1서클 마법이라도 마법을 사용한다면 마법사라고 할 만한 자격이 있는 거 아닌가?"

"그건 그렇습니다만… 보통의 마법사들은……."

"체력 단련도 하지 않을 테고 주먹을 사용해서 격투를 벌이지 않는다고? 나도 그 정도는 아네. 학회지는 꾸준히 애독했으니까. 하지만 난 머리가 별로 안 좋아서 높은 서클의 마법은 구사하지 못해. 그래서 보완책으로 몸에 강화 마법을 사용하고 주먹으로 싸우는 것이네. 내가 비난받아야 하나? 정통이 아니라서? 정형화되지 않아서? 아니면 선입견에 반해서?"

"할 말이 없군요."

페이빈은 입을 다물 수밖에 없었다. 대륙에는 대략 100여 명의 마법사들과 그 10배쯤 되는 수련생들이 마학의 길을 걷고 있었다. 그런 이들 중 정신 단련만으로도 굉장히 힘들 터인데 거기다 육체적 능력까지 기르라고 한다면…….

'마법사가 왕 노릇 해먹겠지……'

작게 한숨을 내쉬는 페이빈.

"Color Spray!"

갑자기 메글이 뛰면서 왼손을 쭉 폈다. 그의 손에서 빨강, 주황, 노랑, 초록, 파란색의 입자덩어리들이 뿜어져 나왔다. 깜짝 놀란 페이빈은 급히 정령과 놀들을 움직여서 메글을 막으려 했다. 그러나 메글은 바닥으로 태클을 걸듯이 미끄러져서 이프리트를 피해 버렸고 미처 Color Spray 마법에 대처를 하지 못한 놀들은 전부 손으로 눈을 감싸쥐고 괴로워하고 있는 놀들에게 달려들었다.

"크에—"

"캬르르르."

"이거나 먹어라!"

메글은 한 손으로 할버드를 들고 마구 휘두르는 놀에게 달려들었다. 종이 한 장 차이로 할버드의 날을 피한 메글은 놀의 머리에 강한 일격을 선사했다. 얻어맞은 놀은 눈이 반쯤 튀어나온 채 저 멀리 날아가서 벽에 처박혔다.

페이빈은 메글이 내뻗는 주먹의 위력을 보고는 침을 꿀꺽 삼켰다. 달려드는 또 다른 놀의 머리를 쥔 메글은 손아귀에 힘을 줘서 단단한 놀의 머리를 터뜨려 버렸다.

마법사 같지 않은 이 마법사의 손이 이내 피로 물들었다. 페이빈은 인정해야 했다. 메글은 힘을 조절해서 싸운 것이 틀림없다. 안 그랬다면 예전에 자신도 저기 머리가 터져서 바닥에 피를 뿜고 있는 놀처럼 되었을 것이다.

이프리트는 교묘하게 빠져나가는 메글이 짜증이 났는지 크아아 하는 소리를 내면서 달려들었다. 불 거인의 주먹이 방금 전까지 자신이 있던 자리를 휩쓸면서 불덩어리를 뿌렸다. 메글을 제외한 다른 마법사들은 둘의—아니, 인간 같지 않은 한 인간과 한 정령—싸움터에서 멀리 떨어졌다. 정령은 빠른 속도로 메글을 향해 주먹을 휘둘렀지만 그는 잽싸게도 잘만 빠져나갔다. 그러면서도 주먹으로 가끔씩 정령의 빈틈에 꽂아 넣는 걸 잊지 않는 메글이었다.

"그런 걸로 불의 정령을 죽일 수는……."

[크아아아아…….]

불의 정령인 이프리트가 괴로운 듯이 몸을 떨었다. 그러더니 갑자기 정령의 뒤에 강제로 공간이 일그러지면서 이프리트를 끌어들였다. 아직까지 살아남아 있던 두 마리의 놀이 그제야 정신을 차리고 메글에게 달려들었지만 놀들은 단 한 방씩에! 그대로 바닥에 대자로 누웠다.

"…말도 안 돼. 불의 정령을 맨손으로 때려눕히다니……."

"어때? 더 할 텐가?"

"……."

"할 거야? 말 거야?"

"…4대 현자! 어둠의 현자의 이름은?"

"으응? 으으음…."

갑자기 페이빈이 악을 쓰며 외쳤다. 다른 마법사들이 어이가 없어서 페이빈을 바라보았다. 세상에 어떤 마법사가 전투 중에 저런 실없는 질문을 할까? 하지만 그 실없는 질문에 걸려드는 마법사도 있다. 여기 이 사람처럼!

"으으으으음… 그래, 맞아! 케르케스! 강령과 사령의 마스터!"

"정답! 그럼 7대 현자가 제창한 유동 마나 불변의 법칙을 설명해 보십시오!"

"그건… 끄으으응……."

마나는 왜 움직이는가, 아니, 움직이는 듯이 보이는가? 이에 대한 진지한 고찰을 한 결과 도출된 유동 마나 불변의 법칙! 웬만한 마법사면 다 아는 사실이다. 진이나 릴펜조차도 대충의 개념은 알고 있었다. 그러나 메글은 몰랐다.

"Hold Monster!!"

페이빈이 악을 써가며 외쳤다. 오늘만 5서클의 마법을 무려 네 번이나 사용했다. 골치가 지끈지끈 아파오는 걸 간신히 참으며 페이빈은 주문을 완성시켰다. 한 손으로 팔을 받치고 다른 손으로 턱을 쓰다듬으면서 머리를 굴리던 메글은 그야말로 한순간에 덜컥 굳어버렸다.

"엉?"

"적의 물음에 함부로 답하면 안 되지요, 메글님. 저의 승리입니다."

"치사하다."

"권사가 마법 쓰는 게 더 치사합니다. 몽크나 무도가가 되실 생각은 없으십니까, 메글님?"

"없다. 난 마법사가 좋아. 그리고 진도 마법사 할 거니까 나도 마법사 할 거야."

"……."

어쩌면 몇 년 뒤에는 강력한 마법을 난사하는 마검사… 아니, 마권사가 나올지도 모를 것 같다고 페이빈은 조용히 생각하면서 바닥에 주저앉았다. 메글이 조금 봐주면서 싸웠다고는 하나 원체 체력이 약한 페이빈이기에 그동안 맞은 데미지도 무시하기 힘들었던 것이다.

바닥에 대자로 누워버린 페이빈은 그대로 기절해 버렸다. 석상처럼 굳어서 끙끙대던 메글은 이내 혀까지 굳었는지 왕방울만한 눈만 데굴데굴 굴렸다. 진은 그제야 나서서 바닥에 석상처럼 누워 있는 메글을 보며 혀를 찬 뒤 기절한 페이빈을 보며 말했다.

"이건 해제해 주고 기절하든지……."

부드러운 침대에 누워서 단꿈을 꾸던 페이빈은 누가 뺨을 찰싹찰싹 때려서 꿈속에서 빠져나와야 했다.

"하아암… 뭡니까?"

"그건 이쪽에서 묻고 싶다. 여기가 늬 집 안방이냐?"

"어라?"

"쳇, 잘도 퍼질러 자더군."

슬쩍 웃으며 페이빈은 하품이 나오는 입을 한 손으로 막고 주위를 둘러보았다. 아까 잠깐 봤던 마법사들의 침실인 듯했다. 부드러운 침대 커버를 벗어나 몸을 일으킨 페이빈은 머리가 아직도 약간 어질어질한 것만 빼면 꽤 상태가 좋다고 생각했다.

달그락.

흠칫.

페이빈의 작은 손가방이 침대에 부딪쳐 소리를 냈다. 잠깐 몸을 떨던 페이빈은 다른 마법사들이 별로 신경을 안 쓰자 속으로 안도의 한숨을 내쉬며 웃었다.

"제가 이겼습니다. 이의는 없으시겠지요?"

"지독히도 비겁한 수였다."

"맞아, 잔머리로 이긴 거야."

"그렇다 해도 그런 거에 당할 녀석은 멍청한 메글밖에 없으니 할 말없지, 뭐."

"후후후."

꿈뻑꿈뻑.

마치 석상처럼 굳은 채 벽에 기대어 있는 메글은 눈만 꿈뻑거리고 있었다. 그런 메글을 바라보며 다른 마법사들은 쓴웃음을 지었다.

"적의 장단점을 파악해 정확한 조치를 취한 것. 그것만으로도 너의 승리다. 완벽하게 패했다고 해야겠지……."

"그래, 훌륭한 잔머리였다. 애송이."

"감사합니다, 하하하."

대충 분위기가 좋은 방향으로 돌아가는 듯하자 페이빈은 속에 담고 있던 말을 꺼냈다.

"그런데… 여러분들은 어떻게 마법사가 된 것입니까? 제가 보기엔……."

"정식 수련을 하지 않은 사이비 마법사 같다고?"

"아니, 그런 게 아니라……."

"맞아, 네가 말하고 싶은 것처럼 우리는 누구의 문하에 들어간 적도 없는 반쪽 마법사들이다."

"네에……."

4인의 대표 격인 진은 눈을 살며시 감고 말을 했다.

"그러니까 12년 전? 한 그때쯤 되었을 거야. 나는 사냥꾼이었고 프로이텐은 별 볼일 없는 문지기 경비병이었지. 그리고 저기 죽상을 쓰고 있는 릴펜은 무덤지기이고, 저기 멍청한 메글은 석공업자야. 주로 비석을 만들어 파는 놈이지. 우리는 같은 마을 출신으로 소위 말하는 죽마고우야. 어릴 때부터 마을에서 내놓은 말썽쟁이들이었고… 그러다 내가 이 녀석들을 끌고 릴펜에게 놀러 갔다가 무덤가 근처에서 작은 동굴을 발견했지."

과거의 일을 회상하는지 진의 목소리는 진한 추억의 향기가 축축하게 묻어 있었다.

"그때 우리 넷은 모두 피 끓는 20대 청년들이었고 무서울 게 없었다. 그래서 겁이 없었지. 그냥 막무가내로 들어간 거였어."

"몇 번을 말하지만 난 반대했다."

"흥! 밧줄이랑 비상 식량이랑 횃불까지 갖다주고 반대한 게 반대한 걸로 보이냐? 응? 말해 보시지, 릴펜?"

"난 반대했다, 흥."

"놔둬. 릴펜이 저 말 한 게 어디 하루 이틀이냐? 그냥 무시해."

"그러지… 음, 어디까지 했지? 아! 그래 우리들은 동굴 안으로 들어섰지. 그리고 한두 시간쯤 동굴 안을 헤메다가 커다란 암실을 발견했지."

"거기서 돌아왔어야 했다."

"시끄러워, 릴펜! 하여간 우리는 그 암실에서 죽어 나자빠져 있는 시체와 마법서를 얻었지."

"이 모든 사건의 원흉이지."

"뭔 불만이 그렇게 많아!! 릴펜, 입 닥쳐!"

"너나 닥쳐, 바보 같은 놈아! 그렇게 힘을 원하다가 얼굴을 홀랑 다 태워먹으니 기분 좋더냐?"

"이 자식!!"

"그만 해. 손님이 있다. 다들 싸우지 마."

프로이텐이 서로의 멱살을 잡고 있는 진과 릴펜을 떼어냈다. 페이빈은 정색을 하면서 이들의 말을 들었다. 둘은 그런 페이빈을 눈으로 힐끔 쳐다본 뒤에 헛기침을 몇 번 한 뒤 자리에 앉았다.

"하여간 우리는 거기서 마법서를 얻었지. 그리고 우리끼리 독학으로 마법을 배워 나갔다."

"그래서 저주도 걸리고 말이야……."

"이 자식! 너, 오늘 해보겠다는 거냐?"

"그래! 오늘 아예 결판을 내자! 덤벼!"

"저기……."

"둘 다 닥치지 못해!! 나 화낸다!"

꿈벅. 꿈뻑.

황소같이 커다랗고 동글동글한 두 눈이 애처롭게 깜빡였다. 메글은 언제쯤 마법의 유지 시간이 끝날까 하고 고심하는 눈치였다.

"무슨 저주에 걸리신 것입니까?"

"……."

"나는… 생명력을 흡수당했다. 그래서 이런 몰골이지."

릴펜이 후드를 젖히며 말했다. 그의 몸은 말 그대로 해골에 가죽만 붙여놓은 듯한 모습이었다. 몸에 난 털들도 거의 다 빠져서 듬성듬성 나 있었다. 상당히 끔찍한 몰골이다.

"그래도 넌 인간처럼이라도 보이지. 그리고 저 프로이텐 놈보다는 낫잖아. 날 봐. "

진이 후드를 벗어서 얼굴을 드러냈다. 그의 얼굴의 절반. 그러니까 얼굴의 오른쪽에는 얼굴 거죽이 거의 없었다. 끔찍하고 징그러운 그의 일그러진 피부가 오른쪽 얼굴을 뒤덮고 있었다. 오른쪽 귀는 반쯤 떨어져 나갔고 잇몸이 다 녹아버려 입술과 하얀 이가 드러났다.

"프로이텐님은?"

"나? 나는… 음… 말하기가 부끄러운데……."

프로이텐이 몸을 배배 꼬면서 말했다.

"가장 약하면서도 가장 무서운 저주지. 저놈 남자 구실 못해."

"에엑?"

"훌쩍. 너무해… 남의 약점을… 그래 나 벌써 42번이나 차였다. 으헝헝헝."

눈에서 펑펑 눈물을 흘리면서 프로이텐은 엎드려 울기 시작했다. 페이빈은 당황했지만 다른 세 마법사들이 그를 보면서 짜증난다는 표정을 짓는 것으로 보아서 이런 현상은 자주(?) 있는 일 같았다. 페이빈은 아직도 굳어 있는 메글을 보면서 말했다.

"그럼 메글님은?"

"저놈은 저주가 아니야. 축복이지.'

"그래, 맞아. 제기랄. 차라리 저놈이랑 나랑 바꾸고 싶어."

"축복이요?"

"그래… 팔다리가 늘어나는 저주에 걸렸으니… 저놈에겐 축복이지… 저 자식 키가 150㎝도 안 되는 짜리몽땅한 난쟁이라면 믿겨져?"

"하. 하. 하. 설마 그 부작용으로 머리가……."

"아냐. 원래 그랬어. 맹한 구석이 있거든."

페이빈은 사건의 전말을 전부 듣고는 그동안 궁금했던 사항이 전부 풀리는 것을 느꼈다. 이제 결론을 지을 차례였다.

"자자, 여러분들. 분명히 아까 메글님이 저와 대련하면서 진 쪽이 이긴 쪽의 부하가 된다고 말했습니다. 저도 동의했고 메글님도 동의하셨지요. 그리고……."

"네놈이 이겼다. 맘대로 해라. 구워먹든 삶아먹든."

"네, 좋습니다. 여러분들이 발견했다는 그 책. 저에게 주십시오."

"왜? 우리가 왜 만난 지 얼마 되지도 않은 너에게 그 중요한 마법서를 주어야 하지?"

"여러분들이 걸린 저주라면 상당히 고위급 마법. 솔직히 여러분들의 지식으로는 제대로 습득했다고 믿어지지 않습니다. 전 마법이 그렇게 만만하지 않다고 믿으니까요. 제가 그 마법서를 분석하겠습니다. 물론 공짜로 달라는 것은 아닙니다. 마법서에 대한 반대 급부로 제가 여러분들에게 마법에 대해 기초부터 앞으로 마학을 배우시는 데 필요한 필수 사항들을 알려드리겠습니다. 어떤가요?"

"……."

페이빈을 제외한 마법사들 사이에 침묵이 감돌았다. 물론 메글은 아직도 몸이 굳어 있는 관계로 아무 말도 못한다. 세 명의 마법사들은—메글은 왕따다—머리를 맞대고 의견을 나누었다. 차 한 잔을 마실 때까지 설전을 벌이던 마법사들이 겨우 합의점을 찾았다. 진은 역시 대표로 페이빈 앞에 섰다.

"너에게 마법서를 넘기겠다. 대신 조건이 있다."

"말해 보십시오."

"첫째, 우리는 너의 부하가 되기 싫다. 동업자로 하자. 같은 직종이니까. 어때?"

"좋습니다."

"둘째, 마법서를 완전히 줄 수는 없다. 대신 그걸 필사하는 건 허용한다. 그리고 우리를 가르칠 때는 절대 진실만을 가르칠 것을 원한다. 동의하는가?"

"저도 동의합니다. 그럼 거래는 성립됐군요."

"좋아, 동업자!"

"좋은 날은 술이다! 릴펜! 술! 술! 술!"

"닥쳐! 이 불능아! 제기랄. 또 나만 깨지겠군. 어디에 보메르―띠앙을 넣어뒀더라……."

불능이라는 말에 프로이텐이 또다시 울음바다를 만들든 말든 릴펜은 침대 밑에서 상자를 서너 개 꺼냈다. 상자를 열자 그 안에는 수많은 금화와 보석들이 쌓여 있었다. 릴펜은 급히 그 상자를 집어넣고 페이빈을 바라봤다. 물론 페이빈은 볼 만큼 다 봤지만 창밖의 먼 하늘만 바라보았다. 주인이 있는 곳에서 함부로 움직일 수는 없는 법! 다만 체크해 둘 뿐! 다른 상자에서 귀한 보메르―띠앙을 꺼내든 릴펜이 유리잔을 가지러간 사이에 메글이 몸을 움직였다. 이제야 마법의 유효 시간이 끝난 것이다.

"나, 할 말 있어!"

"예?"

"뭐야?"

"너희들……."

메글이 주먹을 불끈 쥐었다.

타앙!!

한쪽 구석에 세워져 있던 돌 장식 하나가 그의 주먹에 박살났다. 가루가 되어서 터져 나가는 돌 장식이 방 안의 온도를 몇 도나 낮추었다. 페이빈은 메글을 곁눈질하면서 진에게 작게 속삭였다.

"가끔 저러시나요?"

"응, 가끔. 특히 먹을 거와 술에……."

진과 릴펜, 그리고 프로이텐이 슬금슬금 물러나면서 방어 자세를 취했다. 페이빈도 사태를 짐작한 듯이 슬며시 지팡이를 집어 들고 진들 곁으로 살며시 움직였다. 메글은 그런 이들을 쏘아보면서 크게 외쳤다.

"유동 마나 불변의 법칙이 뭐야? 가르쳐 줘!! 궁금해 미치겠어어어어!!"

"……."

갑자기 메글이 자신의 머리를 붙잡고 굴렀다. 이후 메글에게 유동 마나 불변의 법칙을 가르치기 위해서 페이빈과 진 등이 2시간 동안 골머리를 앓으며 떠들어야 했던 사건은 별로 안 중요하니 넘어가자.

페이빈은 둥둥 뜬 기분으로 자신의 방으로 향했다. 놀랍게도 대충 훑어본 마법서는 자신의 한계인 5서클보다 한 단계 높은 6서클 마법사의 마법서였다. 거기다 대부분의 마법적 트랩과 저주가 진 등에 의해서 풀린 상태여서 저주의 걱정도 없었다. 또 필사본까지 만들어도 된다고 허락받았으니 이보다 좋을 수 있을까? 하지만 그의 즐거운 웃음은 자신의 방이 있는 2층 계단 앞에서 뚝 하고 끊기고 말았다.

아이리타 폰 나레시온! 그녀가 복도에 등을 기댄 채 서 있는 것이다. 2층의 손님 방을 사용하는 사람은 자신뿐이니 아이리타가 누굴 찾아왔는지는 명확한 일. 바닥에 깔린 카펫을 툭툭 치면서 시간을 보내고 있는 아이리타를 힐끔 바라본 페이빈은 제발 안 들켰기를 바라면서 슬그머니 뒤돌아섰다.

"거기 서. 도망치면 쫓아가서 다리를 잘라 버릴 거야."

"하… 하… 하……."

"반가워. 오랜만이네. 우리 만난 지 꽤 지났지?"

"네, 아가씨. 대충 5시간쯤 된 것 같습니다."

"여전히 잘도 나불대는군. 흥, 아직 뜨거운 맛을 못 봤나 보지?"

"설마요. 아까 전의 검 맛으로도 충분합니다."

스리슬쩍 넘어가는 페이빈의 화술에 능글맞은 늑대가 머리 속에 떠올린 아이리타는 이래서는 안 되겠다고 생각했다. 웬만한 남자들은 자신의 미모에 혹해서 배를 째서라도 간이나 쓸개를 내줄 것처럼 구는데 페이빈이라는 이 마법사는 웃고 있지만 속을 알 수가 없었다. 그녀의 입장에서 보자면 재수없고 건방지며 유들유들한 꼴 보기 싫은 인간의 전형적인 모습이었다.

미모와 권력 그리고 화술로는 페이빈을 요리할 수 없다는 걸 느낀 아이리타는 우선 패고 보자는 생각으로 계단에 다리를 걸친 채 우물쭈물하고 있는 그에게 다가갔다.

"무슨 일로… 억?"

퍼억.

가녀린 소녀의 주먹이 페이빈의 안면을 강타했다. 갑자기 날아온 주먹에 얻어맞은 사내는 작고 가냘파 보이는 소녀의 주먹이 의외로 굉장히 맵다고 생각하면서 뒤로 넘어졌다.

"아라라?"

소녀의 주먹에서 뿜어져 나온 운동 에너지가 허약한 사내의 안면을 강타해서 충돌 에너지로 변환되었다. 사내가 서 있던 곳은 계단이다. 충격에 의해 뒤로 넘어가던 사내의 몸은 계단에 부딪쳤고 데굴데굴 굴렀다. 1층 바닥까지……

우선 패고 보자는 생각으로 한 방 날린 게 깨끗한 클린히트로 상대를 넉다운시켜 버리자 쥐고 있던 주먹을 바라보며 머리를 긁적이던 아이리타는 간단하게 생각하기로 하고 기절했는지 꿈쩍도 안 하는 페이빈을 향해 말했다.

"할 말이 있었는데… 지금은 못 듣겠지? 다음에 계속할게."

도도한 말썽쟁이. 아이리타는 몸을 돌려서 가버렸다. 큰 소리가 나서 몰려온 하인들과 시녀들이 알아서 뒷처리를 해줄 것이라고 굳게 믿으면서 말이다.

'종일 맞기만 하는 날이네… 제길, 벌받은 건가?'

흐릿했던 페이빈의 시야가 완전히 어두워졌다.

─왕국력 430년 9월 29일 19:00. 저택 내 마법사의 탑 안.

"어라?"

"왜 그래?"

"여기 연구실에 마법 재료들 중 몇 개가 비는데?"

"응?"

탑 안에서 메글에게 훈계를 하던 진이 프로이텐의 말에 연구실로 달려왔다. 프로이텐의 말마따나 비싼 수은과 순도 99%의 은과 백금봉이 몇 개가 모자랐다.

"이건……."

"역시 그놈 짓이야."

"이런 개자식!!"

"감히!!"

프로이텐과 진이 벌떡 일어서서 탑 밖으로 뛰쳐나갔다. 훈계 듣다가 진이 가버려서 홀로 남은 메글은 시끄러운 훈계자가 사라지자 침대 밑에서 무언가를 꺼내들었다. 봉제인형. 그것도 반쯤 뜯어진… 메글은 능숙한 솜씨로 토끼 모양 인형 속에 낡은 천 쪼가리와 짚 등을 넣어서 배를 채우고는 무시무시한 속도로 바느질을 해 나갔다.

"룰루, 귀여운 토끼 씨. 오늘이면 완성이에요. 아야 해도 꾸욱 참아요."

콧노래를 흥얼거리며 바느질하는 사내의 모습은 별로 추천할 만한 그림은 아니다.

한편 탑 밖으로 달려나간 프로이텐과 진은 곧바로 내성 안에 있는 고급 주점 '저녁노을'로 향했다.

쾅!

문짝이 부서질 정도로 활짝 열어젖힌 두 사내는 주점 구석에서 두터운 로브를 쓴 채 술을 마시던 사내가 급히 병을 숨기는 것을 보고는 눈에서 불을 뿜으며 그쪽으로 걸어갔다.

"리 일 페엔!!"

"하.하.하. 설명할게! 설명할게! 다 설명할 수 있어!"

"닥쳐! 죽어!"

"그래! 재료에는 손대지 말라고 몇 번이나 말했어!!"

"어엇? 마법 재료? 나… 난……"

"죽어랏!"

콰과광!!

헤란 도시 내에서도 둘째가라면 서러울 고급 주점 '저녁노을'의 내부는 미친 듯이 날뛰는 두 명의 마법사에 의해서 초토화되었다.

"난… 억울해에에~"

술 없이는 죽고 못 사는 릴펜은 그날 떡이 되도록 얻어맞았다. 공금과 비싸디비싼 마법 재료를 팔아서 술값을 충당했다는 이유로…….

—왕국력 430년 9월 30일 새벽. 인적 없는 산속.

카리나가 몸담고 있던 상단이 산적 연합군(?)에게 습격당한 지도 벌써 4일이나 지났다. 그동안 카리나와 메리, 메기 자매는 많은 일을 겪었다. 아니, 겪어야 했다.

그녀가 4일 동안 산적들에게 시달리면서 알게 된 것은 이들 산적들이 3개의 큰 산적단과 14개의 작은 산적단의 연합이라는 것과 카리나가 몸담았던 상단을 습격했던 것이 예정되어 있었다는 것이다.

소녀들과 카리나 같은 젊은 여자들은 짐마차에 생나무를 꺾어 대충 얼기설기 지은 천막에 집어넣어졌다. 마치 짐승을 포획할 때 쓰는 나무 우리처럼 생긴 마차는 감옥을 연상케 하여서 여자들이 싫어했지만 산적들 중 여인들의 복지와 후생에 신경 쓰는 자는 없었다.

그녀들 외에 잡혀온 여자들은 어둑어둑해지는 밤이 되자 끌려 나와서 주변의 잔가지를 주워다가 불을 피우고 있었다. 상단의 짐 중 식량 상자를 가져다가 식사를 만들고 근처에 개울이 있으면 산적들이 내어놓은 빨래를 해서 마차에 넣어놓는 등 그녀들은 자잘한 일에 시달렸다. 또한 밤마다 혈기왕성한 산적들을 다독거려야 하는 중노동에 시달렸다.

카리나는 그런 면에서 아직도 운이 매우 좋은 편이었다. 예쁘장한 외모에 청순해 보이는 그녀의 분위기는 귀족집 자제라고 해도 믿을 만

했기 때문이다. 또한 귀하게 자란 듯 고운 얼굴의 메리, 메기 자매들과 같이 있었기에 산적들이 오해한 것도 있다. 덕분에 모든 잡일에서 면제되고 짐승 같은 남자들에게 시달리지 않아도 되기는 했지만 카라나는 알고 있었다. 이 산적들이 지금 어디로 가는지. 그리고 그곳에 도착하면 귀하게 모셔놓은 소녀들과 그녀가 어떻게 될지를……

"도망쳐야 돼."

혼자서 중얼거린 그녀는 다리를 모으고 앉은 채 고개를 숙였다. 옆구리에 단단히 매어놓은 단검이 걸리적거렸다. 첫날 여인들의 몸수색을 할 때 그녀는 마리아가 '사' 준 단검을 등 뒤의 속옷 끈에 걸쳤다. 다행히 수색을 하던 텁수룩한 수염의 산적은 철저한 검사보다는 포로로 잡힌 여인들의 몸매에 더 관심이 많았고 그녀는 10㎝ 정도의 날을 가진 단검을 무사히 숨겨 올 수 있었다.

지금 당장이라도 나무 우리의 끈을 끊고 도망칠 수 있다. 하지만 여기서 나간다 해도 금세 외곽을 지키고 있는 보초에게 붙잡힐 것이다. 어찌어찌해서 보초들의 눈을 피한다고 해도 이 산적들이 움직이고 있는 이곳은 가도도 없는 산길. 마차가 겨우 지나갈 만한 아마도 산적들이나 그런 이들이 만든 도로이다. 맨손으로 단검을 들고 도망쳐서 인가까지 갈 수 있을 만큼 카라나는 생존술에 능하지 못했다. 더욱이 이 산적들 중에는 도적 길드 출신도 있었다. 도적들은 가끔 암살업도 같이 하기 때문에 추적술에도 능했다.

얼마 전까지 술집에서 노래를 부르고 서빙을 하던 연약한 여인이 이들을 뿌리치고 도망칠 수 있다는 것은 절대 무리다. 차라리 지나가던 용사나 영웅이 와서 산적들을 물리치고 구출해 주는 쪽이 몇 배는 현실적일 것이다.

"그럴 리가 없지… 후우, 더군다나……."

자신의 발치에서 서로 꼭 껴안은 채 울다가 지쳐 잠든 두 소녀 메리와 메기를 보면서 카라나는 절망적인 표정을 지었다.

소녀들은 잡힌 날부터 지금까지 울다가 지치면 자고 그러다 깨어나면 또 울었다. 카라나와 다른 세 여자들은 그런대로 현실에 적응을 해나갔지만 곱게만 자라왔던 어린 소녀들에게는 지금의 현실이 너무나도 냉혹했다.

"언니, 도와줘. 언니, 구해줘. 언니, 제발… 어떻게든 해줘……."

밤마다 소녀들은 그녀의 품으로 파고들었다. 무력한 자신의 몸 하나 제대로 간수하지 못하고 있는 여인에게 소녀들은 짐덩이 이상의 의미를 주지 못했다. 귀를 막아도, 눈을 감아도 절망의 늪에 빠져서 울부짖는 소녀들의 목소리가 들려왔다.

"나보고 어쩌라고!! 나도 힘들어!!"

"시끄러워! 조용히 못해?"

참지 못한 카라나가 악을 쓰자 여인들을 감시하던 젊은 산적이 들고 있던 창끝으로 마차를 탕탕 치면서 소리쳤다. 서슬 퍼런 사내의 표정에 카라나는 울 듯한 표정으로 눈을 감고 마차 모서리에 기댔다.

잔혹한, 혹은 잔인한 미풍이 절망의 끝에서 울고 있는 여인의 머리를 살짝 쓰다듬고 사라졌다.

─왕국력 430년 9월 30일 이른 아침.

스위니아 왕국 중부. 이곳엔 왕국의 중앙 수도에 해당하는 스텔 성이 굳건히 자리 잡고 있다. 인구 100만의 거대 도시가 한눈에 내려다보이는 궁성인 스텔 성은 그리 아름다운 모습은 아니다. 성을 쌓는데 사용된 석조가 대부분 검붉은 색을 띠는 흑철석이어서 멀리서 바라본다면 차라리 마왕성이라고 부르는 쪽이 더 맞을 거라는 말이 있을 정도다.

그러나 중앙성을 제외한 별궁들—별궁들은 내성 밖에 지어져 있다—은 또 틀렸다. 벽돌 하나하나까지 하얀 대리석을 사용한 3개의 별궁들은 본성에 비하면 1/10도 되지 않는 크기였지만 화려함만큼은 본성을 능가하고도 남았다.

궁성들 중 가장 아름답다고 칭해지는 넓은 화단에 빽빽하게 코스모스를 심어놓아 바람이 불 때마다 마치 파도가 치는 듯한 모습을 연상케 하는 '백합' 궁에 귀빈이 찾아왔다.

피릴 폰 가즈힌, 보힌 폰 치바멜, 노헬 폰 가비스.

각각 왕국의 동, 남, 북부를 관장하는 대 공작가의 자제들이며 앞으로 10년 뒤면 스위니아 왕국의 정계를 뒤흔들 만한 영향력을 가지는 국빈들이다. 이들은 서로의 생긴 모습이나 성격들이 전부 틀렸지만 왕국을 수호하는 4대 공작가 출신이라는 것 때문에 꽤 자주 만났고 그래서 그런대로 친했다. 세 사내들이 급히 '백합' 궁을 찾은 것은 급박한 사안 때문이었다. 마치 눈앞에 적이 있다면 씹어먹을 듯한 표정의 세 사내는 백합궁에 들어서자 지나가는 시녀 중 한 명을 붙잡고는 '백합' 궁의 주인에게로 향했다.

"아가씨……."

궁 밖의 정원에서 한가하게 차를 마시며 역사서를 읽던 소녀에게 늙은 유모가 조용히 다가가서 손님이 왔음을 알렸다.

그 모습을 멀찍이 떨어진 응접실에서 보던 보힌 경이 짜증스러운 표정으로 말을 내뱉었다.

"이럴 수는 없는 겁니다. 절대로!"

"이럴 수도 있지. 국일을 위해서……."

"노헬 경!"

"흥."

왕국에서 가장 보편적인 색인 금발의 머리를 신경질적으로 흐트러뜨리며 보힌 공작이 동급인 은발의 노헬 공작을 노려보며 소리쳤다. 자신을 노려보는 눈이 거슬렸는지 노헬 공작은 자신과 같은 지위의 사내를 노려보며 자리에서 일어섰다. 10㎝는 작은 상대의 코앞까지 걸어간 그는 눈을 마주하고 으르렁댔다.

"나도 레이린 왕녀님이 희생당하는 건 싫다. 하지만 벌써 정해진 일이야. 네가 좋아하는 국법에도 나와 있지 않나? 응?"

"으윽……."

법은 곧 정의라고 믿는 보힌 경은 대답할 말이 없는지 얼굴만 붉힌 채 자리에 앉았다. 조용히 있던 피릴 경이 둘을 올려다보다가 입을 열었다.

"그렇다고 이렇게 손 놓고 보고만 있을 수는 없지 않습니까?"

"애송이는 빠져라."

"뭐욧!"

"흥, 산간벽지에서 썩으니 눈에 뵈는 게 없나 보지? 함부로 나서지 마라."

"……."

스위니아 왕국의 북부 지역보다는 동부쪽이 그래도 더 개척되었고 좀 더 안정적이지만 피릴 경은 아무 말도 못했다. 인구 수로 따지자면 동부 지역은 북부의 1/3도 안 되는 20만도 못 미치는 숫자였다. 왕국 중앙과 남부가 가장 많은 인구를 자랑하고 그 다음으로 안정적인 서부, 그리고 북부, 동부 지역 순이다. 사람이 많다고 꼭 좋은 것은 아니었지만 인구가 많다는 것은 그 지역의 경제력과 직결되기에 피릴이 아무 말도 못했다.

당장이라도 터질 것 같은 일촉즉발의 상황. 그때 가슴에 한아름 꽃다발을 들고 들어오는 소녀가 있었다. 그녀가 들어오자 세 명의 공작가 자제들은 곧바로 한쪽 무릎을 꿇고 앉아서 예를 표했다.

"왕녀님을 뵙습니다."

"일어서시와요."

국왕 릴케인1세의 하나뿐인 공주. 레이린 폰 스위니아였다. 그녀는 들고온 꽃다발을 옆에 시립해 있던 시녀에게 건네준 뒤 시녀들을 모두 내보내고는 자리에 앉았다.

"…오랜만에 뵙습니다, 왕녀님."

"그렇사와요, 보힌 경. 오랜만이어요."

"여전하시군요. 그 말투는……."

"불만있사와요, 노헬 경? 내 맘이니까 알아서 들으셔요."

"네네……."

소녀가 주인 석에 앉고 세 사내들이 자리에 앉자 문이 열리며 시녀들이 쟁반에 홍차와 다과를 가지고 들어왔다. 시녀들이 물러갈 때까지 침묵을 지키던 피릴 경이 입을 열었다.

"왕녀님, 이번에 에스티아 국에 가신다는 소문을 들었는데……."

"맞사와요. 3개월 뒤에 간다고 하여요."

후륵.

마치 옆집에 놀러 간다는 듯한 소녀의 말투가 보힌 경을 자극했다. 정의를 수호하는 정의로운 기사 보힌 경은 절대 있을 수 없다는 듯한 말투로 소리쳤다.

"정략결혼이라니요! 있을 수 없습니다! 한 분밖에 없는 귀하신 분 아닙니까?"

"하나뿐이니까 더 효과적이지. 자식이 열댓쯤 되는데 적선하듯 하나 보내는 거랑 하나뿐인 딸을 선물하는 것 중에서 상대가 더 감동하는 건 어느 쪽일까?"

"노헬 경! 왕녀님 앞에서 무례합니다!"

"시끄럽다고 했다, 애송이."

용기를 내서 소리친 피릴이었지만 역시 독설과 냉소의 표본인 노헬 경에게는 씨도 안 먹혔다.

"별로 듣기 좋지 않사와요."

"물론 듣기 좋으라고 한 소리 아닙니다, 왕녀님."

"…역시 노헬 경은 상대하기 피곤하여요."

"왕녀님의 괴상한 말투만큼이겠지요. 훗."

황금을 녹인 듯한 진한색의 긴 금발 머리를 손으로 정돈하면서 레이린은 웃었다. 노헬 경 역시 같이 마주 웃어주었다. 하지만 누구라도 보면 알 수 있으리라. 둘 다 속으로는 이를 갈고 있다는 것을……

"아무튼 왕녀님은 정략결혼은 싫으신 겁니까?"

"당연히 그래야지. 왕녀님의 남편이라면 당연히 4대 공작가에서 나와야 하지 않겠나? 지금까지 그랬고 앞으로도 그럴 거야."

"흐음… 노헬 경, 저 사랑하여요?"

"……."

사내는 자신을 빤히 바라보는 소녀의 시선을 외면했다. 옆 자리에 앉아 있던 피릴 경은 노헬 경의 볼이 약간 빨개진 것을 봤지만 철면피도 울고 갈 사내이기에 눈의 착각이라고 치부해 버렸다.

"피릴 경은 어떠셔요?"

"네? 저… 저요? 아니, 저 말씀이십니까? 저 그게… 그러니까……."

"됐사와요. 들은 걸로 하겠사와요. 보힌 경은 물어보지 않아도 될 것 같사와요."

사랑이라는 단어가 나왔을 때부터 빨개진 얼굴로 어쩔 줄 몰라 하는 보힌 공작. 백옥같이 하얀 손을 내밀어 그녀의 손만큼이나 하얀 홍차 잔을 든 소녀는 향을 음미한 뒤 한 모금 넘겼다. 그리고 마침 생각난 듯이 물었다.

"참, 오렐 경은 어떻게 되셨사와요?"

"오렐님은……."

"오렐, 그 자식은 몇 달 전부터 가출해서 소식이 없습니다."

"가출……."

흠칫.

두 사내가 말을 잘못 꺼낸 노헬 경을 째려봤다. 그녀의 앞에서 가출이라는 단어는 금기였다. 4대 공작가의 후계자 중 연락이 되지 않아 이 자리에 나오지 못한 오렐은 굉장한 바람둥이라고 소문나 있다. 소문으로는 가출이라고 하지만 사실은 매일같이 몰려드는 후계자의 애인들 때문에 분노한 가주가 내쳤다는 은밀한 소문도 나돌았다.

그러나 지금 자리에 없는 오렐 경이 문제가 아니었다. 소녀 레이린은 양손을 마주 잡고 살짝 고개를 든 채 촉촉이 젖은 목소리로 중얼거렸다.

"아아, 가출, 너무나 낭만적이어요. 저도 한번 꼭 해보고 싶사와요! 자유와 낭만이 있는 가출. 저는 꼭 가출하고 말 거여요! 말려도 소용없사와요. 정했사와요! 이번엔 성공할 거여요!!"

낭패한 표정의 세 사내. 레이린의 가출 경력도 벌써 3번째이기에─워낙 특이한 소녀라 가출한 지 반나절도 못 되어 금세 잡혀온다─사내들은 한숨을 내쉬었다. 소녀의 가출 기술은 날이 갈수록 교묘하고 지능적이 되어 갔기에 한숨이 더욱더 늘었음은 말할 필요도 없다.

"좋사와요. 꽃다운 16세에 결혼하기는 싫사와요. 아바마마도 소녀가 가출하오면 분명히 결혼을 취소시켜 주실 거여요. 가출할 거여요! 지금 당장 할 거여요!"

"와, 왕녀님……."

"노헬 경, 보힌 경, 피릴 경, 지금 당장 가출할 준비를 해주시와요."

"예?"

"못 들으셨사와요? 다시 말씀드리어요?"

"아, 아닙니다."

당장 가출한다는 말에 놀라는 피릴 경의 옆구리를 응징한 노헬 경이 급히 소녀의 물음에 대답했다.

"그럼 전 준비하겠사와요. 여기서 기다려주시와요."

"예, 왕녀님."

왕녀는 그렇게 말한 뒤 총총 뛰면서 자신의 방으로 가버렸다. 레이린 왕녀가 나가자 보힌 경이 머리를 감싸 쥐고 끙끙거렸다.

"도대체 어떻게 하려는 겁니까?"

"레이린 왕녀님은 하나뿐인 왕녀이시네."

"그래서요? 아무리 정략결혼이라 해도 약속은 약속! 뒷감당은 어떻게 하려고 하는 겁니까?"

"왕가의 혈족은 4대 공작가와 이어져야 돼. 지금까지 그래 왔고 앞으로도 그래야만 왕가의 권위가 세워지지. 그리고 우리의 실익도 말이야."

"그렇다고 납치라도 하겠다는 겁니까?"

아무리 4대 공작가라 해도 왕녀를 빼돌린 사실이 알려진다면 처벌을 면치는 못할 것이기에 이를 걱정한 보힌 경이 물었다.

"설마. 난 계획없이 움직이는 멍청이가 아니야."

"그럼 어쩌려고 일을 벌이는 겁니까?"

"아델 성 쪽 소식은 들었겠지?"

"물론이죠. 왕국에 반역을 일으킨 자들이지만 곧 진압될 겁니다. 근처에 주둔한 부대들이 움직인다고 하니까요. 애초부터……."

"그래서 자네를 멍청이라고 하는 거다."

"뭐요?"

"그, 그만 하세요. 우리끼리 싸워서 어쩌겠다고……."

피릴이 당장이라도 싸울 듯한 두 사내를 갈라냈다. 만나기만 하면 거의 매일같이 티격태격하는 보힌 경과 노헬 경이기에 이젠 이골이 난 피릴 경이다. 상대를 노려보던 노헬 경은 피식 웃으면서 말했다.

"어웰트가 이번 사건에 개입했다는 정보가 들어왔다. 아델에는 그쪽에서 파견된 부대가 있다는 소문이야. 물론 소수지. 대부분은 근처 영지에서 모은 산적이나 도적들이라더군. 그렇다 해도 수천씩이나 되는 숫자는 작은 게 아니야."

"그래봐야 정규군에게는 못 당합니다. 결국 진압될 것을……."

"몰라. 왜 아델인지, 그리고 별 이득도 없을 이번 사건을 어웰트 국에서 왜 개입했는지는 알 수 없지만 중요한 건 우리 왕국과 에스티아 국의 사이가 좋아지는 걸 어웰트 쪽에서 보고만 있지 않을 거라는 것이지."

"……"

"레이린 왕녀님을 빼내는 건 쉬워. 그냥 납치해도 되고. 우리들 공작가로 초청한 뒤에 빼돌려도 되지. 하지만 지금은 상황이 별로 안 좋아. 어웰트 쪽에서도 이번 일로 혼란을 일으키고 뒤통수를 치려는 것일지도 모르니까."

"그렇다면 더욱 왕녀님의 가출을 막아야 하는 게 아닙니까?"

"탁 까놓고 묻지. 막을 수 있어?"

"…아니요."

"저도… 아, 죄송합니다."

"나도 못 막아. 왕녀님이 간다고 하면 해드려야지. 미래의 부인님에게 미움받기는 싫거든."

"엇! 그런 불경한 발언을……"

"뭐가 불경한데?"

"나이 차가 10살이 넘지 않습니까? 절대 안 돼요! 나라면 모를까……"

"나이로 치면 내가 가장 적은데……"

"……"

노헬 경은 두 사내를 째려보며 한숨을 내쉬었다. 무릇 사랑은 쟁취하는 것이라지만 이렇듯 경쟁자가 많으면 재미없는 레이스가 될 것이기에… 더군다나 4대 공작가 중 결혼 적령기의 사내 중 최고령이니…

그나마 가장 신뢰받는 왕국 최고의 말발이라고 칭해지는 오렐 경이 지금 이 자리에 없다는 데 약간은 안도한 노헬 경은 계속 말을 이었다.

"좋아, 그건 나중에 레이란 왕녀님이 결정하라고 하고… 우선 시내 구경이나 시켜 드리자고. 대놓고 막았다간 정말 미움받을 테니까."

"그러지요."

"그럼 다음에 왕녀님을 모시고 잠적하는 겁니까?"

"그래, 4번째 가출도 수도 내에서 잘 마무리되면 친위기사단 쪽도 조금은 방심하겠지. 현재 우리의 적은 깐깐한 요크 나이트니까. 그 아줌마는 은퇴도 안 하나? 에잇. 하여튼 내가 하고픈 말은……."

"방심은 기습을 부른다. 이거지요? 요는 이번 가출로 완전히 마음 놓게 한 뒤에 뒤통수를 친다는……."

"맞아."

자기가 할 말을 빼앗긴 노헬 경이 피릴을 노려보았지만 칭찬받았다고 자랑스러운 기색을 감추지 않는 피릴 경에게 뭐라고 하지는 않았다. 냉소적이고 냉혹한 노헬 경이지만 소년처럼 좋아하는 상대에게 면박을 줄 정도로 나쁜 사람은 아니었기에……

"다음에 또 내가 말할 때 끼어들면 다리뼈를 분질러서 기어다니게 만들겠어!"

"…네."

나쁜 사람이 맞을지도…….

다시금 싸늘한 분위기가 응접실 안에 감돌았다. 북해의 차가운 눈바람이 부는 것처럼 냉각되었던 응접실은 아까 전과 마찬가지로 한 소녀의 출현으로 깨졌다. 등 뒤로 10여 명의 시녀들을 대동한 채 레이린 왕녀가 들어왔다.

여행자들이 쓰는 챙이 넓은 모자와 상체에 꽉 달라붙는 튜닉, 그리고 긴 바지. 여기까지는 좋다. 그러나 분홍색 망토와 무릎까지 올라오는 장화는 봐주기 힘들었다. 허리에는 화려한 장식과 가지각색의 보석이 십여 개 박혀 있는 고가의 장검이 매여 있었다. 여행자라면 필수라고 할 수 있는 등에 메는 배낭이나 지팡이 같은 건 아예 없었다. 무엇보다도……

"그 꼴로 별궁을 나서시면 내성도 나가기 전에 다시 잡혀올 겁니다, 왕녀님."

그렇다. 궁 안에서 여행자 복장으로 돌아다니는 건 너무 눈에 띄었다. 그리 멀지는 않지만 경비병들과 순찰을 도는 친위기사단원의 눈을 피해 응접실까지 왔다는 게 신기한 피릴 경이 물었다.

"여기까지 오실 때 다른 사람들이 뭐라고 하지 않던가요?"

"으음, 카를 기사님을 만났사와요. 제 복장을 보고는 놀라워하시어요. 그래서 가출한다고 말해 드렸사와요."

"……."

귀한 공작가의 자제들인 세 사내의 표정이 절망적으로 바뀌었다. '백합' 궁을 지키는 친위기사단을 지휘하는 기사는 요크 나이트 기사단의 천인장 중 하나인 깐깐무적 카를 경이다. 그에게 가출 사실이 알려졌으니 가출은 힘들 듯……

"자, 준비되었사와요. 빨리 앞장서서요. 이번엔 꼭 네로덴 강과 아델 성의 아름다운 경관을 보고 말겠사와요."

한숨을 내쉬며 노헬, 보힌, 피릴 경은 일어섰다. 매우매우 험난한 길일 것이 뻔했지만 이들은 왕녀의 가출을 위해서 수단과 방법을 가리지 않아야 했다. 가문의 영광과 아름다운 부인을 찬양할지니……

단지 걱정할 것은 신묘한 말투의 앞뒤 안 가리는 어린 왕녀와 살기 등등한 표정으로 휘하기사들과 병사들을 총동원해 '백합' 궁을 포위하고 있는 기사 카를 경뿐!

한여름 밤의 꿈

7 화

한여름 밤의 꿈

꿈꿔본 적이 있습니까? 아름다운 꿈이었습니까? 악몽? 길몽? 태몽일 수도 있겠군요.

하지만… 사랑하는 사람을 만나는 꿈만큼 당신을 행복하게 해줄 수 있는 꿈은

그리 많지 않을 것입니다. 소망하세요, 오늘 밤 행복할 수 있기를.

—꿈꾸는 젊은이 中 발췌

—왕국력 430년 7월 15일.

드디어 찾아왔다. 결전의 날. 오늘이 오기까지 10년이나 필요했다. 그는 다시금 복장을 단정히 했다. 오늘은 다른 날과 다르다. 평소 즐겨 입던 회색 로브를 저 멀리 던져 버리고 학회에 갈 때나 입는 흰색 로브를 옷장에서 꺼내 들었다. 이틀 전부터 몇 번이나 비싼 비누로 빨고 밤마다 두세 번씩 다림질을 한 빳빳한 로브. 검은색이기에 같은 옷감임에도 몇 배나 비싼 튜닉 상의. 스승님의 옷장에서 훔쳐 낸 갈색 면바지. 그리고 스승님이 목숨 다음으로 아끼시는 수정 지팡이.

"좋았어!"

페이빈은 싱긋 웃었다. 이날을 위하여 며칠 밤을 잠도 못 자면서 준비했다. 이제는 좋은 결과를 기대하면 되는 것이다. 전신 거울 앞에서

세 바퀴나 돌면서 다시 한 번 확인한 페이빈은 만족스러운 미소를 지으며 창밖을 내다보았다. 스승님이 외출할 때만 해도 동쪽 하늘에 높이 떠 있던 태양은 어느새 서산 너머까지 와 있었다. 아직 늦지는 않았지만 머뭇거리면 늦을 수도 있다. 페이빈은 수많은 옷가지와 양피지 조각들이 흩어져 있는 방을 조심스럽게 빠져나와 활짝 열려 있는 창문가로 다가갔다.

"Fly[비행]."

주문이 끝나자 그의 몸이 살짝 떠올랐다. 눈앞에 열려 있는 창턱을 힘껏 뛰어넘자 수 미터 아래로 푸른 잔디밭이 나타났다. 옷에 구김은 없는지, 빼먹은 것은 없는지 한 번 더 확인한 뒤 페이빈은 공중으로 날아올랐다.

야트막한 언덕을 넘지 않아도 되었다. 또 구불구불 이어진 숲길을 지날 필요도 없었다. 앞만 보고 힘차게 날아간 페이빈은 저 멀리 마을 앞에 활활 타오르는 모닥불을 볼 수 있었다. 오늘은 1년에 한 번 있는 축제일. 먹고 마시며 즐기는 날. 웰던 마을의 주수입원인 벨링—디어슈의 채집이 끝나는 때이기도 하다. 초봄에 싹을 틔우고 가을이 오기 전에 꽃이 지는 벨링—디어슈는 약초꾼들의 희망이자 꿈이다. 웰던 마을처럼 산간 벽지의 오지 마을이 아직까지 남아 있는 이유도 저런 고가의 약초들 덕이었다.

수십 미터 밖에서도 보일 만큼 커다란 불을 피우고 있는 마을 입구에는 대여섯 명의 사내들이 모여서 술통을 꺼내놓고 마시는 중이었다. 공중에서 살짝 궤도를 바꾼 페이빈은 낮술을 퍼마시는 주당들 앞에 살며시 내려섰다. 한두 번 봐온 게 아닌 듯 마을 사람들은 내려서는 그를 한번 흘낏 볼 뿐 큰 관심을 보이지 않았다. 페이빈이 자세를 잡고 살며시 모닥불가에 내려서자 술을 마시며 떠들어대던 사람들 중에서 익히 잘 알고 있는 노인이 말을 걸어왔다.

"오~ 페이빈 군, 오랜만이군."

"안녕하세요, 레녹님. 그간 잘 지내셨지요?"

"물론 나야 잘 지내지. 한데 말이야 요즘 북산에 몬스터 무리의 흔적이 있던데 베르케르 공 짓은 아니겠지?"

"하하……."

"마을에 피해만 안 준다면 그 사람도 나쁜 사람은 아닌데 말이야. 명색이 촌장이니 이것저것 따질 게 많아. 좀 주의해 줬으면 좋겠어."

"물론입니다. 제가 알아보겠습니다."

얼마 전 스승님이 마을 사람들과 대판 싸운 뒤로 주민들이 알게 모르게 페이빈과 그의 스승을 은근히 피하는 것과는 다르게 주름이 가득한 이마를 활짝 피며 호탕하게 웃으며 레녹은 페이빈에게 맥주를 권했다.

"마셔, 마셔. 이럴 때 마시는 거지, 언제 마시겠나?"

"아… 네, 감사합니다."

아직 해도 지지 않았는데 벌써부터 술판이 마을 이곳저곳에서 벌어지고 있었다. 특별한 사건이라고는 누구네 집 염소가 늑대에게 물려 죽었다거나 하는 사소한 것들밖에 없는 이 마을에서 축제는 남녀노소를 막론하고 손꼽아 기다리는 명절이었다. 조금 과음한다 해도 너그러이 봐줄 정도로 말이다. 페이빈은 늙은 사냥꾼이 넘겨준 맥주 거품이 부글부글 피어오르는 나무잔을 들고 단숨에 마셨다.

"캬하… 이전 것보다 조금 쓰군요."

"호호호. 어때? 더 강렬하고 짜릿하지 않나? 올해 맥주에 내가 아주 좋은 걸 넣었거든."

"예? 어떤?"

"궁금해? 알고 싶나?"

페이빈이 고개를 끄덕이자 레녹이 음흉한 미소를 지으며 등 뒤에 숨겨놓았던 나무 접시를 그의 앞에 내밀었다.

"이건?"

길쭉하고 흐물흐물한 분홍색 살덩어리가 여러 조각으로 분해되어 놓여 있는 그것은 마치…….

"뱀처럼 생겼군요."

"오오! 역시 아는 게 많은 마법사로군. 이놈이 말이야. 내가 3일 동안 사투를 벌여서 잡은 흑사라네. 내가 이놈을 잡기 위해서 이놈이 사는 동굴 입구를 세 개나 막고 나무 위에서 기다렸다는 이야기 언제 한 적이 있던가?"

페이빈은 쓴웃음을 지었다. 작년 가을 사냥을 나갔던 레녹이 어른 팔뚝만한 검은 살모사를 잡아 온 것은 이 마을 사람이라면, 아니, 근방에 사는 사람이라면 적어도 세 번씩은 들었던 이야기였다.

"여하튼 말이야. 내가 이 비싼 흑사를 넣어서 흑사주를 만들었는데 술 맛을 모르는 이 자식들은 질색을 하지 않겠나? 그래서 내가 맥주 통에 술병째로 집어넣었지, 훗."

"우우……."

모닥불가에 둥그렇게 앉아 있던 사내들로부터 야유성이 터져 나왔다. 레녹은 손을 휘저으며 비난의 목소리를 높이는 사냥꾼들을 째려보아서 조용히 시킨 뒤에 어색한 웃음을 지은 채 어쩔 줄 몰라 하는 페이빈을 바라보았다.

"녀석들, 몸에 좋으면 그만이지 뭐 그리 따지는 게 많은지. 아직 젊으니까 한잔 더 하게. 너무 많이 마시면 밤에 잠 못 잘 테니까 두 잔만 마시라고."

레녹은 페이빈이 들고 있는 빈 잔을 잽싸게 빼앗아 들고는 바로 곁에 있는 맥주 통에 잔을 집어넣어 맥주를 듬뿍 담아내었다.

"자! 자! 단번에 쭈욱 들이키라고!"

"저……."

"괜찮아! 괜찮아! 겨우 맥주 두 잔이잖나? 마셔, 마셔!"

"그… 그게 너무 이르지 않은가요?"

"호오? 얘들아! 여기 이 젊은 마법사가 내 잔을 거절하는데 어떻게 할까?"

"거꾸로 매달아놓고 입에다 부어요!"

"안 마시면 두 배! 두 잔이 네 잔되고, 네 잔이 여덟 잔!"

"원샷! 원샷!"

"와아아아!!"

역시 술자리는 어색한 분위기를 털어내는 묘한 무언가가 있는 듯하다. 페이빈이 도착했을 때만 해도 멀찌감치 떨어지려고 애쓰던 사내들이 어느샌가 그의 곁에 다가와서 박수를 치면서 마시라고 독촉하고 있었다. 주변의 분위기 때문에 어쩔 줄 몰라 하던 페이빈은 마침 잘 아는 얼굴이 광장 쪽으로 가는 걸 보고는 엉덩이를 털고 일어섰다.

"죄송합니다, 촌장님. 그 잔은 다음에 받기로 하겠습니다. 지금은 좀 바빠서……."

"헹~ 하긴 연애 사업만큼 중요한 게 어디 있겠나? 가버려! 에잉, 술맛 버렸네. 자자, 마셔, 마셔! 오늘 코가 삐뚤어지도록 먹어보는 거다!"

"오오오!!"

페이빈은 슬며시 자리에서 일어나 모닥불가를 빠져나왔다. 시내 안으로 들어가는 길에는 벌써 술에 취해서 바닥에 널브러진 젊은이들이나 축제 분위기에 들떠서 와와거리면서 뛰어다니는 아이들 투성이었다. 작은 마을이지만 그래서 더 정감이 흘러넘치는 곳이었다.

하늘은 이제 검붉은 빛을 벗어던지고 검은 어둠이 조금씩 잠식해 들어가고 있었다. 페이빈은 마을을 두 바퀴나 돌았다. 목적한 사람을 못 찾은 탓이었다. 단정히 빗어 넘긴 머리를 긁적이며 마을 곳곳을 두리번거리는 페이빈. 그런 그의 목 뒤로 작은 손 하나가 다가왔다.

"누구?"

"어머? 들켰네?"

"아……."

등골이 쭈뼛 서는 느낌에 뒤돌아선 페이빈은 이제는 소녀라고 부르기엔 너무 커버린 소녀 시이란을 볼 수 있었다.

"시이란 양……."

"뭐예요, 그 맥빠진 표정은? 흥! 언니가 아니라서 저어엄말~ 미안하군요."

"아니… 그런 게 아니고요……."

페이빈은 땀을 삐질삐질 흘리면서 웃는 얼굴로 고개를 저었다. 그런 페이빈의 모습이 더 마음에 안 드는지 시이란은 혀를 쏙 내밀었다

"베에… 뭐, 페이빈 씨가 찾는 사람이 누군지쯤은 잘 아니까. 이 정도로 참아드리지. 오늘은 마을 축제니까 봐주는 거예욧! 언니는 마스터랑 있을 테니까 가봐요."

"아… 고마워요."

"흥!"

소녀는 몸을 홱 돌리더니 고개를 치켜세우고 콧방귀를 뀌면서 페이빈을 무시하고 지나갔다. 손을 반쯤 들어 올린 채 저만치 가버리는 소녀의 뒷모습을 바라보던 페이빈은 연신 머리를 긁적이면서 이제는 눈 감고도 찾아갈 수 있는 웰던 마을 유일의 주점으로 향했다.

워낙 작은 마을이기에 찾고 자시고 할 것도 없었다. 겨우 열몇 발자국을 떼어놓자 익숙한 주점 간판이 그의 눈에 들어왔다. 옷매무새를 단정히 매만지고 날아오느라 흐트러진 머리를 손으로 정리한 페이빈은 당당한 걸음걸이로 주점을 향해 걸어갔다. 하지만 주점 정문으로 향하던 그의 발길은 집과 집 사이의 작은 공터로 바뀌었다.

열둘셋쯤 되어 보이는 꼬마가 까까거리면서 뛰어다니고 있었다. 그 뒤를 언니로 보이는 소녀가 뒤쫓아갔다. 소녀들의 부모로 보이는 늙은 부부는 아이들이 뛰노는 장면을 보면서 웃고 있었다. 여인의 눈가에 눈물이 흘러내렸다.

"아?"

갑자기 그녀의 뒤에서 사내의 손이 불쑥 튀어나와서 여인을 감싸 안았다.

"페… 페이빈 씨……."

"오랜만이에요."

사내는 웃고 있었다. 놀란 가슴을 진정시킨 여인은 사내의 가슴을 주먹으로 살짝 치면서 뚱한 목소리로 말했다.

"놀랐잖아요."

"아하하… 반가워서 그만……."

"흥, 사람 없는 조용한 곳이라서가 아니라요?"

"그, 그건……."

"헤에? 말 더듬는 걸 보니 진짜?"

얼굴이 붉어진 페이빈은 마구 도리질치면서 손을 저었지만 한번 의심하기 시작한 여인의 표정은 쉽게 풀어지지 않았다. 페이빈은 급히 품속에서 백색천으로 싼 물건을 꺼냈다.

"이게 뭐예요?"

"보세요."

여인의 손 위로 손수건만한 작은 천이 곱게 접힌 채 올려졌다. 어두운 곳임에도 반짝이는 백금발의 여인은 손 위의 천을 펼쳐 보고는 입을 다물지 못해했다.

"아……."

"더 좋은 걸 고르고 싶었는데… 미안해요."

갓 짜낸 우유처럼 하얀 천 안에 쌓여 있던 것은 두 개의 구리 반지였다. 금빛보다는 약간 탁하지만 꽤 오랫동안 닦았는지 반질반질한 빛을 내는 두 개의 반지는 특별한 문양이 들어가 있는 것은 아니었지만 그녀에게 있어서 세상 그 어떤 것보다도 아름다워 보였다. 페이빈은 작게 입을 벌린 채 아무 말도 못하고 있는 여인의 손을 잡고 두 개의 반지 중 작은 쪽을 집어 올려서 그녀의 왼손 약지에 끼워주었다.

"이런… 크군요."

"……."

페이빈은 머리를 긁적였다. 이런 상황은 예상치 못했는데……. 하지만 여인은 충분히 감격한 듯했다. 눈가에 주르륵 흘러내리는 눈물을 닦을 생각도 않은 채 여인은 사내의 품에 안겼다.

오랜만에 웰던 마을은 사람 사는 것 같은 시끌벅적한 분위기에 휩싸여 있었다. 시끌시끌한 분위기를 싫어하는 사람 또는 남들의 눈을 피하고 싶어하는 연인들은 상대적으로 적막하고 고요한 마을 외곽으로 숨어들었다. 여기 또 한 명의 연인들이 넓적하고 평평한 바위 위에 올라앉아서 작게 속삭이고 있었다.

　"오늘 멋있네요."

　"그래요? 아하하. 평소랑 다름없는걸요."

　"하지만… 전 처음보는걸요."

　여인은 지팡이 끝에서 미약하게 백색 빛을 내뿜고 있는 수정 지팡이를 쓰다듬으면서 말했다. 예술품이라 불러도 전혀 손색이 없을 이 수정 지팡이는 그의 스승인 베르케르 경도 중요한 행사나 근엄한 모습을 보여줄 때만 가끔 사용할 정도로 귀하게 여기는 물건이었다. 그런 지팡이를 들고 나왔으니 만약 들키기라도 하면 며칠 밤을 잔소리로 시달리겠지만 페이빈은 충분히 그럴 가치가 있다고 생각했다.

　"참 아름다워요. 이런 아름다운 물건을 보기는 생전 처음이에요."

　"처음은… 아닌걸요."

　"네?"

　"기억해 보세요, 10년 전을……."

　"으음……."

　여인의 이마에 몇 가닥의 주름이 생겨났다. 편안한 자세로 앉아서 살짝 몸을 기댄 여인은 손가락을 머리에 댄 채 고민에 빠져들었다. 성숙한 체취가 그의 코를 간질이기 시작했다. 자연스럽게 왼손이 여인의 어깨 위로 올라가고… 페이빈은 안아주고 싶다는 욕망을 억누르기 위해서 꽤 고생해야 했다.

"모르겠어요."

희고 매끄러워 보이는 이마가 살짝 일그러졌다. 막 여인의 머리카락
에 입술을 대려던 페이빈은 급히 떨어졌다.

"험험."

헛기침이 절로 나왔다. 어두워서 보이지는 않겠지만 그래도 붉어진
얼굴을 보이기 싫은지 페이빈은 고개를 돌린 채 입을 열었다.

"뭐… 음… 우리 처음 만난 날 기억나세요?"

"음… 아마 주점에서 마스터와 싸우고 있었지요?"

"하하……."

"아마 5실버짜리 동전을 못 줘서 티격댄 걸로……."

찰싹.

슬며시 어깨를 타고 내려가려는 사내의 손에서 불이 났다.

"엉큼한 짓하면 나 갈 거예요."

"미, 미안해요."

급히 손을 뺀 페이빈이 고개 숙여 사과했다. 뾰루퉁해 있던 여인은
사내의 사과를 선선히 받아들이면서 물었다.

"그런데 그날이랑 상관있나요?"

"음… 전 아직도 기억하는걸요. 4월 20일. 제 나이 19살. 그리
고……."

"14살. 후훗, 생각해 보니까 저도 어릴 때가 있었군요. 요즘 나이를
먹어서 그런지 자꾸 잊곤 하는데……."

여인의 표정이 약간 어두워졌다.

찌륵찌륵.

연인이 말이 없어지자 주변에서는 한여름의 풀벌레들의 우렁찬 합주곡이 울려 퍼졌다. 페이빈은 고개를 들어서 하늘을 올려다보았다. 별들이 하늘 높이 퍼져서 아름답게 반짝이고 있었다.

스륵.

사내의 어깨에 물결치듯이 반짝이는 금색 물줄기가 흘러내렸다. 페이빈은 어깨를 살짝 올려서 여인이 편한 자세가 되도록 해주었다.

"따뜻하네요, 페이빈 씨의 몸은."

"……."

"어릴 때의 일은 생각하고 싶지 않아요. 전 지금이 훨씬 좋아요. 마스터도 좋고 귀여운 여동생도 생겼고요. 그리고… 멋진 연인도……."

고개를 숙이고 있어서 페이빈은 볼 수 없었지만 비상한 그의 머리는 여인이 지금 얼굴을 붉히고 있을 것이라는 것을 쉽게 추측할 수 있었다. 백옥같이 새하얀 여인의 손이 그의 로브 앞자락을 움켜잡았다. 페이빈은 손을 들어서 여인의 턱을 들어 올렸다. 눈가가 촉촉이 젖어 있는 여인의 슬픈 표정이 그의 눈에 들어왔다. 무언가를 간절히 갈구하는 듯한 눈빛의 여인을 내려다보면서 그는 살며시 얼굴을 가까이했다. 여인의 눈이 살짝 감겼다.

부드럽고 달콤한 입술. 살짝 뿜어져 나오는 단내. 연체동물처럼 안겨오는 여인의 몸. 서로의 입술이 떨어지고 나자 페이빈은 사랑하는 여인을 으스러지도록 껴안았다. 여인의 양팔이 페이빈의 등을 어루만지면서 남자의 넓은 등 위에서 노닐었다. 얼마간 껴안고 있었을까?

탁탁.

여인의 손이 그의 등을 살짝 두드렸다.

"갑갑해요."

"아… 미, 미안해요."

"후훗."

사내의 몸이 급히 옆으로 떨어졌다. 살짝 옆으로 돌아간 페이빈의 얼굴을 여인이 두 손으로 매만졌다. 그의 양 볼 위로 따뜻하다 못해 뜨겁다는 느낌이 날 정도로 화끈거리는 손바닥이 올라왔다. 페이빈은 눈앞으로 점점 크게 다가오는 여인의 입술을 뚫어지게 바라보면서 손을 휘저었다.

"읍……."

살짝 부딪치는 가벼운 키스가 아니었다. 찰싹 달라붙은 입술 사이로 미끈거리는 여인의 작은 혀가 입술 틈새로 비집고 들어왔다. 페이빈은 두 눈을 동그랗게 뜨고 어쩔 줄 몰라 하다가 스르르 눈을 감으면서 여인의 등을 감싸 안았다. 몸을 지탱하던 양팔이 사라지자 그의 몸은 자연스럽게 천천히 바위 위로 쓰러졌고 여인의 몸도 같이 딸려왔다.

길고 긴 키스가 끝나자 여인은 페이빈의 팔뚝을 베고 누웠다. 차가운 바위 위에서 올려다본 하늘은 좀 전에 앉아서 본 것과는 전혀 색다른 아름다움을 보여주었다. 하늘을 응시하고 있던 페이빈이 먼저 입을 열었다.

"벌써 10년이나 되었군요, 우리가 만난 지도……."

"네."

"처음엔 웃을 줄 모르는 코흘리개 소녀였었지요? 후훗."

"놀리면 싫어요."

여인이 그의 품에 고개를 파묻으면서 도리질쳤다. 그런 여인의 머리를 쓰다듬어 주면서 페이빈은 계속 말을 이어갔다.

"처음엔 그저 커크 씨의 양녀 정도라고 생각했어요. 그런데 어느 날

문득 돌아보니 당신은 제게 있어서 그 무엇과도 바꿀 수 없는 소중한 사람이더군요. 삶이란 어떻게 될지 모르는 건가 봐요."

"……."

여인은 말없이 고개를 끄덕였다. 그녀에게도 처음 페이빈은 그저 괴상한 스승과 함께 사는 과묵한 제자였을 뿐이었다. 하지만 한 번 두 번 만남을 가지게 되고 서로에게 작은 끌림을 느끼고 공통된 주제를 얻게 되면서 둘의 관계는 급진전하게 되었다.

"처음엔 좋은 오빠라고 생각했어요. 아무래도 전 술집에 팔려온 계집애였으니까요. 아무리 마스터가 잘 대해준다 해도 부모님을 대신할 수야 없었죠. 부모님이 돌아가시고 생각하기 싫은 끔찍한 생활을 하고… 전 죽고만 싶었어요. 삶에 미련을 가질 이유를 찾지 못했었죠. 하지만……."

페이빈은 자신의 가슴에 고개를 묻은 채 입을 다문 여인을 내려다보면서 여러 가지 생각을 했다. 그녀는 알까? 처음 본 순간 그가 품은 생각을… 잠시 침묵을 지키고 있던 여인의 입이 다시 열렸다.

"여기서 찾았어요. 페이빈 씨, 당신이 없었다면 지금의 전 여기 없을 거예요. 아마… 부모님을 찾아서 여행을 떠났을지도… 후훗, 지금은 아니니까 그런 표정 짓지 마세요. 적어도 40년 뒤에나 찾아뵐 생각이니까."

"다행이군요. 그런데… 그때쯤 되면 당신의 부모님들은 이미 다른 존재로 환생했을지도 모르는데요?"

"네? 죽으면 천국 가는 게 아니에요?"

"음… 저도 자세히 모르지만 이번에 학회에 나온 학설 중에서 완전 윤회 시스템에 대한 게 나왔었죠. 사람이 죽게 되면 영혼이 빠져나와서 다른 세계로 짧은 여행을 한 뒤 우리가 사는 세계로 돌아와서 환생한다는 거예요. 하지만 전생에 대한 기억도, 지식도 없는 상태이니 환생이라기보다는 새로 태어난다고 말하는 게 맞겠지만……."

"뭔가… 어렵네요."

"아……."

페이빈은 머리를 긁적였다. 직업병이 도졌다고 중얼거리면서 초롱초롱한 눈망울로 자신을 바라보는 여인의 이마에 쪽 소리가 나도록 키스해 주었다.

"저도 잘 모르는 이야기니까 너무 신경 쓰지 마세요. 카라나 양의 부모님들은 지금쯤 천국에서 행복한 한때를 보내시면서 당신의 행복한 모습을 보며 기뻐하고 계실 거예요."

"후훗, 고마워요."

여인이 활짝 웃었다. 지팡이에서 밝게 뿜어져 나오고 있는 백색의 불빛 앞에서 웃고 있는 여인의 모습을 직시해 버린 페이빈은 고개를 돌려 버렸다. 조금은 진정해야 할 상황에 직면했기 때문이다. 둘은 꽤나 오랫동안 말이 없었다. 사내의 가슴께에 귀를 가져다 대고 사랑하는 님의 심장 고동을 듣고 있는 여인과 향긋한 체향과 따뜻하고 말랑말랑한 살결을 음미하는 사내는 서로 말을 하지 않은 채 마주하는 두 눈만으로도 서로의 마음속에 품고 있는 말을 모두 할 수 있었다.

둥. 둥둥.

바위 위에 누워서 시간 가는 줄 모르고 있던 두 연인의 귓가에 북소리가 들려왔다. 북소리를 들은 여인은 벌떡 일어서서 옷을 매만지며 말했다.

"댄스 타임이에요! 페이빈 씨, 우리 가요! 빨리빨리!"

여인의 손길에 갑자기 몸이 차가워져 덜덜 떨고 있는 사내의 손을 잡아끌었다. 그녀의 말대로 저 멀리 보이는 마을 광장에 높다랗게 쌓인 장작이 보였다. 멀리 아랫 마을에서 초빙해 온 악단의 노랫소리가 들려왔다.

"잠깐만요. 아… 같이 가요!"

페이빈은 급히 로브를 털고 일어서서 지팡이를 들고 마치 소녀처럼 통통 뛰며 뛰어가는 여인의 뒤를 급히 뒤따라갔다.

마을 광장 앞에는 벌써부터 수많은 사람들이 몰려와서 높다랗게 쌓인 장작가에 모여 앉아 있었다. 페이빈은 먼저 뛰어와 주점 주인인 커크 옆에 선 카리나에게 눈짓을 보낸 뒤 그녀에게 빼앗듯 황홀한 표정으로 밝게 빛나는 수정 지팡이를 만지작거리는 소녀, 시이란에게 지팡이를 빼앗아 들고 광장 중앙으로 걸어갔다.

"페이빈! 실수하면 흑사주 10잔이다!"

"예… 예……."

거나하게 취한 듯 붉어진 얼굴의 레녹 촌장은 손을 휘휘 저으면서 페이빈을 반겼다. 아마도 진짜 실수하게 되면 벌주 10잔이 아니라 넉다운이 될 때까지 마시게 할 것이 분명했다. 페이빈은 정신을 집중하고 조용히 주문을 외우기 시작했다.

번쩍!

광장을 중심으로 둥그렇게 지어진 집들 중 가장 높은 두 집의 처마 끝에서 둥그런 광구가 나타났다. 한낮의 태양에는 미치지 못했지만 어둠을 몰아내기에는 충분하고도 남을 정도로 밝은 빛이 쏟아져 나왔다.

파악!

이번엔 아직 불을 붙이지 않은 장작가에서 붉은색의 작은 불길이 치솟더니 금세 쌓아놓은 장작들 전체로 옮겨붙었다. 뜨거운 열기와 강렬한 불길이 사방으로 퍼져 나갔다.

"너무 밝잖아!"

누군가의 투덜거림이 들려왔다. 페이빈은 불길을 조금 조종하여 맹렬하게 타오르는 불길을 줄여 나갔다. 약간의 퍼포먼스까지 곁들인 페이빈은 남들이 보기에도 멋있어 보이는 폼으로 투명한 수정 지팡이를 휘저으면서 계속 마법을 사용하기 시작했다.

페이빈은 오른손을 하늘 높이 들어 올렸다. 손가락 다섯 개를 쫙 펴자 그의 손 사이에서 오색의 빗줄기가 허공으로 뻗어 나갔다. '오오' 하는 탄성이 곳곳에서 튀어나왔다. 그가 왼손을 들어 올리자 그의 손바닥에서 작은 빛덩어리가 나오더니 사람들 사이로 날아갔다.

"요정이다! 요정!"

"빛나는 요정이다!"

손바닥만한 크기의 작은 빛덩어리는 마치 옷을 벗듯이 밝은 광채를 바닥으로 뿌린 뒤 사람들 머리 위를 날아다녔다. 그것이 날개짓을 할 때마다 불똥 같은 작은 빛들이 아래로 떨어져 내렸다. 어머니의 품에 안겨 있던 어린아이들이 그 불빛에 매료된 듯이 입을 벌린 채 뒤따라 다녔다.

광장 중앙에 서서 자신이 만든 불빛을 따라다니는 아이들을 지켜보던 페이빈은 다시금 지팡이를 들어 올렸다. 이번에는 희미한 빛을 뿜어내는 사람 모양의 무언가가 나타났다. 페이빈의 주위에 내려선 그것들에 놀라워하는 주민들을 둘러보면서 사람들의 얼굴을 기억하겠다는 듯이 찬찬히 눈을 마주했다. 몇몇은 그것들의 눈길을 피하고 다른 몇몇은 은은한 빛에 매료된 듯 멍한 표정이었다. 페이빈이 손을 치켜들었다. 그러자 그의 손에 의해 만들어진 그것들이 하늘로 솟아올랐다. 등 뒤에 페이빈이 입고 있는 백색의 로브보다 더 하얗게 보이는 날개를 단 그것들이 마을 주위를 빙글빙글 배회하기 시작했다.

"1년에 한 번뿐인 축제입니다. 여러분, 마음껏 즐겨주시길… 라고 레녹님이 말하셨겠지요?"

"난 그런 낯간지러운 소리 못해!"

"와하하하~"

사내들이 질색을 하는 늙은 촌장을 보면서 웃어젖혔다. 페이빈은 방긋 웃은 뒤 장작불을 가리키며 주문을 외웠다. 화르르르… 산바람에 한쪽으로 치우쳐서 타오르던 불길이 갑자기 하늘을 향해서 치솟기 시작했다. 불길은 마치 춤을 추듯이 이리저리 흔들리면서 몽환적인 분위기를 만들어주었다. 마법의 시전을 끝마친 페이빈이 뒤로 물러서자 정신없이 구경하던 악단 맴버들이 그제야 정신을 차린 듯이 빠르고 경쾌한 축제곡을 연주하기 시작했다.

"수고하셨어요."

페이빈이 커크 곁으로 다가가자 나무잔 가득 부글거리는 맥주 거품이 이는 잔이 그의 코앞에 불쑥 튀어나왔다. 웃고 있는 여인, 그리고 시원한 맥주. 불가에 서 있어서 땀을 좀 흘린 페이빈은 단숨에 잔을 비웠다.

"캬하… 역시 맥주는 마스터가 만든 게 가장 맛있군요."

"흥, 아부해도 단 한 푼도 안 깎아줘."

"네네, 어련하시겠습니까? 그런데 14년 동안 단 1실버도 안 깎아준 주인은 커크님밖에 없다는 거 아세요?"

"14년 동안 매달 깎아달라고 투정대는 몸만 큰 어린애는 알고 있지. 괜히 나랑 시간 낭비 하지 말고 저기 구석탱이에서 방글거리고 있는 꼬맹이나 위로해 주게."

주점 주인인 커크는 웃는 얼굴로 페이빈을 쳐다보고 있는 여인을 가리키며 말했다. 페이빈은 머리를 긁적이면서 웃었다. 커크의 모습은 마치 딸을 빼앗긴 아버지의 모습이랄까? 고개 숙여 인사한 페이빈은 자신을 기다리고 있는 여인에게 달려갔다. 그런 사내의 뒷모습을 바라보던 악덕 주인으로서는 자격 미달인 커크는 머리 위로 지나가는 마치 천사 같은 모습의 빛덩어리를 보면서 중얼거렸다.

"가끔씩 잊기는 하지만 저 녀석도 벌써 한 사람 몫의 마법사가 다되었군. 흠."

한 사람의 마법사도 모자라 한 집안의 가장까지 넘보는 커크의 입장에서 보자면 역적이나 다름없는 페이빈은 즐거웠다. 단둘이 밀어를 나누며 사랑을 확인하는 것도 좋지만 이렇게 떠들썩한 분위기에서 둘만의 사랑을 확인하는 것도 좋았다. 마을 한구석에 쌓여 있는 맥주 통 위에 나란히 앉은 두 남녀는 서로의 손을 마주 잡고 마을 처녀들의 춤을 구경하고 있었다. 조금 뒤면 짝을 찾는 용감한 총각들이 수줍은 처녀들을 유혹하기 위해서 장작불가로 뛰어나갈 것이다.

살짝 기대어오는 여인의 머리카락을 매만지면서 페이빈은 행복한 표정을 지었다. 장작불가를 돌면서 춤을 추던 마을 처녀 중 한 명에게 건장한 체격의 사내가 뛰쳐나가 구애를 하는 모습이 보였다. '오오오~' 용감한 청년에게 박수 갈채와 함께 작은 야유, 짙은 부러움이 마구 뒤섞인 묘한 소리가 쏟아져 내렸다.

"좋네요. 젊은 사람들은 용감하군요."

"페이빈 씨도 아직 젊어요. 서른도 안 되셨잖아요."

"아하하, 이제 다섯 달 뒤면 서른 살인걸요."

"빨리 결혼하세요."

"그래… 야겠지요."

약한 한숨이 페이빈의 입에서 나왔다. 그런 페이빈의 모습이 마음에 안 들었는지 여인은 기대고 있던 몸을 일으킨 뒤 한 손으로 페이빈의 옆구리를 꼬집었다.

"아야!"

"흥, 언제쯤 청혼하실 생각이에요? 너무 오래 기다리게 하면 나 더 좋은 남자 만나서 시집가 버릴 거예요."

"아앗! 그런 말 안 하기로 약속했잖아요."

"몰라요, 베에."

여인이 혀를 살짝 내밀면서 페이빈의 품에서 빠져나왔다. 활달한 여인 카라나. 그녀는 급히 뒤따라오는 사내의 숨소리를 들으면서 빙그레 미소 지었다. 하루 이틀도 아니고 무려 10년이다, 그를 만난 지. 어떻게 하면 페이빈을 잘 다룰 수 있는지 너무나도 잘 알고 있는 그녀였다.

마치 비 맞은 강아지처럼 처량한 눈빛으로 뒤도 안 돌아보고 걸어가는 여인의 뒤를 졸졸 따라가는 페이빈. 선도하듯이 앞서서 걷던 여인이 갑자기 딱 멈춰 섰다. 삐친 여인을 어떻게 달랠지 고민을 하던 페이빈은 고개를 들어서 웃고 있는 여인의 얼굴을 쳐다보았다.

"아저씨, 오늘 시간 많아요? 후훗."

"네."

"그럼 둘이 술이나 한잔해요."

카라나는 웃으며 불 꺼진 집들 중 한곳을 손으로 가리켰다. 어느새 둘은 광장에서 꽤 떨어진 주점 입구까지 걸어와 있었던 것이다.

벽에 걸린 촛대에 불을 붙이는 카라나. 불씨만 남은 아궁이에 짚더미와 장작으로 능숙하게 불을 피우는 카라나. 능숙한 솜씨로 주방에 걸린 소세지와 햄으로 안주를 만들어 대령하는 카라나. 한 손엔 비싼 포도주 병, 다른 손에는 평민은 만져 보기도 힘든 유리로 된 잔을 들고 오는 카라나. 페이빈은 익숙한 테이블에 앉아서 그녀가 움직이는 모습을 단 한 순간도 놓치지 않고 보고 있었다. 마주 앉은 두 남녀는 조용히 입을 다물고 있었다.

"잔을……."

카라나의 말에 페이빈은 포도주 병을 따고 술을 따랐다. 저장고 안에서 꺼내온 포도주는 매우 차가웠다. 유리잔에 하얀 서리가 생겼다.

"영원한 사랑을 위하여."

"아름다운 그대를 위하여… 라고 외치면 안 될까요?"

"음… 그건 남자한테는 해당 안 되잖아요."

"그럼 저만 건배할래요."

페이빈은 잔을 부딪치면서 말했다.

쨍!

맑고 청아한 소리가 울려 퍼졌다. 은은한 촛불 빛이 반짝이는 유리잔은 너무나도 아름다웠다.

"사랑하는 그대를 위하여 이 잔을 바칩니다."

사람들은 소중한 것이 영원하기를 기원한다. 하지만 영원토록 유지되는 물건, 감정, 생명이 정말로 아름다울까? 잊혀지고 사라질 수 있기에 더욱 아름다운 빛을 내뿜을 수 있는 것인지도 모른다. 하지만 영원하면 또 어떤가. 그것은 그 나름대로 또 좋을 것이다. 영원히 이어지는 꿈이든 눈을 뜨면 사라지는 한순간의 꿈이든 말이다.

〈2권으로 이어집니다〉

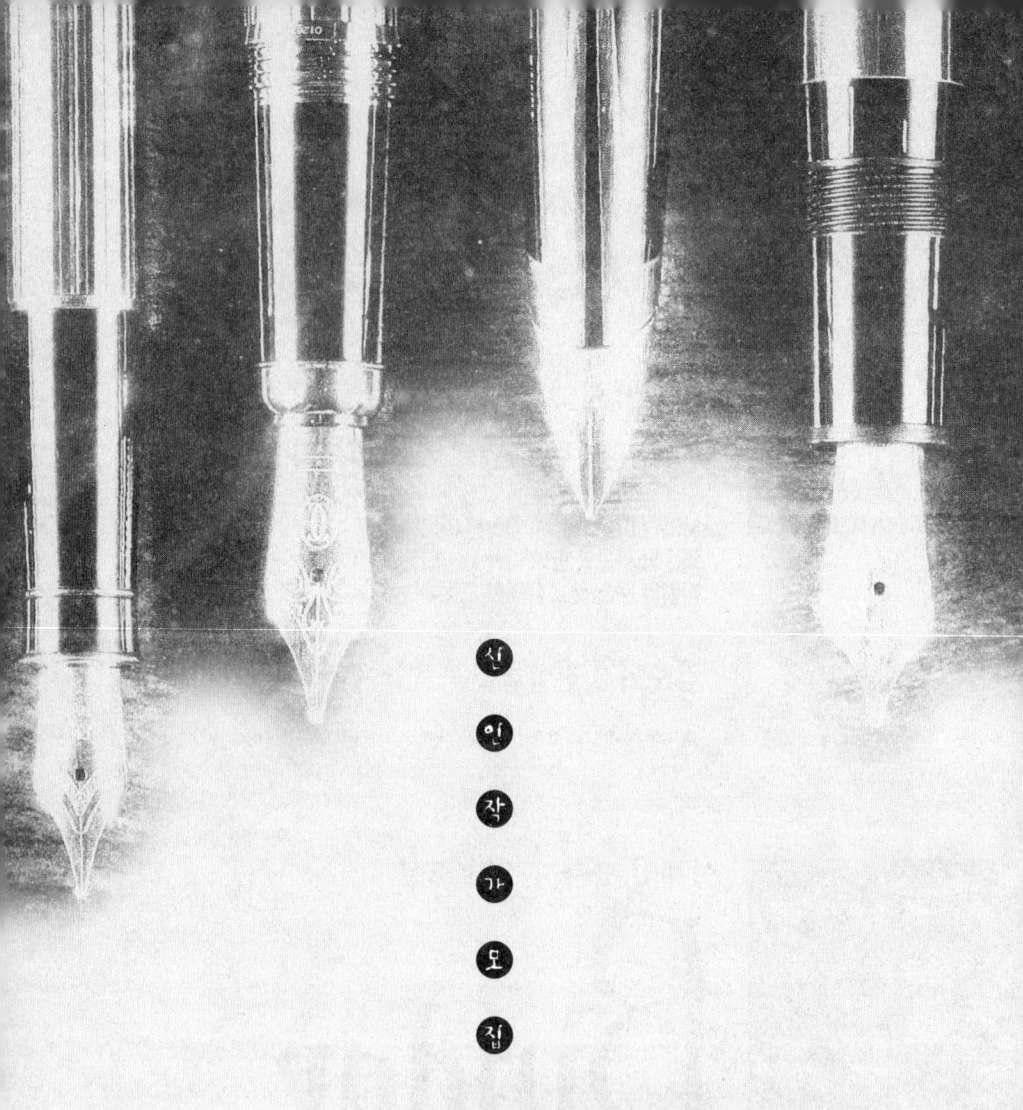